《無限的 i》是一部結合我所有想法與技巧的作品，
我可能已經無法再寫出如此耗費心神的小說了吧。
這是到目前為止我的最高傑作，
請盡情享受這個目眩神迷的夢幻世界，
以及隱藏在它背後的秘密。

——知念實希人

無限的i [上]

ムゲンのアイ

MIKITO CHINEN

知念實希人

目錄

序幕 005
第一章　夢幻的天空 007
幕間1 140
第二章　夢幻的法庭 143
幕間2 323

序幕

張開異常沉重的眼瞼，眼前看見的是天花板。

白色，彷彿整個人要被吸進去的純白天花板。

「這裡是……？」

脣縫間溢出的聲音，沙啞得簡直不屬於自己。口中，以及喉嚨無比乾燥，有如吞下了荒漠細沙一般。

甩了甩朦朧無法集中思考的頭，想要坐起身時卻發現全身的關節像是生鏽了一樣發出軋吱聲，痛楚四竄。

我咬緊牙根，用雙手想辦法撐起上半身，蓋在身上的薄被滑了下來。

當我再次甩動沉重的頭時，全身爬過一陣寒顫，感覺就像冰水灌進了脊髓。我連忙摸摸自己的胸口，透過披在身上衣服的單薄質地，感受到了那讓我自卑的貧瘠乳房的觸感。

「還在……」

這句話隨著鬆了一口氣的吐息一同流洩而出。

我覺得胸口好像開了一個大洞，即使已經實際摸過，確認那不過是錯覺的現在，那種感覺仍未消失。

食道、肺，還有心臟，彷彿這些臟器都被摘走，胸廓內空蕩蕩的感覺，無法穩定重心，只要稍微一個不留神，馬上就會輕飄飄浮在空中似的。

雙手繼續壓在胸前，我閉上了眼，像是抵擋強風一般蜷縮身體。總覺得如果不這麼做，身體、心靈，「自我」這個存在就要被吹走了。

突然一陣既視感襲來。以前我也曾有過相同的經驗。

但是，是什麼時候……？

我讓意識落入大腦的深處，往沉積了厚厚一層的記憶底端而去。不久後，褪為褐色的記憶跳了出來，狹窄的房間裡，有個鼠婦般蜷縮著身體的孩子，那是二十三年前的我抽抽噎噎哭泣的景象。

感受到兩頰冰冷觸感的我，急忙張開眼擦拭眼角，手背因為透明的液體而濡溼。

我將手往嘴邊送，試著舔了一口，淡淡的鹹味輕輕地包覆住舌尖。

和那一天相同的味道。

啊——這樣啊……我又失去了嗎？

非常貴重的東西。

我仰頭望著天花板。

日光燈的光線散開，變成七色光芒閃耀著。

第一章　夢幻的天空

1

蘊含光澤、白皙細緻的肌膚。陶瓷般的肌膚帶著無機物的氛圍，感覺就像在看製作精美的模特兒人偶。

忽然感到不安的我靜靜地伸長手指，碰了碰她的臉頰，指尖微微地暖了起來，那是流經皮膚下密布的微血管內血液的溫度。

輕輕吐出一口安心的氣息，我仔細凝視她的臉。緊閉的眼瞼細微地顫動，可以得知下方的眼球正急速運動著。

眼球快速運動，那是在稱為快速動眼期的睡眠狀態下產生的現象。

人在快速動眼期時，全身的肌肉會放鬆，身體處於休息狀態，但另一方面，大腦卻是持續活動，在這種狀態下，經常會做著鮮明的夢境。

她現在是否也正在夢境之中？

我將手覆在她的眼睛上，手掌傳來一陣微微的震動。

人若處在屬於淺眠狀態的快速動眼期中，即使只是受到些微刺激也很容易醒來，但我一點也不擔心她會醒來。不，應該說可以的話我很希望她醒來。

因為，她已經持續昏睡四十天了。

我轉動眼睛，視線看往掛在床頭那一側的名牌，牌子上她的名字「片桐飛鳥」下方，寫著主治醫師「識名愛衣」，我的名字。

乾澀的笑聲從我的脣間溢出。主治醫師，負責主要治療的醫師，但我卻完全無法治療侵襲她的病魔。特發性嗜睡症候群（Idiopathic lethargy syndrome），俗稱ＩＬＳ，這就是她罹患的疾病名稱。

只是在夜晚像平常一樣入睡的人，到了早上卻不再睜開眼睛，而是陷入無止境昏睡的怪病，這個病至今全世界也僅有四百例報告，因此也尚未確立治療方式。

「為什麼會多達四人……」無意識說出的喃喃自語震盪了房間內的空氣。

目前我所任職的這間神經精神研究所附設醫院裡，有多達四名的ＩＬＳ病患住院中。四名患者罹患日本已經好幾年未曾有過發病案例的疾病，光是這樣就可說是異常狀況了，更奇妙的是，四人在同一天產生ＩＬＳ症狀。

極為稀少的怪病同時發生，而且這些患者的居住地點都偏東京的西部。這究竟代表什麼意思？這四十天來我不分晝夜尋找答案，至今卻連一點線索都沒有。

我隸屬的神經內科的部長表示「這麼珍貴的病例，就應該由擁有大好未來的年輕人負責」，於是將病患推給我，讓我擔任四名ＩＬＳ患者其中三人的主治醫師。

如果我的治療不成功，他們將繼續沉睡下去，直到生命的盡頭吧。

「……我絕對不讓這種事情發生。」

小聲吐出這句話後，輕微的頭痛襲來。我壓著側頭部，再次看向躺在床上的女性，瞬間，她的臉和其他女性的臉重疊了，曲線柔和的脣邊，帶著微微的笑容，溫柔的女性臉龐。

心臟大大地跳了一下，全身毛髮似乎都豎了起來。我使勁甩甩頭，將慢慢浮現的古老記憶再次壓入大腦的深處。

我已經和無能為力的那個時候不一樣了，我不再需要回想起那個因為太過痛苦，而想將心臟挖出來的那時候的經驗。

我強硬地這麼說給自己聽，同時轉身朝出口走去。

「我絕對會救妳，這次我絕對……」

我一邊喃喃自語著，一邊用力地拉開了門。

2

高溼度的空氣緊貼著肌膚，以手帕擦拭露出白袍衣領之外的後頸，我一邊嘆著氣，視線同時望向窗外。

離開病室回到護理站之後，我就一直盯著電子病歷的螢幕，因此眼睛深處彷彿灌了鉛塊般沉重。

我揉揉鼻梁看向遠方。以日本最大規模為傲、專門收治神經疾病及精神疾病患者的神經精神研究所附設醫院，俗稱神研醫院，從十三樓高的水泥要塞最上層的這個神經內科大樓，可以眺望練馬的住宅區。

我微微仰起頭，視線往上移動，大滴大滴的雨水無窮無盡地從覆蓋整片天空的濃黑厚重雲層中灑落。這陣子一直持續著這樣的天氣，連最後一次見到陽光是什麼時候都無法馬上回想起來，讓人忍不住陰鬱。

我將積在胸中的沉悶化為嘆息吐出體外，伸手拿取在鍵盤旁邊堆成小山的資料，指尖輕撫著品質低劣的影印紙特有的粗糙表面。

「唷，愛衣。」

隨著開朗聲音傳來的是肩膀被拍了一下，我一回頭，一位嬌小卻充滿魅力的女性兩手扠在腰上站在身後。是長我一歲的神經內科醫師杉野華學姊，妝容稍嫌濃厚的臉上帶著惡作劇般的微笑，招牌大圓眼鏡後方的眼睛瞇了起來。

「噢，早啊，華學姊。」

「早什麼早，我看妳嘆了一口深情的氣，難道是為情所困？」

華學姊像是要趴在我身上一樣從後方抱住我，溫暖的柔軟身軀包覆了我的背。

我們畢業自同一所大學，從醫學生時代起便相識，外表雖然看起來不像，其實骨子裡帶有大姊頭性格的華學姊，平常就和我有著不錯的交情，但她這種過度的肢體接觸讓我有些困擾。

「不要貼在我身上啦，本來就已經夠熱了的說。」

「說得也是。最近真的好悶啊，雖然說是梅雨季，但雨也下太久了吧。」

被我推開的華學姊，視線往旁瞥向窗外。

「回到剛剛的話題，妳有望交到新男友了嗎？」

「不是這種情愛方面的問題啦，學姊妳才是，沒想過要和前任復合嗎？」

華學姊曾經和經營這間神研醫院的醫療法人理事長之孫，也是一名精神科醫師交往，不過……

「和他聊天的時候，總覺得像是在精神科接受問診。」華學姊這麼說，前幾天甩了對方，身邊的人雖然紛紛表示「這是個飛上枝頭變鳳凰的機會啊，太不懂得珍惜了」，但學姊則認為「錯過我這麼好的女人，那傢伙才是不懂得珍惜」，絲毫不在意他人怎麼想。

「不可能不可能。」華學姊的手在臉前揮動，「那麼麻煩的男人，分手了我還落得清閒呢！別說這個了，如果不是戀愛方面的煩惱，為什麼妳的嘆氣聲那麼深情？」

「我是不知道有沒有很深情，不過是因為他們的關係。」

我一指電子病歷的螢幕，原本笑嘻嘻的華學姊臉色沉了下來。

「ＩＬＳ……嗎？」

「是啊，而且竟然還三個人。不過學姊那裡也負責了一名對吧？ＩＬＳ的病患。」

「算是吧。不過這病還真是讓人摸不著頭緒呢，雖然經常出現在課本裡，但我還是第一次實際負責這種病患。」

「這是當然的，畢竟這種病過去在全世界也只有大概四百例左右的報告。」

華學姊回了句「也是」，便將臉靠近螢幕，調整眼鏡的位置。

「愛衣妳負責的這三人，確定都是ＩＬＳ沒錯嗎？」

「關於這件事，我已經向多位醫師確認過了，所有醫師的診斷都認為是ＩＬＳ沒錯，因為符合全部的診斷標準。」

「診斷標準啊，就是從普通的睡眠狀態陷入昏睡，且該狀態持續一星期以上，經腦波檢查後確認病患處於快速動眼期，並排除同樣會陷入昏睡的其他神經疾病、內分泌疾病以及外傷，對吧？」

華學姊扳著手指，一樣一樣唸出診斷標準的項目，之後搔了搔脖子。

「也就是說，病患毫無徵兆地陷入昏睡，並且不停地在做夢，真是讓人搞不懂的病啊。不過我最不明白的是，這種罕見疾病的患者，竟然有四個人都住進了我們醫院。」

「畢竟我們醫院在治療神經方面的難治之症，是日本數一數二的醫療設施嘛。」

「我不是這個意思，而是為什麼歷史上僅僅大約四百個確定病例的疾病，會同時出現多達四名患者？這種情形一般而言是天文學中才會發生的機率吧？而且這四個人是在同一天發病的對吧？更誇張的是，這四人都是附近的居民，這種事一般來說根本不可能發生。」

「可是華學姊，妳看看這個，」我從影印紙堆的小山中抽出數張，「之前就有過幾次案例，是在同一時期、同一地區發生ＩＬＳ的報告。妳看，像這份論文。」

「咦？真的嗎？」華學姊眨了眨眼，伸手拿取英文撰寫的論文。

「從一九九〇年代起，英國、巴西、美國、南非都曾經出現集體發病，尤其是巴西，經過詳細檢查確診的人數雖是三人，但在同一時期周邊也還有超過十人具有類似的症狀。」

快速讀過論文的華學姊將頭髮往上抓。

「首次發現這個疾病的時間是一九八七年吧，或許之前也有許多罹患ＩＬＳ的人，只是他們被認為是某種原因不明的昏睡……話說回來，愛衣，那邊堆成一座小山的資料，該不會全部都是有關ＩＬＳ的論文吧？」

「對，沒錯，我熬夜在大學圖書館裡從頭到尾印了一份。」

我將手放在影印紙上，華學姊伸手過來，指尖輕撫我的眼周。

「努力是好事，但太過逼迫自己可就不好了。妳看，眼睛下方都出現像是眼影的黑眼圈了。」

「但是既然我有機會擔任三名這種罕見疾病患者的主治醫師，就一定要盡全力將他們治好，因此治療方法……」

「妳知道治療方法了嗎？」華學姊打斷我未完的內容插話道。

「不知道。」

「我想也是，我也查過很多資料，但沒看到關於有效治療方式的記載。不過癒後也不是糟到令人絕望，有三分之二的病患從昏睡狀態甦醒，且沒有留下任何後遺症，只是……」

「只是剩下的病患直到死都不曾再醒過來，而從昏睡中恢復的患者，也不知道自己為什麼會醒來，原因和治療方式都是完全的未知。」

我接著華學姊沒說完的話以後，她回了句「就是這樣」，便反向坐上了隔壁的椅子。

「四人同時罹患這麼罕見的疾病，我想應該有特別的原因，他們之間有沒有什麼共通點？像是在同一間餐廳吃飯之類的，如果有的話，大概可以想像原因可能是食物中毒。」

「我已經問過我負責的三名病患的家屬和關係人，目前沒有發現關聯，不過……」

我一遲疑，華學姊馬上湊過臉來問：「不過什麼？」

「聽說三名病患最近情緒都非常低落，因為發生了讓他們覺得甚至不想活下去的痛苦事件，所以情緒低落、難過……內心掙扎。」

就像過去的我一樣……我感到肩背越來越沉重，彷彿雙肩上扛了沙袋，於是將兩隻手肘撐在桌上，身體向前傾。

「喂，愛衣，妳沒事吧？」華學姊連忙輕撫我的背。

「……我沒事，只是有點累了。」

「我說妳也二十八歲了吧，也許妳覺得自己還年輕，不過我們已經不再像學生時代那樣可以勉強自己了。」

「但是！」我猛地抬起頭，「但是，繼續這樣下去根本沒辦法挽救那些病患，人生只能在絕望之中沉睡，再也不可能醒過來，這樣的人生……這樣的人生也太悲慘了！」

瞪著華學姊，同時肩膀上下起伏喘氣的我，忽然回神看向四周，數名護理師從稍微有點距離的位置，向我們投以驚訝又充滿好奇的眼光。

「愛衣。」溫柔的聲音呼喚著因為感到丟臉而低下頭的我。我抬起頭，華學姊帶著滿臉的慈愛笑容，那是和平常像個女高中生的態度截然不同，屬於成熟女性的微笑，我不禁挺直背脊答道：「是。」

「妳這種站在病患立場為他們治療的個性真的很了不起，可是這種個性一旦過了頭就會成為缺點，我不是經常這麼提醒妳嗎？」

我無語地點了點頭。

「現在的妳將病患當成自己看待，但這麼做就無法冷靜地進行診療，不論對患者或對妳自己來說都是件不幸的事，妳明白嗎？」

「……是，我明白。」

「當然身為一名神經內科醫師，我也不是不能理解妳負責三名罕見疾病ＩＬＳ的病患，所以想要全力以赴的心情，只不過這次是不是有點用力過頭了？發生什麼事了嗎？」

華學姊仰起頭，從下往上窺探般地看向我。腦海中跳出了過去的記憶，是剛才在病室裡我拚了命想甩掉的古老記憶。

躺在床上的美麗年輕女性。我向她伸出手，我那楓葉饅頭般小巧的手，用指尖梳過她滑順的黑髮。

每天早上這麼做，她就會好像很癢地扭動身體，帶著微笑張開眼睛。

然而，她的眼瞼卻只是閉著，明明看起來就像在睡覺一樣……

彷彿春日陽光般溫暖的懷舊之情，硬生生變成了冷硬的鐵鎖，用力地鎖上心扉，與此同時，「那個時候」的景象隨之閃現。

迴盪在耳邊的哀嚎與怒吼。四處逃竄的人們。從人群間隙中瞥見的旋轉木馬和雲霄飛車。背對摩天輪俯視著我的大型剪影。輕輕向我伸出手的女性。以及女性的手觸碰到臉頰時，黏稠溫熱的感受。

我彷彿要咬碎牙齒般地用力咬緊牙根，嚥下幾乎溢出的哀鳴。

這幾年幾乎不曾發作，我以為自己已經跨越了，然而最近，「那起事件」的記憶又開始侵蝕著我。

自從負責治療ＩＬＳ患者開始之後。

我不是真的克服了心理創傷，只是學會了如何別開眼不去看它。活生生在我眼前的這個事實，這幾個星期一直折磨著我。

「算了，妳也該學學怎麼讓自己放鬆。這又不是高緊急性的疾病，放寬心一步一步訂立治療方向就可以了啦，我們互相分享資訊，慢慢找出治療方法吧。」

華學姊看著我的樣子似乎察覺到了什麼，掩飾般地快速說道。

「嗯，說得也是。」

我想要笑，臉頰的肌肉卻很僵硬，我也知道自己露出了一個奇怪的表情。

「說到分享資訊，華學姊負責的ＩＬＳ病患是什麼樣的人？」

「我的病患？嗯——這個嘛……年紀和我們差不多的女性……吧。」

不知為何華學姊稍微移開了視線這麼回道。

「該不會那個人最近也發生了什麼痛苦的事吧？」

「痛苦的事……嗎？這個，誰知道呢？」

在華學姊含混不清地回答時，她的腰間響起一陣震動的聲音。華學姊從白袍口袋中拿出智慧型手機。

「學姊，病房裡要關掉手機電源啦。」

聽到我這麼唸她，華學姊嘴上說著「對不起、對不起」，一邊看著液晶螢幕。

「啊，是新聞快報，西東京市又發生殺人事件了。」

「殺人事件？」

「對啊，最近不是報很大嗎？東京西部，附近近郊頻繁發生的連續殺人事件，就是在三更半夜杳無人煙的路上，以兇殘的方式殺害行人的隨機殺人犯啊。」

「隨機……殺人犯……」

這幾個字，讓原本從腦海中消失的「那起事件」的影像、二十三年前的影像，再次閃現，比剛才還要更鮮明地。

不帶一絲感情，像是爬蟲類一樣的雙眼。就連從那眼中射向我、彷彿冰塊般的視線夾帶的寒意都即將復甦。

我的腳開始細微顫動，不久這股顫動向上爬升至腰部、胸口，以及臉頰。

那是被深不見底的沼澤逐漸吞噬的感覺。有如全裸被拋棄在零度以下世界裡的寒氣向我襲來，我緊閉著雙眼，抱著兩肩蜷縮身體。

臉頰輕柔地被溫暖的東西包覆著，我回過神張開眼睛，不知何時華學姊環抱著我的頭。透過白袍薄薄的布料，令人深陷的柔軟，以及其深處怦怦作響的心臟鼓動向我傳來。

「沒事的，愛衣，不會有事發生……對不起，都是我說了奇怪的話。」

知道我過去一切的華學姊，像是哄著因跌倒而哭泣的孩子一樣，溫柔地撫著我的頭髮。啊，這下子護理師們又要傳出奇怪的謠言了吧，我這麼想著，同時將臉埋在華學姊豐滿的胸部中，直到內心來勢洶洶的暴風平息為止。

「我已經沒事了，謝謝學姊。」

兩、三分鐘後稍微平靜下來的我，不好意思地離開學姊。

「喔？已經夠了嗎？我的胸部幫得上忙的話，隨時都可以借給妳喔！妳可以飛撲到我身上。」

華學姊戲胞上身似地張開雙手。

「那個……真的謝謝妳。」

華學姊一根腸子通到底的開朗個性，是優柔寡斷、容易煩惱的我的支柱。

我一邊深呼吸，一邊讓意識沉到自己的內心深處。幸虧華學姊，我總算多少冷靜了下來，然而再次燃燒的心靈創傷像是餘燼般久久不散，我幾乎可以篤定，只要逮到機會，它會再次噴出火柱，將我的心燒個精光。

「我說愛衣，妳要不要去和院長談談？」

學姊突然這麼說，讓我眨了眨眼。

「妳說院長？袴田醫師嗎？」

「沒錯，院長不是ＰＴＳＤ的專家嗎？如果病患在罹病前精神不太穩定的話，也許這和ＩＬＳ的發病有關，不如去和院長商量看看吧。」

「可是袴田醫師很忙吧……而且我還有病房的工作要做……」

「沒關係、沒關係。」華學姊猛揮著手，「自從發生交通事故受了重傷之後，那位大叔就不停在做一些副院長推過來的文書工作，我看他在院長室閒得發慌吧，妳就去聽聽他的建議，病房的工作我來弄就好。」

華學姊送來一個嫵媚的眨眼，察覺到她的意圖，我深深低下頭。

「謝謝！」

「別在意、別在意，有困難時就該互相幫助，不過啊……」

華學姊的臉上漾出取笑般的笑容。

「想將他當成戀愛對象可就要小心了，那麼雅痞的人卻四十多歲了還是單身，一定有他不為人知的一面，例如有特殊性癖好之類的。」

「我才沒那個意思！」

聽到我脹紅了臉大叫，華學姊「哇哈哈」快活地笑了起來。

3

手貼在胸前吐了一口氣，我敲了敲掛著「院長室」牌子的門。隔著做工精細的厚重門扉，裡面傳來一聲「請進」。

「打擾了。」

打開門進入室內，眼前是一間約五坪大小的房間，散發出高級感的沙發套組後方，擺放了一張仿古木桌，桌子內側有一名正值壯年的男性正在閱讀報紙。

纖細的身形好看地穿著典雅的西裝，剪得稍短的頭髮因為比同齡者帶有更多的白髮，整體看起來像是灰色的；挺直的鼻梁和擁有堅強意志的細長雙眼，許久不見的他，帶點熟男氣息的魅力，讓我的心臟重重地跳了一拍。

「喔，是愛衣醫師啊，有什麼事嗎？」

摺起報紙，身為精神科醫師也是這間醫院院長的袴田聰史醫師揚起了嘴角。

「那個……我有點事情想和您商量……」

不知道該怎麼啟齒的我，話說得吞吞吐吐，袴田醫師滑動般離開位置，從桌子的陰影處出現一台輪椅。我抿緊了嘴脣。

「現在推得很順手了吧！我的手臂還因此變得比發生意外之前更壯了呢！」

靈巧地操作輪子向我推近的袴田醫師，開玩笑地隆起肌肉。

「您的身體還好嗎？」

「非常好，腰部以上的話。」袴田醫師輕輕地敲了敲自己的腿。

幾個星期前，他發生了車禍，被休旅車撞擊全身受了重傷，意識陷入昏迷，雖然幸運地保住一命，但車禍的痕跡也深深烙印在他的身上。

「大概需要多久……才能走路？」

我小心翼翼地詢問，但袴田醫師只是浮現一抹帶著哀愁的笑容。

像是要揮去凝重的沉默般，袴田醫師輕拍了下手掌，「啪」的清脆聲響迴盪在房間中。

「好了，那我就來聽妳說有關ＩＬＳ病患的事吧。」

「……什麼？」

「不是嗎？我以為妳是因為煩惱該怎麼治療ＩＬＳ，所以才來找我商量。」

「是、是的，沒錯。但是您怎麼知道？」

「我聽到妳負責治療ＩＬＳ病患之後，就想到了這個情況。因為那個疾病的症狀可能會讓妳想起過去的心靈創傷，所以我甚至想過要不要阻止妳。」

「……那您為什麼沒有阻止我呢？」

我的聲音帶著責怪的意思。身為臨床醫師，能夠負責治療全球罕見的疾病患者，這的確是值得高興的一件事，但是如果沒有成為他們的主治醫師，覆蓋在我心中傷口上的結痂就不會脫落，傷口也不會流血了。

「因為我認為現在的妳一定可以克服。」

袴田先生薄唇的兩端向上揚起，我反問道：「我克服得了嗎？」

「在我多年來為妳諮商後發現，妳的心靈創傷並非完全消失，妳只是學會了如何將它鎖進心底深處的抽屜裡，只要出現某個契機，抽屜就會打開，讓妳再次深受PTSD發作之苦。」

「……替ILS患者治療就是那個契機。」

「沒錯，那個疾病的症狀和讓妳感到痛苦的根源極為相似，我覺得自己該為此負責，因為是我協助妳將創傷藏在抽屜之中的，可惜以我的能力，目前只能做到那樣，真的很抱歉。」

袴田醫師低下頭，我連忙在胸前揮動兩手。

「怎麼會……我很感謝您，因為您的幫助我才能重新振作起來。」

如果沒有袴田醫師，我大概會整個人崩潰吧，我一直這麼深信不疑。

大約十年前，我考上了東京的醫學大學，離開原生家庭成為我崩潰的開始。與家人分隔兩地在住不慣的東京都心生活，還有醫學系繁重的課業，這些壓力都是PTSD一口氣惡化的原因。

「那個時候」開始頻繁閃現，我被診斷為PTSD引發的恐慌症，好幾次因為過度呼吸而進進出出急診室。我開始害怕發作而避免外出，也開始經常請假不上課，即使到精神科門診就診，醫生開了安定的藥物及輕微抗憂鬱藥物，也幾乎沒有什麼效果，負責我的精神科主治醫師認為我對大學生活的適應障礙是根本原因，因此勸我暫時休學回老家。

一想到我為了實現成為醫生的夢想，拚命讀書考上醫學系，現在卻可能不得不放棄，這股不安讓症狀更加惡化，我的精神、我的世界開始一點一滴腐化，這時候我遇見的，就是在我當時就讀的醫大附設醫院裡，擔任精神科副教授的袴田醫師。

據說身為PTSD專家的袴田醫師，在聽到我的事之後自己主動要求擔任主治醫師。

於是我成為副教授的門診病患，在我緊張地第一次踏入診間時，袴田醫師微笑著說道：「初次見面，妳是識名愛衣同學吧。」那時的身影仍如昨日之事歷歷在目。

袴田醫師以諮商為主，慢慢地花時間為我治療，他教會我如何謹慎地面對潛藏在內心深處的怪物，還有馴服牠的方法。

我在接受袴田醫師的諮商後，症狀逐漸改善，到了大一快結束時，就算不吃藥，也能夠順利過著學生生活。

之後我仍定期接受袴田醫師的諮商，即便在他離開大學附設醫院，到神研醫院擔任院長後依然如此。而四年前醫師國家考試及格的我，來到這間神研醫院當實習醫生，我想要在日本關於治療神經疾病最好的醫院裡學習，在這麼冠冕堂皇的申請動機之下，無疑有著我想做為一名醫師和袴田醫師一起工作的私心。從那之後四年，我如願在這間醫院擔任神經內科醫師。

忽然，我和袴田醫師對到眼，我反射性地將視線往下移。

——想將他當成戀愛對象可就要小心了。

不久前，華學姊丟來的一句話在我耳邊響起。

才不是那樣。同為醫師，我只是很尊敬袴田醫師而已……我在心中反覆這麼說著，卻不知為何體溫緩緩上升。

「妳的確是重新振作起來了，而且還成為一名獨當一面的醫師，也因此我認為這是一個好機會，讓妳可以真正克服心裡的創傷。」

聽到袴田醫師的聲音而回過神的我，抬起了臉。

「克服……嗎？」

「沒錯，這十年來妳已經變得非常堅強，有足夠的能力從正面對抗並瞭解這份創傷，而負責治療ＩＬＳ患者，我想就是一個契機。」

我挺直背脊仔細聽著袴田醫師的說明。

「這個過程將伴隨著痛苦，但是只要忍受並克服了之後，妳就能夠真正地獲得解脫，從那個一直束縛著妳的過去枷鎖中解脫。所以妳要竭盡全力為患者們治療。」

真正地從那個可怕的經驗中獲得解脫。這份期待讓我的心臟使勁地鼓動，往全身送出滾燙的血液。

「對了，」袴田醫師語氣一轉，輕快地問道，「所以妳想問我什麼？我雖然不是神經疾病的專家，但會以精神科醫師的立場回答我所知的一切。」

「是，其實……」

喉嚨發出輕微的咕嘟聲，我吞了一口唾液，慢慢開口。

「事情就是這樣。」

「原來如此。」在我解釋完之後，袴田醫師帶著凝重的表情點了點頭。

「ＩＬＳ的原因可能和精神方面的因素有關……嗎？真是嶄新的想法。」

「我在仔細讀過論文之後，發現許多ＩＬＳ病患過去曾有憂鬱症病史。」

聽完我的補充後，袴田醫師摸著下巴。

「ＩＬＳ的病患身上可以看到明顯的身體異常，他們處在快速動眼期，陷入持續的昏睡，如果這是受到精神方面的影響而引起，就常理而言也不難想像。」

「但是過去以一般常理的治療方式，都沒有辦法找出ＩＬＳ的特定原因，所以……」

「所以，必須轉換最根本的想法是嗎？」

交叉雙臂低著頭的袴田醫師沉默了數十秒之後，小聲地喃喃道。

「……共有型精神病疾患。」

「嗯？您說什麼？」

「共有型精神病疾患。意思是罹患精神疾病的病人對身邊的人產生影響，導致那些人也出現精神疾病，常見的案例像是因精神疾病而產生幻覺的病人，他的親人也陷入那樣的幻覺中，而從該親人的行為舉止來看，只能判斷他們也罹患了精神疾病。」

「您的意思是這和ＩＬＳ很像嗎？」我微微地歪著頭。

「沒錯，極為罕見的疾病患者，同時有四個人住進了我們醫院對吧？也許是其中一名患者對其他人產生了影響。」

「但是這些患者彼此完全不認識啊。」

「但這僅限於病患的關係人提供的說法，對吧？就算在家人不知道的地方，四人之間有某些接觸也沒什麼好奇怪的。不，如此罕見的疾病，這四名病患又在同一天發病，這樣才是比較自然的想法。」

「但是這四個人發病的地點完全不一樣……」

我畏怯地指出這點，袴田醫師豎起食指抵住額頭。

「我記得所有人都是在自己家裡，由注意到病患早上了卻沒有起床的家人，或是沒去上班而覺得奇怪的公司同事發現的吧？」

我點點頭：「對，是這樣沒錯。」

「愛衣醫師，這麼想如何？這幾位病患在被發現昏睡的前一天，所有人都在某個地方遇到了引發ＩＬＳ的某件事，但是他們沒有當場陷入昏睡，不僅如此，他們甚至沒有察覺發生在自己身上的事就回家了，然後晚上入睡，進入快速動眼期時，ＩＬＳ終於發病，於是他們就這樣直接陷入昏睡中。」

「也就是說……」我在腦海中咀嚼袴田醫師的說明，「即使遇到引發ＩＬＳ的某個契機，也不會馬上發病，而是進入睡眠之後才會開始出現症狀嗎？」

「這充其量只是一種假設，不過我認為這麼想是合理的。」袴田醫師大大地點頭。

「而您認為發病的原因，有可能是像共有型精神病疾患那樣屬於精神層面的問題？」

「這我不知道，只是不論幫病患做多少檢查，都沒有檢測出藥物成分，從這點來看，不能否定有這樣的可能性。」

「假設真的是這樣好了，但該怎麼證明……？」我將手抵在脣邊，不停思考著。

「最簡單的大概就是調查患者在被發現昏睡的前一天以及更早之前的行蹤了吧，不過這已經超過醫師的職責，是警察或偵探的工作了。」

袴田醫師輕輕地聳聳肩。離開醫院仔細調查病患的行蹤，這的確不是醫師的工作，但如果是為了治療ＩＬＳ……

「愛衣醫師，妳可別太衝動行事了。」

袴田醫師彷彿看穿了我的想法般，先對我提出了警告。

「正面對抗心靈創傷，讓現在的妳失去了冷靜。為了不讓自己的思考範圍被限縮，妳應該要放輕鬆，這是妳的主治醫師給妳的建議。」

「就算您叫我要放輕鬆……」

我渴望能夠盡早獲得線索，以便知道治療ＩＬＳ的方式，以及克服自己的心靈創傷。這股渴望正驅動著我。

「這樣啊……妳要不要回老家一趟看看？」

「咦？回老家嗎？」意料之外的建議讓我提高了音量。

「想辦法安排一下就可以回去了吧？對妳來說，家人比任何藥物都來得能夠穩定精神。妳最近都沒有和家人見面吧？」

「是，確實是這樣……」

我最後一次回到老家是什麼時候了呢？時間已經長到我無法馬上想起來。

鄉愁之情極其突然地從身體深處湧上，不知為何還伴隨著胸口被緊緊勒住的痛楚。我忽然非常想見家人一面。

「……那我和父親聯絡看看。」

聽見我這麼回答，袴田醫師露出滿意的微笑。

「這樣很好，休息一下也許可以擴展視野，讓妳發現原本沒有注意到的線索。」

「在您百忙之中還給我這麼多建議，真的很謝謝您。」

我深深地鞠躬道謝，袴田醫師若有似無地勾起兩端脣角。

「不會不會，我也很開心。身體變成這樣之後，副院長老是丟一堆文書作業給我，我都沒能做一些醫師的工作，大學那邊也叫我暫時好好休息。」

擔任神研醫院的院長之後，袴田醫師仍然持續每週一天，到位於狛江市的母校醫大附設醫院看診，但是意外發生後，那邊似乎也中止了。

「我是很感謝大家這麼顧慮我的身體，但老是做文書作業也太無聊了，所以我剛剛正好在看報紙轉換一下心情。」

我不經意地將視線移到袴田醫師腿上的報紙，上面斗大地寫著煽情的標題**「發現男性遺體　難道是連續殺人事件？」**，我不禁喃喃自語道：「這是……」

「啊，這個啊，妳應該也知道吧？就是最近這附近頻繁發生的殺人事件。從犯案手法來看，應該是同一兇手所為的連續殺人案。」

袴田醫師拿起報紙。

「深夜在杳無人煙的地方遭到襲擊，然後被殘忍殺害。被害者男女老少都有，遺體被蹂躪到看不出原形。」

「看不出原形……」

我啞然無聲。最近心力都用在ＩＬＳ病患的治療上，我並不知道事件的詳細情形。

「這是可怕的暴力，絕非人類所為，簡直就像野生的猛獸。而且已經發生了好幾起這樣的事件，卻都沒有目擊者，像煙一樣突然從現場消失，這麼異常的犯罪，甚至還有傳言說那些人是被從動物園裡逃出來的猛獸攻擊的。」

「您也認為這不是人類犯下的行為嗎？」

「不，這絕對是人類的行為。」袴田醫師緩緩地揚起嘴角，「我對這個事件很有興趣所以仔細調查過，媒體雖然只報導了『遺體遭到破壞，完全看不出原形』，但有一件事讓我很在意，妳覺得是什麼？」

這個語氣就像在對學生提問的老師，讓我想起了醫學生時代，在精神科那門課，上過袴田醫師的課，我記得那堂課的主題是「精神疾病與犯罪」。

曾經以精神科醫師的身分為許多罪犯進行精神鑑定，袴田醫師的授課風格生動又詭異，但又充滿了妖異的魅力，讓每個人都伸長了脖子仔細聆聽。

那是一種彷彿在窺探蠕動於晦暗深淵中的異形深海魚般，讓人毛骨悚然的危險魅力。

「這個嘛，是有沒有猶豫的痕跡……之類嗎？」

「不，不是這個……」袴田醫師微低下頭，「是遺體有沒有被啃食過。」

「被啃食……」我的喉頭一緊，聲音產生了震動。

「沒錯，動物殺死對方的原因，不外乎為了保護自己，或是當成食物。如果是前者，在殺死對方的那一刻即已達成目的，因此不會再有更進一步的攻擊；而如果是後者，牠們會急於啃食捕獲的獵物，因此遺體會留下極大的損傷。假如是受到動物襲擊，『遺體看不出原形』的話就是這種情形，所以我透過一些管道，蒐集了有關遺體狀況的情報，主要是有關遺體司法解剖的結果。」

「遺體……有被啃食嗎？」

「沒有，他們沒有被啃食。」袴田醫師緩緩地搖了搖頭，「遺體只是單純被破壞，為了破壞而破壞，蹂躪遺體本身才是對方的目的。而會這麼做的生物，就我所知，在這個地球上只有一種……就是人類。」

我呆立當場，繼續仔細聽著袴田醫師的解釋。

「這個犯案行為顯示的是『憤怒』，熊熊大火激烈的憤怒，想要將這個世界燃燒殆盡的憤怒。」

說完這句話的袴田醫師，低著頭舔了舔嘴唇。

「而且即使內心隱藏這麼激烈的『憤怒』，這個兇手依舊沒有露出破綻，他犯下了多起案件，卻沒有落下任何東西，也沒有被人目擊到身影……也許這個兇手確實不是人類。」

「咦？這是什麼意思？您剛剛還說兇手是人類。」

「我的意思是，連自己都要燃燒殆盡的『憤怒』，以及完全沒有被看到身影的『冷靜』，吞噬了這兩種矛盾情感的存在，已經超出了『人類』的範疇，就算說他進化成了『怪物』也不誇張。」

「怪物……」

「身為一名專家，我還真想見見那個『怪物』，探一探他的本質呢！」

袴田醫師彷彿幼兒看著自己抓到的昆蟲，浮現出既殘酷，卻又天真無邪的笑容。

4

數十種辛香料交織而成的辛辣香味掠過鼻尖，湯匙舀起咖哩放入口中，富涵深度的鮮味與刺激性的辣味在口腔內散開。

「好吃嗎？」

隔著餐桌與我對坐的爸爸這麼問我，我嘴裡咬著食物，接連點了好幾次頭，爸爸的眼角擠出了皺紋。我依照袴田醫師的勸告回到了老家。走出院長室後，我馬上撥了電話，爸爸打從心底開心地說：「我等妳回來。」

值班結束後，我搭乘特急電車來到離老家最近的ＪＲ轉乘站，再轉搭路面電車，一邊看著紅色的體育場和觀光景點的大公園，搖搖晃晃搭乘了十五分鐘電車，回到爸爸等待的這個家。

從小時候開始，爸爸煮的咖哩就是我最喜歡的食物，即使搬離了老家，每次回來爸爸還是會為我煮這道咖哩。

已經多久沒有像這樣和爸爸對坐著吃飯了呢？

我拿著湯匙在咖哩與嘴巴之間匆忙地來來回回，同時一邊觀察著爸爸。

總覺得他的頭髮變得稀薄，臉上的斑與皺紋越來越顯眼，拚了命地養育幼小的我長大，爸爸的外表透出了那份辛勞。

然而我卻很少回家露露臉……感謝之情與罪惡感在我心中交錯。

當我還在受到自我厭惡苛責時，忽然出現「喵～」的叫聲，一團淡黃色的毛球跳到了我的腿上。牠是一隻名為「黃豆粉」的寵物貓，我還在讀幼稚園時，從附近公園撿回來的小貓，現在彷彿這個家的主人一樣，旁若無人地生活著。

「我還在吃飯，不要來干擾我，你看，人家跳跳太就很乖。」

我摸了摸牠那名字的由來、顏色像是黃豆粉的柔軟毛髮，手指指著放在客廳角落的一個大籠子。籠子裡，同樣從我小時候就陪著我的白色兔子跳跳太閉著眼睛趴坐在內，乍看之下好像在睡覺，但是幾乎要垂到地板上的耳朵不時微微地顫動，由此看來，牠似乎在聽著我們這邊的動靜。

「貓不能吃咖哩啦！」

我一將牠抱到地板上，黃豆粉像是在抗議一般，「嗚」地喊了一聲。牠的態度雖然高傲，體格卻很小隻，現在還留著小貓時十足可愛的樣子。

「晚一點給你貓咪零食當點心，你等一下喔！」

我一邊和黃豆粉談條件，一邊繼續吃著咖哩。

吃完晚餐，我喝著爸爸泡的紅茶。啊！幸好我有回來老家，我在內心感謝勸我回來的袴田醫師，光是這樣和爸爸面對面喝茶，這幾個星期以來的緊繃情緒都慢慢放鬆了。

不論工作再怎麼忙，都應該更頻繁和爸爸見面才是，為什麼我一直不回來呢？

「所以，發生什麼事了？」爸爸突然向我提問。

「咦？現在在說哪件事？」我將手裡的茶杯放回盤子上。

「是因為發生了什麼事，所以妳才急忙回來的吧？」

爸爸瞇著眼，看進了我的眼睛。從小開始，只要我情緒低落，爸爸就一定會這樣問我。

「只是……工作有點忙。」

我含糊地回答，爸爸微微地聳了聳肩。

「不只是這樣吧。愛衣是個做事努力的人，如果只是工作忙才不會顯得那麼頹喪。發生了什麼難過的事嗎？我可以聽妳說說。」

果然還是瞞不了爸爸……我一邊苦笑，一邊思考著該怎麼說。

我不能將看到病患的樣子之後，讓我想起「那個時候」的事情說出口，因為「那起事件」爸爸的身心都傷得比我還要重、比我還要痛苦。

「其實我現在負責的病患有些棘手，他們罹患了一種叫做ＩＬＳ的病……」

我帶著些猶豫開始說了起來。就算對方是我的家人，我也不能透露患者的個人資料，但如果是關於疾病的一般說明應該沒有關係吧。

我開始以簡單明瞭的方式說明ＩＬＳ，好讓沒有醫療知識的爸爸也能夠理解。

「這樣啊，世界上還有這麼神奇的疾病啊。」

爸爸幾次應和，聽完我說的內容之後，皺起了眉頭。

「因為是非常罕見的疾病，所以我一邊摸索一邊進行治療，但是卻完全沒有效果。總覺得因此有一種無力感……」

感受到無力感，會讓我想起「那個時候」的自己。我在腿上握緊了拳頭。

「不過持續沉睡在夢中，是那個吧，不是有個那樣的童話故事嗎？」

「你是說白雪公主吧，吃了毒蘋果之後陷入沉睡，然後因為王子的吻而醒來的故事，所以也有人稱ＩＬＳ為『白雪公主症候群』，不過我不喜歡那種浪漫的名字。」

我一口飲盡了杯子裡剩下的紅茶。大概是比較濃厚的部分都沉到杯底了，因此格外苦澀。

「為什麼不喜歡？小女生不是都喜歡浪漫的東西嗎？」

「別再這麼說了啦，我已經不是『小女生』的年紀了。」

聽我這麼反駁，爸爸不發一語地不好意思了起來。似乎對父親而言，女兒不管到了幾歲都還是個「小女生」。

「如果是能夠因為一個吻而醒來的病，那給它取個浪漫的名字是沒有關係，但是ＩＬＳ的病患有相當程度的比例不會再次醒來，簡直就像受到詛咒一樣。管他是王子的吻還是魔法都沒有關係，如果有能夠讓病患甦醒的方法，真希望可以教教我。」

我嘆了大大一口氣，爸爸的手摸在下巴上。

「魔法……嗎？」

「怎麼了？怎麼一臉嚴肅。」

「沒有，只是在想如果是這方面，也許可以去和媽媽商量看看。」

「咦……媽咪……?!」我臉上的肌肉繃了起來。

「啊，不是不是，我是指我的媽媽，也就是愛衣妳的奶奶。」

察覺我臉色的爸爸慌忙說道。

「啊，是這樣啊，但是奶奶……」

不知為何感到輕微頭痛的我按住了太陽穴，爸爸指著天花板。

「這個時間奶奶應該還醒著在房間裡，妳要不要去和她聊聊？」

「等一下，為什麼我要和奶奶聊？這件事和疾病有關耶。」

「但是那些病人的症狀，從我一個外行人聽起來，與其說是疾病，感覺更像是詛咒，這樣的話，和專家商量是最好的方式，畢竟奶奶年輕的時候可是一位猶他呢。」

「猶他？我記得那是類似沖繩的女巫那樣的人吧？」

「我也不是很清楚，不過真要說起來比較接近靈媒吧，她們會利用不可思議的力量驅除邪靈，或是治療疾病。」

「靈媒……」鼻子的根部擠出了皺紋。

「這個嘛，聽起來的確是很可疑。」爸爸開心地笑了，「事實上也有很多人是咬住對方的弱點，做一些類似詐騙的事情還自稱是猶他，不過根據附近鄰居所說，奶奶似乎是一名非常優秀的猶他喔。」

「怎麼可能有什麼不可思議的力量！」

我的語氣裡參雜了不耐煩。有很多人會以花言巧語引誘因病所苦的人採用毫無根據的高價治療方式，自從我成為醫師之後，已經看過好幾名病患，因為相信這種治療方式，落得不幸的下場。

「別這麼說，妳奶奶是真的擁有不可思議的力量，我從小就多次看過她發揮能力，像是治療一些小病小痛，或是說中遺失物的所在地。」

「我第一次聽到這件事……」

「因為奶奶好像不是很想讓別人知道她是猶他，只有附近的人來拜託她時，她才會免費幫助對方。」

「喔～這樣啊。」聽到沒有索取費用，讓我的反感稍微降低了一些。

「總之，雖然我不知道能不能當作參考，但去聊聊也沒什麼損失吧？自古傳承下來的智慧，有時候可是很管用喔。」

被爸爸這麼一說，我也開始覺得或許真是如此。我雖然完全不相信什麼超乎尋常的能力，但已經很久沒有見到奶奶了，去和奶奶悠閒地聊個天也不錯。

大約二十五年前爺爺過世之後，奶奶就順勢從沖繩搬過來和我們一起同住。

我站起身，說：「那我就去和奶奶聊聊。」爸爸似乎很開心地揮著手回道：「慢走。」我走出飯廳，一踩上通往二樓的陡峭樓梯，黃豆粉就搶在我之前從腳邊竄過。

「你也要去奶奶的房間嗎？」

比我早一步到二樓的黃豆粉像是在催促我一般叫了聲「喵～」，也許牠是因為還沒得到點心而感到不滿。一上到二樓，黃豆粉就以爪子抓著短廊右側的紙拉門，那是奶奶的房間。走到紙拉門前的我小小聲問：「奶奶，妳還醒著嗎？」馬上傳來一聲回應：「醒著唷。」

我拉開紙門，眼前是鋪著琉球榻榻米的和室。穿著寬鬆浴衣的奶奶蹲坐在小矮桌的內側，鼻間飄來房間角落燃燒的蚊香特殊的味道。

「小愛，好久不見了，一陣子沒看到妳就長大了呢。來吧，坐吧。」

奶奶原本就布滿皺紋的臉上，又擠出了好幾條皺紋，招呼著我坐坐墊。進入房間的黃豆粉，奮力一躍，在奶奶的腿上縮成一團。

「真是的，又不是小孩子了，你可別再長胖了啊。」

隔著小矮桌，在奶奶對面跪坐的我露出苦笑。

「奶奶很高興看到妳，來，吃幾個糯米餅吧。」

奶奶從小矮桌上的點心盒中拿出摺好的一個大型月桃葉。糯米餅，又稱為鬼餅，是沖繩的點心。

「啊，好懷念喔這個。」

接過糯米餅的我打開月桃葉，裡面出現一塊加入紅芋揉製的深紫色米餅，我用門牙從葉子上輕輕刮下來吃。用臼齒咬著咬著，紅芋溫和的甜味及月桃葉清爽的香味，伴隨比起一般糯米餅更黏糯柔軟的口感在嘴裡擴散。

這是小時候奶奶經常給我吃的味道，這股懷念的滋味，讓最近僵硬的心慢慢軟化。還是和家人相處舒服。我像是在咀嚼幸福般，一口接一口吃著糯米餅。

「因為瑪布伊掉了。」

吃完糯米餅，正當我舔著指尖沾到的殘渣時，奶奶唐突地出聲。我不懂這是什麼意思，所以反問：「蛤？什麼？」奶奶沖繩的口音很重，我有時候會聽不清楚她說什麼。

「我是在說小愛妳負責的病人，他們不是突然醒不來了嗎？」

「……為什麼妳會知道？」

背脊一片發涼。剛剛爸爸說過的「不可思議的力量」這句話在我耳邊響起。

「小愛的事我什麼都知道喔。」

我看著得意地笑瞇了眼的奶奶，輕輕地甩了甩頭。

只是聽到爸爸剛才和我的對話罷了，這個家的隔音效果沒有那麼好，和同齡者相比沒什麼重聽問題的奶奶，也許在這房間裡也聽到了我們的對話。

半強硬地說服自己之後，我問奶奶：「瑪布伊是什麼？」聽起來像是沖繩方言，只是我沒有聽過。

「瑪布伊啊，以日本本島的用語來說，就像是『靈魂』一樣的東西。」

「靈魂……」超自然領域的用語，讓我臉頰的肌肉繃了起來。

「瑪布伊啊，只要一點點衝擊就會掉落，像是非常驚訝，或是發生悲傷的事情等等，這種時候不是會腦袋一片空白嗎？」

這似乎是在說因為震驚而陷入茫然自失的狀態。

「奶奶，我負責的病人已經睡了超過一個月了，這和馬上可以治療好的狀況不一樣。」

「這是因為，他們的瑪布伊被某個人吸走了。」

「被吸走了？」聽不懂這句話的意思，我反射性地回問。

「沒錯，小愛負責的病人在一睡不醒之前，是不是大家都很沒精神？是不是遇到非常痛苦的事，或是心情很低落？」

「為什麼妳會知道？」發出尖銳聲音的我，慌忙用兩手摀住嘴。

這也是因為奶奶聽到了剛剛的對話，一定是這樣。

「只要發生痛苦的事，瑪布伊就會變得衰弱，而衰弱的瑪布伊很容易被吸走。瑪布伊被吸走卻沒有取回的人，雖然可以回到家中，但是只要一入睡，就會一睡不醒。」

「妳說被吸走，是被什麼東西？」

和ＩＬＳ完全相同的症狀，我的身體不知不覺往前傾。

「被薩達康瑪利。」

「薩達康……？」

「就是擁有這種能力的人。」

有能力吸取他人靈魂的人？我的頭痛了起來，疼痛隨著心臟的跳動擴散，我按著太陽穴，繼續提問。

「那、那個靈魂……瑪布伊被吸走的人，該怎麼做才會醒來？」

我在問什麼蠢話？身為醫生的我，竟然對這種和迷信沒兩樣的事認真……理性雖然這麼想，卻不知為何被奶奶所說的話吸引。

「要進行瑪布伊谷米。」奶奶高聲說道。

「瑪布伊……谷米……？」

「沒錯，就是將瑪布伊放回原位。如果瑪布伊只是稍微掉了，即使是普通人也放得回去，但被吸走的人就沒辦法了，必須由專業的人進行。」

「專業的人，難道……是指猶他嗎？」

奶奶只是一個勁兒地微笑。

「……如果是奶奶，是不是可以治好我的病人，那些瑪布伊被吸走的人？」

我明明知道怎麼可能有這種事，卻無法停止提問。

「不行，我沒辦法。」奶奶一臉可惜地搖搖頭，「如果是三十年前的我也許還可以，不過有一個人做得到喔。」

「有一個人？是誰？」

我從坐墊跪起身，奶奶的食指指向我的鼻尖。

「小愛，就是妳。」

「……我？」半張的嘴裡，溢出我呆愣的聲音。

「沒錯，妳是我的孫女，一定可以辦得到。」

身體的溫度一口氣退去。這是在說因為繼承了身為猶他的奶奶的血統，所以我也有特殊能力的意思嗎？怎麼可能會有這麼剛好的事。

再繼續談論這個話題也沒什麼意思，反正已經和奶奶見到面了，差不多該走了。我這麼想，正從坐墊上起身時，奶奶突然將手掌貼在我的額頭上。

「咦？什麼？」

我反射性地想縮回身體，奶奶溫柔地微笑道：「別動。」

到底要做什麼？不安湧上心頭，身體動彈不得，額頭的中心卻柔和地越來越溫暖。

我發現那個地方發出光芒，是一陣淡橘色的光芒。

我不是透過眼睛看到，但不知為何，就連光的顏色我都可以從感受得知。

「什麼？這是什麼？」

奶奶向半起身的我輕柔說道：「別擔心。」

額頭上的熱氣擴散開來，沿著臉、脖子、軀幹，然後是四肢末梢，全身的細胞都帶著熱氣，但這並不像發燒一樣難受，而是像漂浮在南國大海般身心舒暢。

我閉上眼睛，漆黑的世界裡，我的身體被包圍在橘色的光芒中飄浮。

不，這麼說並不正確，是我自己本身散發出橘色的光芒。

我感受到全身六十兆的細胞，正淡淡地發光。

「這是……」

我張開眼睛，奶奶得意地瞇起眼。

「看吧，小愛果然是我的孫女。」

身體的熱意慢慢退去，我感受到光芒漸漸變弱，但是那道餘暉在我的肚臍深處附近繚繞不散。

「這是怎麼回事？妳剛剛做了什麼？」

「瑪布雅、瑪布雅，烏提奇彌索利。」

奶奶突然喃喃唸出像是咒語一樣的字句。

「妳在……唸什麼？」

「妳要摸著失去瑪布伊的人的頭，唸出我剛剛說的咒語，這樣瑪布伊就可以回到那個人身上。」

「意思是可以治好ＩＬＳ嗎？」

我戰戰兢兢地詢問，奶奶如我所願地用力點了點頭。

「這樣啊……謝謝。」

我向奶奶道謝後，逃也似地往紙拉門走去，我可受不了再被更多的奇怪迷信給擾亂心神。在奶奶腿上縮成一團的黃豆粉，也起身跟著我離開。

「對了，小愛。」
我拉開紙門，背後傳來奶奶的聲音。我只回過頭問：「什麼事？」
「妳在進行瑪布伊谷米時，記得去找庫庫魯喔。」
「庫庫魯？那是什麼？」
聽到新的名詞出現，我皺起了眉頭。
「妳很快就會知道了。」
奶奶像個少女般浮現出帶有惡作劇味道的笑容。

5

「啊，愛衣醫生。」
回老家之後的隔天傍晚，午診的巡房時間我走在病房的走廊時，一道開朗的聲音向我打招呼。我回過頭，穿著病人服、大約小學低年級的小女孩臉上掛著無憂無慮的笑容站在那裡。我記得……她是在這棟大樓住院中的小朋友，印象中見過她好幾次。
「妳好，妳是……」
「我是宇琉子啦，久內宇琉子。」
「對不起喔，宇琉子。嗯，妳在這裡做什麼？」
她帶著笑容向我走來，從她像個老太婆拱著背一小步一小步前進的樣子，我看出她得了神經方面的難治之症，於是我的臉皺了起來。

「我在散步，留在房間裡沒事做，所以我到處晃來晃去。愛衣醫生也在散步嗎？」

「我正在工作，要到我負責的病人那裡，去看看他們的狀況。」

我屈膝，對上宇琉子的視線。

「宇琉子也回去自己的病室比較好喔。」

「但是回到房間也沒有事情可以做，很無聊。」

宇琉子可憐兮兮地垂著頭，因為她的脊椎是向前彎曲的，那個樣子看了令人心痛。

「那等工作結束了，姊姊陪妳玩一下下吧。在那之前，妳可以在自己的房間裡等著嗎？」

「真的嗎？好，我會等妳。」

像花朵盛開一樣，宇琉子的臉上再次浮現出笑容，她轉身離去。她的步伐如我所想地一跛一拐，速度卻相當快，大概她已經適應罹患疾病的身體了吧。

我確認小小的背影已經看不見了之後，拉開拉門進入病室中。

這是片桐飛鳥小姐的病室，她正躺在房間裡面的病床上。睡眠中的呼吸聲以一定的節奏響著，微微地刺激著鼓膜。走近病床的我拿起掛在脖子上的聽診器，「醫師巡房，我聽一下喔。」我先向她打了聲招呼才開始聽診。

診察很快就結束了，沒有發現任何異常，就像至今為止的四十天，她只是一直持續昏睡中。

我在這間病室裡應該沒有其他事可做了，必須快點回到護理站，完成登載病歷、申請藥物處方及檢查等堆積如山的文書工作，但是，我卻動也不動地站在病床旁邊。

我到底想做什麼？我一邊問著自己，同時伸手去摸她的右眼瞼。薄薄的皮膚下眼球快速運動的震動從指間傳來。

從我指尖摸著的眼瞼沿著眼角，然後來到太陽穴，有一條細細的舊傷，我想起了記載在病歷上的資料，那是為了找出治療ＩＬＳ的線索，而拚命向親人等關係人詢問彙整而成的資料。

二十一歲的飛鳥小姐，夢想是成為飛機機師，因此原本就讀於航空學校。然而八個月前被捲入一起意外事故中導致身受重傷，傷勢並沒有危及性命，四肢雖然骨折了，不過手術之後已經痊癒沒有留下後遺症。

但是，問題在於眼睛。發生事故時，四處飛散的碎片劃過她的右眼，角膜受到嚴重損傷，幾乎呈現失明，對於目標成為飛行員的人來說這是一項致命傷。

失去夢想陷入絕望的她，身體的傷痊癒了之後也沒有再回到學校，只是像個遊魂一樣漫無目的地過著每一天。然後有一天，她突然不再醒來。

簡直就像拒絕面對痛苦的現實，而躲到夢境裡一樣。

現在她正做著什麼樣的夢呢？是沉浸在幸福的夢中，還是徬徨於惡夢之中？從她那毫無表情的睡臉，我無法做出判斷。

「瑪布伊掉了……嗎？」

我不知道瑪布伊，也就是靈魂是否真的存在。我認為人格也不過是從蜘蛛絲般複雜交錯的腦神經迴路發出的電子訊號中產生的東西。但是，如果靈魂真的存在，而且從身體中消失了的話，也許會陷入和眼前不停做著夢的她一樣的狀態也說不定。

瑪布伊谷米。我想起了從奶奶那裡聽到的那些話。我記得是將手放在對方的額頭上然後唸咒語吧？

——妳是我的孫女，一定可以辦得到。

奶奶的話在我的耳邊響起。我戰戰兢兢地將原本蓋在飛鳥小姐眼睛上的手移到她的額頭上，她的體溫微微地溫暖了我的手。

真的要做嗎？身為醫師的我竟然將那種非科學的迷信當真？

「唸個咒語沒關係吧，就像在許願那樣。」

像是在替自己找藉口般喃喃自語，我看著飛鳥小姐的臉，慢慢地開了口。

「……瑪布雅、瑪布雅，烏提奇彌索利。」

為了不讓其他人聽到而以細如蚊蚋的音量唸出來的咒語，輕微地晃動了病室的空氣。

什麼事也沒發生。她並沒有像被王子吻了以後的白雪公主一樣醒過來，現在她仍持續發出微微的呼吸聲。

這也是當然的，我想要這麼嘟囔著縮回我的手，可是……卻做不到。

不論是要自言自語，或是要把手縮回來，我都做不到，簡直就像連接大腦和身體的神經被切斷了一樣。

這是怎麼回事？我下意識地想要大喊，喉嚨和舌頭卻發不出一點聲音。

這時候光芒出現了。和昨天奶奶將手放在我頭上一樣，我的全身開始散發出淡橘色的光芒。不，發光的不是身體，而是容納在其中的「我」，而身體裝不下的光，就流洩到了身體外面。

我一直認為身體才是「自己」，以皮膚為界，內側是「自己」，外側是「自己以外」，但是我現在感受到了身體深處真正的「自己」的存在。

從全身溢出的光芒漸漸地往右半身，然後是摸著飛鳥小姐的右手集中。我的手掌與她的額頭，光芒，不，正在發光的「我」流經皮膚接觸的部分，逐漸被她吸進去，身體中的「我」一點一滴地被稀釋。

不久後視線變暗，這不是眼睛出現了問題，而是接收從視神經傳往大腦的視覺訊息的「我」越來越稀薄，薄到幾乎要消失了。

我感受到身旁就站立著「死亡」，從二十三年前的那一天以來，濃厚的「死亡」香氣。

下個瞬間，腦海中跳出了帶著溫暖包容的笑靨，溫柔地向我伸出手的女性影像。那一剎那，恐怖消失了，我內心平靜地接受了那股香味。

像是開關被關掉的電視畫面，我的意識轉暗。

6

回過神，我站在森林裡，是一座微暗的森林。四周巨木雜亂地生長，前所未見的粗壯樹幹縱橫錯綜得像個迷宮，我本來應該穿在身上的白袍不見了，取而代之的是白色襯衫和深藍色長褲。

這裡是……？我帶著混亂仰望天空，遠處幾乎要碰到天空的地方大量樹葉茂密地生長，我從來沒有看過這麼巨大的樹，感覺就像闖進了一群木製的高樓大廈中。

我將兩手貼在額上，拚命地調整紊亂的呼吸，努力想要掌握狀況。但是，不論我怎麼動腦筋，還是不知道發生了什麼事。

我應該身在醫院的，什麼時候竟然來到這樣的森林裡了？

難道我在做夢嗎？不，以夢境而言這實在太過真實了。

我大大吸了一口氣，鼻腔充滿了幾乎令人窒息的綠葉香氣及潮溼的泥土味。我踏出一步，鞋底傳來柔軟地面的觸感，輕撫臉頰的空氣溼度相當高，但也蘊含著森林特有的清涼感甚至有股清爽的感覺。

清醒夢，在做夢時知道自己正身處於夢境中，我已經有過好幾次這種經驗，但是現在卻沒有那時候感受到的，世界以及「自己」這個存在的鮮明度隨著時間流逝產生變化的感覺。至少對我來說，現在這個世界是「現實」。

那麼，在醫院裡巡房才是夢嗎？進入醫學系，結束嚴格的初期臨床實習成為神經內科醫師，成為三名ＩＬＳ病患的主治醫師，這些也全都是夢嗎？

不，這怎麼可能！妳清醒一點！

我以兩手拍了拍自己的臉頰，發出了「啪！」的清脆聲響，兩頰傳來的尖銳疼痛，冷卻了我簡直要燒起來的混亂頭腦。

冷靜下來。一定要冷靜。我反覆幾次深呼吸之後，發現身邊掉了一個球狀的物體，我輕輕驚叫了一聲，跳離那個東西。

那是一顆松果。小時候我經常到處蒐集，和附近的男孩子拿來互丟玩耍的松果，只不過掉在地面的那顆大小有如西瓜。

一顆尺寸超乎常理的松果，但是讓我驚訝的卻不僅是它的尺寸。

直到剛剛都還沒有這種東西，如果有這麼異常的東西掉在身邊我一定會發現。

「什麼時候……」

……不，這也很難說。來到這裡之後我一直處於混亂狀態，也許是因為這樣，所以掉在身邊我也沒發現。沒錯，一定是這樣。

強硬地自我說服後，我屈膝伸手向那顆松果，在指間就快碰到時，那顆松果滾了開來，簡直就像在避開我的手，我顫抖著身體縮回了手。

是風嗎？但是並沒有吹來足以推動那麼大一顆東西的風啊……

心跳越來越快，冷汗滑落背後。

「啊哈哈哈哈。」

忽然出現突兀的笑聲，像是天真無邪的幼兒發出的高亢笑聲，但是聽在我的耳裡，那比肉食動物的低吼更恐怖。

因為那陣笑聲很明顯是眼前的松果發出來的。

「這到底……是什麼啊……」

舌頭僵著無法順利發出聲音。松果彷彿對我的聲音產生了反應，當場不停地旋轉起來，並且前端朝向了我。

明明應該沒有眼睛的，我卻感受到了松果的視線。我緩緩地往後退，笑聲還在振動著我的鼓膜，那是層層疊疊，迴盪著回音的笑聲。

我轉動關節有如生鏽了一般動作不流暢的脖子，視線投向周遭。不知什麼時候開始，我被數不清的巨大松果包圍了。

是夢……我一定是在做惡夢……上下排牙齒開始發出撞擊聲。

眼前的松果笑聲變得更大了。以此為信號，無數的松果開始笑了起來，同時隨意擺動到處亂滾。

它們不時互撞、跳躍，每一次，笑聲都會變得更大聲。

一定要逃，一定要立刻從這裡逃走。我雖然這麼想，顫抖的腳卻使不出力氣，無法動彈。再說四面八方都被發出怪異聲音到處滾動的松果圍住了，我連該往哪裡逃都不知道。

嚇得呆立在松果們舞蹈大會中心的我，背後竄過了一陣顫慄。我僵著身體，以緩慢的動作轉頭看向右側，瘋狂跳著舞的松果群深處，佇立著「幽暗」。

那是個除了「幽暗」沒有其他詞彙可以形容的東西，彷彿只有那個部分的空間被裁切掉了，虛無在其中飄蕩。

像是吞噬了一切物體、聲音還有光芒的「幽暗」。我雖然不知道那究竟是什麼，但腦海裡以最大的音量響起了警報聲，從全身的汗腺滲出了冰水般的冷汗。

到處翻滾舞動的一顆松果碰到了那個「幽暗」，下個瞬間，松果發出帶著哀嚎的笑聲被吸了進去，笑聲越來越微弱，最後終於聽不見了，簡直就像掉進了無底深淵一樣。

「幽暗」膨脹了一些。不，也許它是靠近了一些？可能是因為四周昏暗，所以我無法掌握距離。原本跳著舞的松果們，一顆一顆地被「幽暗」吞了進去。

我用力咬著嘴唇，虎牙微微刺破了薄薄的皮膚，在銳利的疼痛接起原本已經斷線的大腦與雙腳之間神經的同時，我蹬著地面拔腿就跑，避開在腳邊跳舞的松果，有時候也踢飛它們，雙腳不停地動著。

我沒有停下腳步，只轉動頸部回頭，背後可以看見和剛才一樣大小的「幽暗」。

完全沒有變小，它正在追著我。恐懼讓我的腳幾乎不聽使喚。

「幽暗」碰到了樹幹，那個部分無聲無息地被整個挖走了。就在我從喉嚨深處溢出「嗚」的驚叫，同時重新轉頭面向前方時，眼前卻聳立著巨木。慌忙伸出雙手避免衝撞的我，輕輕甩了甩頭。

我明明跑向了沒有樹木的地方……帶著混亂，我再次轉頭確認「幽暗」的位置，它的尺寸比剛才還要更大，但是，我依然無法掌握正確的距離。

我要快點繞過樹逃跑。就在我再次轉回正面的同時，口中發出「咦？」地愣了愣。原本應該在眼前的巨木不見了，我的雙手剛才應該碰到了樹幹才對，現在正面卻出現了一條大路。

我不知道發生了什麼事，有那麼一瞬間全身僵硬，不過馬上就回過神開始跑了起來。我喘著氣又回頭看，也許是心理作用，總覺得這次「幽暗」變小了。

逃得掉，不會被「幽暗」吞噬了。稍微放下心，看著正面的我硬生生停下了腳步，原本空出的一條路又被巨木給堵住了。

「為什麼……？」我呆立當場，環顧四周，全身起了雞皮疙瘩。原先生長在四周的樹木很明顯地變換了位置，簡直像是這些樹隨意移動了一樣。

「怎麼……回事……？」我發出嘶啞的聲音急忙轉身。

視覺範圍內的樹並沒有移動，但是每一次只要稍微移開視線，原本長在那裡的樹位置就會產生巨大改變。

我知道這種感覺，是「一二三木頭人」。就像小時候常玩的那個遊戲一樣，大樹在我的死角無聲無息地改變了位置，距離感從我的視覺範圍裡消失了，周圍大樹步步進逼想將我壓垮的錯覺向我襲來。

不，這是錯覺嗎？確定不是樹真的越來越靠近了？

像是鳥類振翅的嘈雜聲振動著狼狽的我的鼓膜。

我顫抖著怯怯地向後看去，無法聚焦的眼睛捕捉到了「幽暗」，它不知道什麼時候膨脹成了需要抬頭仰望的大小，像是馬上就會吃了我一樣。

不行了……絕望漸漸吞噬我的心，身體動彈不得。

彷彿被肉食動物逼到絕境的小動物，全身僵硬的我的腳邊，忽然竄出了小小的影子，腳踝那像是柔軟刷毛撫過的觸感，解開了緊箍的束縛。我反射性地轉頭，視線追著那道影子，那道影子停在稍微有點距離的地方，因為昏暗我無法看清楚，但從剪影來看似乎是四足動物。

「跟我來！」

像是變聲前的男孩般稚嫩的聲音，很明顯是從那道影子傳來的。

「你說跟你走……」

「別管了，快點！還是妳想被那個吃掉？」

那個。越來越靠近的「幽暗」。就在我想要確認與那個之間的距離，轉頭到一半時，瞬間一道尖銳的聲音從影子飛來：「不可以看！」

「妳如果想逃離那個就快跑，現在馬上全力奔跑！」

和音質不相稱的強硬語氣，讓我不自覺地回答：「好、好！」

「快跑！」

影子隨著那句話一起跑了起來，我也下意識地用力踏向覆蓋著落葉的地面。

我一心一意拚命地追趕著那道穿梭在迷宮般排列的巨木之間的影子。

我們是否已經逃離了「幽暗」？

正當我想確認後方時，跑在前方的影子大叫：「不要回頭！」

「絕對不能回頭。妳只要看著前方，看著我不停地跑就夠了，不然又會撞到樹，被『那個』給追上。」

「但、但是……我已經到極限了……」我上氣不接下氣地擠出聲音。

我以運動不足的身體不停奔跑，因此全身都在吶喊，大腿發熱發脹，簡直就要爆開，嘴裡如沙漠般乾燥，拚命吸入氧氣的肺也極為疼痛。

「那是因為愛衣妳一直認為自己到了極限才會這樣，但是根本沒有什麼會到達極限的身體。」

影子沒有停下腳步，以受不了的語氣說著。

「什麼……意思……？」

「妳很快就會知道了。別說了，我們差不多要到終點了。」

「終點？」我將視線往上移，從微暗的森林深處照進隱隱約約的光芒。

「只要到那裡就不用擔心了，所以再加點油。還有，千萬不能回頭看喔！」

只要到那裡就得救了，可以休息了。我奮力擠出身體深處僅存的一點力氣，在鉛塊般又硬又重的雙腳注入活力。

森林的邊界越來越近，我追在用力跳起的影子後方，躍進了炫目的光芒中。已經習慣黑暗的眼睛感到刺目，閉上眼睛的我，臉朝下倒進了像羽絨布般柔軟的東西中。我已經連動動手指的力氣都沒有了，只是閉著眼睛貪婪地吸取氧氣。

漸漸地，呼吸平穩了下來。睜開眼睛，撐著還在發抖的手抬起上半身，我大大地屏住了呼吸。眼前是一片金黃色的大海。

我撫摸手撐著的地面，金色的光芒伴隨著天鵝絨地毯般柔順的觸感閃閃發亮。

「……三葉草？」

我在水面上看見的，是三葉草的葉子。半透明的三葉草葉片像是浮在空中一樣密集生長，我倒在那片三葉草上，怯怯地拔下一株拿到了眼前，寶石般蘊藏光輝的葉子分成了四片，這是幸運的象徵，四葉的三葉草。

不只有一株，仔細一看，附近生長的三葉草全部都是四葉的。

我以指尖捏了捏手裡的葉子，像是毛氈一樣柔軟變形的葉子，吐出了內含的七色光芒，我被那彷彿彩虹水珠彈出般的美給深深吸引。

透明如玻璃藝品，柔軟如羽毛的三葉草葉子。金色的光芒灑落在這些葉子上，閃閃發光地不規則反射，營造出有如一片金黃大海的風景，我抬頭仰望天空，那裡掛著一輪閃耀金色光輝的巨大太陽，散發出炫麗的光芒。

「看來我們總算逃脫了。」

原本沉浸在太過夢幻、非現實景象中的我，忽地抬起臉。像是要吞噬一切的那個「幽暗」，它已經不再追著我們了嗎？

我轉身一看，發出了細微的驚叫。在三葉草大海與昏暗森林的交界處、距離我躺著的位置不遠處，「幽暗」正在飄蕩，不知何時，它膨脹成了巍然聳立的巨大黑影，已經看不見森林深處了。不，也許森林裡無數的大樹、瘋狂跳舞的松果，還有鋪滿落葉的地面都被「幽暗」給吞噬，全部消失了也說不定。

現在森林交界處成排的樹木另一側，看起來只像是無底深淵張開了口一樣。我在三葉草的葉子上匍匐前進，拉開與「幽暗」的距離，這時候，臉頰像是高級毛巾拂過，一陣柔軟的觸感傳來。

「別擔心，看樣子那傢伙目前來不了這裡。」

耳邊，那個小小影子的聲音在細語，我反射性地往旁邊看，對上一雙圓滾滾的眼睛，那是琥珀般閃耀著淡橘色的虹彩上，嵌了一條細長瞳孔的美麗眼眸。

那裡站了一隻從來沒見過的生物。

基本的身形是貓，小小的身體覆蓋著淡黃色、看起來很柔軟的毛，但是下垂的耳朵以貓而言卻長得超乎常理，幾乎就要碰到腳邊的三葉草。

擁有兔子耳朵的貓，除此之外，我不知道還能怎麼形容這隻生物。

從來沒有見過這樣的動物，而且這隻生物還會說人話。

我看著兔耳貓，怯怯地開了口。

「你究竟是……？」

「我是庫庫魯唷，妳的庫庫魯，請多指教了，愛衣。」

牠像是在對我打招呼似地，一只耳朵「唰」地往上舉起。

7

「庫庫魯……？」

我和擁有兔耳朵的貓對看，這句話同時從我的嘴裡冒了出來。

——妳在進行瑪布伊谷米時，記得去找庫庫魯喔。

我想起昨天奶奶說的話，睜大了眼睛。

「庫庫魯，是奶奶說的那個……」

「沒錯，我就是那個庫庫魯，愛衣的庫庫魯。」

兔耳貓靈巧地向我眨了眨眼，過於脫離現實的狀況讓我暈了起來。

「等、等等，拜託你，等一下……」

我一隻手抵向庫庫魯面前，另一手則按著太陽穴。庫庫魯輕輕地搖著蒲公英絨球般的尾巴，不僅是耳朵，牠的尾巴似乎也是兔尾巴。

我的腦海裡盤旋著許多疑問，大腦神經迴路都快短路了，無法判斷該從哪裡開始問起才好，總之……

「總之，你到底是誰……？」

庫庫魯微微歪著頭，答道：「不是跟妳說我是庫庫魯了。」

「我不是指這個，我想問的是你是什麼樣的存在？我以前從來沒看過像你這樣的生物。」

「啊，說得好過分，我好難過。」

庫庫魯動動垂下的耳朵，做了一個像在擦眼淚的動作。

「我們之前明明見過好幾次，數都數不清了。」

「見過好幾次，數都數不清？」

「沒錯，我們已經見過好幾次了，好幾次好幾次好幾次喔，只是妳不記得罷了，因為妳以前不是猶他。」

「猶他！」

我大叫一聲，靠近庫庫魯的臉。「怎、怎麼了？」庫庫魯像隻受到驚嚇的貓睜大了瞳孔，長長的耳朵「咻」地垂直豎起。

「在我來到這裡的前一秒，我按照奶奶說的做了……我按照她說的唸了咒語……」

「妳那時想要進行瑪布伊谷米。」

庫庫魯接著我的話說完，便勾起長著鬍子的臉頰周邊，那塊稱為鬍鬚墊的腮幫子，那是真正的貓絕對做不出來的嘲諷表情。

「沒錯，所以妳才會來到這裡啊，為了進行瑪布伊谷米。」

每一次得到問題的答案，都會讓我湧出新的問題，感覺好像落入無法擺脫的無間地獄，越是掙扎，越是會被拖往混亂的深淵。

只要將手放在額頭上唸咒語，ILS的病患就會醒來，我以為這就是指「瑪布伊谷米」，也因為如此，我才會以輕率的態度做了這件事，結果……

「怎麼可能有這種事，這一定是惡夢。」

我抱著頭，庫庫魯以輕快的語氣回答：「嗯，沒錯啊。」

「什麼？是……夢嗎……？這裡是我的夢中嗎？」

我抬起頭戰戰兢兢地問，帶著不抱希望的期待。

「嗯，這裡的確是夢中，不過……」庫庫魯瞇起了琥珀色的眼睛，「不是愛衣妳的夢。」

不是我的夢？我拚命思考這句話的意思，腦海裡浮現出躺在病床上的飛鳥小姐的身影，從喉嚨深處溢出「啊……」的聲音。那時她閉著的眼瞼正因為薄薄的皮膚下眼球劇烈轉動而微微地抽動。

眼球快速運動。出現這個現象的人多數正在做著鮮明的夢境。

「怎麼會……」

我以乾澀的聲音喃喃自語，庫庫魯合起了長長的雙耳。

「沒錯，這就是片桐飛鳥的夢裡，愛衣和我一起，潛入了這裡面。」

飛鳥小姐的夢中……我半張著嘴，眺望鋪著閃閃發光半透明三葉草的平原，原本閃耀著金色的四周忽然變成深酒紅色，三葉草像是秋季葉片轉紅一樣漸漸染上色彩。

我的視線往上移，原本在天空閃耀的金色太陽流轉到了遠方，取而代之的是紅寶石般深紅色的天體灑落光芒，我被它的美麗吸引了目光，只是仰頭看著。

碧藍、白銀、紫色、深藍、橙色……剛剛因為金色太陽的光芒太過強烈而沒有注意到，不過天空中飄浮著散發出鮮明飽和色彩的無數顆球體。

無數的天體灑落到地上的色彩斑斕點點星光，在叢生的三葉草葉片上不規則反射，創造出一片光之絨毯。

「不過呢，嚴格來說，『夢裡』似乎不是個正確的說法。」

庫庫魯在一動不動的我身邊說道。

「夢這種東西原本很快就會醒來，它是一種更脆弱虛幻的東西，但是這個世界非常堅固，沒有那麼輕易就崩毀，它無邊無際，將做夢的人無止境地困在這個世界，就像怎麼追趕也搆不到的海市蜃樓，如夢似幻，我們稱這裡為『夢幻世界』。」

「夢幻世界……」我愕然地重複著這幾個字。

「沒錯，被薩達康瑪利吸取之後脫離自己身體的瑪布伊，大部分的情況下會強制陷入假死狀態，做著醒不過來的夢，那就是『夢幻世界』。即使脫離了身體，肉體和瑪布伊之間還是留有連繫，所以失去瑪布伊成為空殼的身體也會不停做著相同的夢，也就是『夢幻世界』。而擁有猶他能力的人藉由觸碰失去瑪布伊的肉體，就可以潛入那個『夢幻世界』之中。」

如果像平常一樣思考，這是一番超脫常理的言論，但是被非現實的奇幻光景深深吸引的我，很自然地就接受了這裡是飛鳥小姐正在做的夢境世界。我的內心無可撼動地存在著的常理，像是海灘上的沙雕城堡被海浪沖刷般，一點一滴地受到侵蝕。我將手放在胸口，反覆幾次深呼吸之後，直直地看著庫庫魯。

「也就是說，我要在這個世界，飛鳥小姐的『夢幻世界』裡進行某件事，才是瑪布伊谷米對吧？」

「我不是從剛才開始就一直這麼說嗎？理解力真差。」

庫庫魯有些瞧不起我地用黑色的小巧鼻子哼了幾聲，於是我鼓起了臉頰。那是因為你的解釋太隨便了好嗎！我嚥下了這句抱怨，繼續提問。

「只要那個瑪布伊谷米成功了，飛鳥小姐就會醒來吧？就能治好ＩＬＳ吧？」

「嗯，只要瑪布伊谷米成功，瑪布伊就會回到體內。」

奶奶說ＩＬＳ是「因為瑪布伊掉了」，如果這句話正確，只要瑪布伊也就是靈魂回到體內，病患應該就會醒來。身為醫師的我雖然在承認這種非科學現象的同時也感到抗拒，但我現在正闖入了極為非科學的世界裡，乾脆一不做二不休，相信蹲坐在眼前的那隻非現實動物的話吧。

「那你知道進行瑪布伊谷米的方法嗎？」

「當然啦，」庫庫魯一臉得意地挺起了覆滿蓬鬆細毛的胸膛，「我就是為了告訴妳才來到這裡的啊。」

「那你告訴我，我該做什麼？該怎麼做飛鳥小姐才會醒來？」

「首先要……」

庫庫魯說到一半，兩隻耳朵「唰」地伸直，淡黃色的體毛倒豎，身體看起來整個大了一圈，貓一樣的細長瞳孔瞪得老大，眼睛覆上了一層深黑色。我曾經養過貓，所以馬上就理解那個樣子代表什麼意思。

強烈警戒，或是恐懼。

庫庫魯的漆黑眼睛瞪著我的背後，我戰戰兢兢地轉身，口中溢出細微的驚叫。剛剛追著我們不放的「幽暗」，正從三葉草平原與巨木森林的那條界線，一點一點滲透出來。

「快跑！」這麼大叫的同時，庫庫魯一腳蹬在三葉草地毯上飛奔出去。

「等、等一下……」

我也急忙站起身，追在庫庫魯身後再次跑了起來。

「為什麼?!那個『幽暗』不是不會到這邊來嗎……」

我喘著氣，向跑在前方一些的庫庫魯問道。由密集的葉片鋪成的地面非常柔軟，因此難以奔跑，踏在三葉草上的腳每一次下陷，光之飛沫便會向上飛舞至臉頰高度，但是現在沒有多餘心力享受這樣的光景了。

雖然已經休息了一會兒，但身體還是不聽使喚，腳像是套上了枷鎖般沉重，呼吸馬上變得紊亂。

「我是這麼認為的，但看來似乎不是這樣。」

庫庫魯頭也不回地持續奔跑，一邊這麼回答。

這也太不負責任了！雖然我想抗議，但呼吸困難和恐懼感使得現在不是這麼做的時候。我拚命擺動雙腳前進，同時回頭看，「幽暗」並不像在森林中那樣立體狀膨脹，而是像爬在地面般緊追在後，三葉草一邊閃著光之餘暉，一邊被狀似滴落水面的墨汁不規則散開的「幽暗」吞噬。

飄浮在空中的無數天體仍然持續灑落光芒，但卻完全看不見「幽暗」的內部樣貌，就像連光都無法逃逸的黑洞一樣。

「妳在做什麼?!我不是叫妳不要回頭了嗎？」

我在庫庫魯尖銳的斥責聲中急忙轉回正面，就在同一時間，原本拚命擺動的雙腳卻停了下來。

地平線消失了。

不，這麼說並不正確，是本來一望無際延伸到地平線那端的三葉草平原消失了，被「幽暗」吞噬了。

連地平線這個概念都消失了的那方，只剩一片「虛無」。永無止境。

我用手揉了揉雙眼。無法掌握與「幽暗」之間的距離，即使似乎遠在天邊，看起來也像下一秒就要逼近身旁。我唯一能夠確定的，是它正在接近，帶著要吞下我，以及這個世界的堅強意志。

視線急忙看向四周的我，絕望地跪倒在地。三百六十度，舉目所及之處都是「幽暗」在逼近，飄浮在虛空中的三葉草，只剩下我和庫庫魯遺留其上。

「為什麼？它本來明明在後面！我們又沒有被追過去！」

總覺得不對勁，這個世界有某些地方不正常。在森林裡時也是這樣，只是稍微瞥開視線，樹就突然出現或消失，而這次那個現象發生在「幽暗」身上。

「真是的，我不是說了嗎？就叫妳不要回頭了。」

貼在我腳邊的庫庫魯，以「妳看看妳」的態度嘆了一口氣。

「這是什麼意思?!到底發生了什麼事?」

「我剛才不是說了嗎?要一直看著前方跑,就是因為妳沒有做到,畢竟這裡可是『距離』的概念不正常的世界。」

「距離的……概念……」

我愣愣地重複著這句話,腦海裡想起進到這個世界之後的經歷。

我不知道森林有多深;松果和樹木每一次從視野中消失,就像瞬間移動一樣跑到其他位置;與「幽暗」之間的距離也一直無法掌握。

「但是……但是現實生活中,怎麼可能有這種事……」

「就說了這不是現實生活,這裡是『夢幻世界』,是片桐飛鳥這個人物創造出來,擁有與現實完全相反的規則的世界,所以距離的概念才會變得這麼奇怪。」

「所以說這是什麼意思?!」

我一邊害怕著像是在玩弄我們一樣緩緩靠近的「幽暗」,一邊大聲說道。

「片桐飛鳥幾個月前發生了意外對吧?然後她變成什麼樣子?」

「什麼樣子……」

舌頭僵住了無法順利發出聲音。飛鳥小姐發生的意外和這個不合常理的世界,這之間有什麼樣的關係……當我想到這裡時,感覺額頭有電流竄過,我驚訝地伸直了背。

「意外發生時飛鳥小姐被碎片砸到……她單眼失明了。」

沒有抑揚頓挫的句子無意識地從我嘴裡冒出來。

「人類是靠兩眼視物來捕捉物體的遠近,但是飛鳥小姐因為意外而無法做到這件事，所以……」

「沒錯，所以屬於她的夢幻的這個世界裡，『距離』就成了沒有意義的事。在這裡，遙遠的東西也在身旁，近在咫尺的東西也在遠方，這個世界在廣闊無垠的同時也無限狹窄，這麼矛盾的事在這裡卻理所當然地存在。」

庫庫魯像在歌唱般說著這句話，我則在牠旁邊指著悄無聲息接近的「幽暗」。

「那、那個呢那個『幽暗』又是什麼？」

「嗯——雖然只是我的猜測，會不會是『虛無』呢？」

「『虛無』是什麼?!」面對庫庫魯賣關子的語氣，我不禁叫了起來。

「創造這個『夢幻世界』的人不是單眼失明了嗎？於是她過去看得到的部分消失了。人類主要是靠視覺來掌握周遭的狀況，意思就是對她來說，等於一半的世界『不見了』。」

「所以才會出現那個『幽暗』的意思嗎?!」

「大概吧，還有我想或許也和她感受到的絕望之類的有關係。不管怎樣，那個『幽暗』會在視線外生成，所以我才叫妳要不停地看著前方跑。」

「啊啊……」

在被包圍之前，我回頭了，所以前進的方向，地平線的盡頭也生出了「幽暗」嗎？而我停下腳步環顧四周，反而害自己被包圍了。

「妳要是聽我的話就不會變成這樣了，下次小心一點吧。」

庫庫魯靈活地動動耳朵搔了搔臉頰。

「為什麼你這麼輕鬆?!我們已經完全被包圍了耶！要是被那個吃下去會怎麼樣?!」

我還是不知道正確的距離，但是很明顯地「幽暗」正在侵蝕著三葉草平原，一步一步靠近，不消數分鐘，它就會到達我們的腳邊了吧。

「不知道，我也不是很清楚那麼詳細的狀況，不過呢，至少不會有什麼好事發生就是了，要嘛消失得不留一點痕跡，要嘛永無止境地朝無底深淵墜落。」

我覺得體溫一口氣下降，全身豎起了雞皮疙瘩。庫庫魯對著表情僵硬的我抬起了嘴角笑著，在現實生活中的貓身上絕對看不到的笑容，讓我微微地往後縮了縮。

「別擔心，我已經找到逃跑的路線了。」

「逃跑的路線?!」

我環顧四周，但是「幽暗」從全方位蠶食三葉草平原，反而是漆黑的坑洞，「虛無」越來越大片。

「根本沒有什麼逃跑路線啊！」

「愛衣妳的視野還真狹隘呢，不是就在那裡嗎？那個『幽暗』沒有擴及的地方。」

「在那裡啦！」庫庫魯一只耳朵垂直向上伸起，我跟著抬起了頭。

「那裡是……天空？」

「沒錯，『幽暗』是沿著地面擴散，這樣的話逃到天空去就好了。」

庫庫魯大幅度地上下擺動長長的雙耳，就像鳥在拍打翅膀一樣，牠小小的身軀輕飄飄地浮起，隨著耳朵每一次的振動不停往上飛，我半張著嘴看著這幅景象。

「幹嘛露出一臉癡呆樣啊，愛衣妳也快點過來啊。」

庫庫魯一邊拍動耳朵，一邊向下看著我。

「你在說什麼?!我怎麼可能做得到這種事！」

「為什麼？」庫庫魯像是真心覺得不可思議地微微歪了歪頭。

「什麼為什麼，人類的身體怎麼可能飛在空中……」

「身體？哪裡有什麼身體？」

我無法理解牠在說什麼，於是「咦？」了一聲。

「愛衣妳以為自己是連整個身體都潛入了這個世界裡嗎?怎麼可能，妳回想看看吧。」

聽庫庫魯這麼說，我拚命地回溯自己的記憶。那時候，橘色的光，「我」從摸著飛鳥小姐額頭的手，流進了她的體內，那麼，在這裡的是……我醒悟地屏住了呼吸。

「看來妳終於發現了。沒錯，在這裡的妳就是『識名愛衣』這個人本身，這通常被稱為『靈魂』，我們則說它是『瑪布伊』。」

「瑪布伊……」我低頭看看自己的身體，這個和平常沒有什麼兩樣的自己的身體。

「妳會呈現這個樣貌，是因為妳認為這個樣子才是『自己』，剛剛在逃跑時妳會覺得難受也是相同的道理，只要用盡全力奔跑肌肉就會疲勞，心肺就會發出哀鳴，這是源自於妳如此深信不疑，但事實上，不論是肌肉或心肺都不存在於這個世界，因為妳把它們留在了現實世界。」

我仔細聽著庫庫魯滔滔不絕的內容，以事實上並不存在的耳朵。「幽暗」又更靠近了，不久即將到達我站著的地方。

「在這個世界裡，妳不會受到任何制約，可以成為任何東西。愛衣，妳是自由的，只要妳自己願意相信的話。」

只要相信，就能夠獲得自由。這句話，讓細微的泡泡破掉的感覺在皮膚下擴散開來，這種感覺漸漸地往後背上方集中，帶著熱氣的肩胛骨變得柔軟，並逐漸彎曲，那已經不再是由鈣和磷構成的堅硬骨骼了。

「幽暗」彷彿感受到了我的變化，加快速度往這裡靠近，腳邊的三葉草大幅晃動，銀白色的光輝向上飛舞包覆著我的身體。「幽暗」橫掃我的腳下，三葉草地毯消失了，我受到重力拉扯，身體開始往下掉。

「愛衣，解放妳的心。」

庫庫魯大聲叫道。與此同時，蠕動的肩胛骨凝聚成一點，然後……一口氣向外膨脹，刺穿了皮膚與襯衫的布料，在身體左右兩側大大地張開。

我揮動那個原本是肩胛骨的東西，那個遠比我的身高還要長的，純白的翅膀。

附著在四周的細緻光珠消散，本來正在下墜的身體開始往上飄浮。

我想到上面去。只是這麼想，那雙讓人聯想到猛禽的巨大翅膀便用力擺動，將身體往上推。我瞥了一眼下方擴散開來的「幽暗」，那個什麼都不存在的空間，便抬頭往上，筆直地朝著不知何時已浮在遙遠上空的庫庫魯飛去。

「哎呀，看來進行得很順利嘛。」

庫庫魯對著飛到牠身邊的我討人厭地眨了眨眼。臉頰因興奮而發熱，我傾身向前。

「真不敢相信！我真的會飛耶！」

「哎呀，這是因為妳相信了，所以才會長出翅膀。不過這翅膀還真是粗壯啊，妳既然是女孩子，就不能想像一些看起來楚楚可憐的東西嗎？像是天使的翅膀那種。」

「在這個時代，女人也要夠強悍才撐得下去。你不覺得很帥嗎？」

我更用力地搧了搧翅膀。雖然才剛長出來，但我可以按照自己的想法揮翅，在天空中移動。從翅膀上掉落的羽毛輕柔地飄著，撫過我的臉頰。

「好了，總之危險已經過去了，轉換一下心情準備開始瑪布伊谷米吧。」

庫庫魯合起前足的肉球，發出了「砰」的悶響。

「可是那個『幽暗』不會追到天空來嗎？」

因為興奮而暫時忘記的不安再次襲來。

「嗯……我不能說絕對不會，但似乎不用緊張。妳看，它將地面全部吞噬之後，看起來就不再繼續膨脹了，也許在這個『夢幻世界』裡，天空是個特別的地方。」

或許真是如此。我抬頭看飄浮著寶石般無數天體的天空。以飛行員為目標的飛鳥小姐，即使對浩瀚青空抱持著特別的想法也不足為奇，一定是因為這樣，這個世界裡的天空才會如此美麗。

但是她卻因為意外而失去了天空，這份絕望，會是她罹患ILS的原因嗎？是絕望生出了那個「幽暗」嗎？

想到這裡，我忽然察覺了某件事，看著飄在身旁的庫庫魯。

「我問你，如果我剛才被那個『幽暗』吃掉的話會怎麼樣？」

「剛不是說了嗎？無止境地不停墜落，或是消失……」

「我不是指這個，如果我在這個世界……死掉的話，現實生活中的我會發生什麼事？只是像平常一樣醒來嗎？」

庫庫魯的表情變得僵硬，牠的鬍鬚用力地伸直。

「這個世界裡的愛衣沒有肉體，所以一般所說的『死亡』不會發生，但是有可能會受到傷害，或是消失。」

「這樣的話……現實生活中的我會怎麼樣？」

「妳在這個世界受到的傷害是精神傷害，如果是小傷馬上就可以治好，就像擦傷馬上就會好一樣。但是如果受到嚴重的傷害，即使回到現實世界，有可能在傷害痊癒之前的很長一段時間，精神上的痛苦會一直持續，有時候甚至到死為止……」

我咕嘟地吞了一口唾液。小時候背負的心靈創傷至今仍在折磨著我，我切身明白那是一件多麼痛苦的事。

「那……如果是消失的話呢？」

我硬擠出顫抖的聲音，庫庫魯微低著頭，以瞳孔變得細長的雙眼看著我。

「消失的話，瑪布伊就不能回到身體裡了。肉體會成為空殼，再也醒不過來。」

在這個世界明明不需要呼吸，氣息卻變得紊亂，這是恐慌症發作的前兆，如果不穩定下來，不冷靜下來的話，又要再次遭受那種身心撕裂的痛苦。

「唔……?!」

我拚命地反覆深呼吸，因為感受到強烈的痛楚而壓著胸口。手掌下的白色襯衫上，黑色的汙漬正一點一點擴散。

「這是什麼?!」

驚叫一聲，急忙看向襯衫領口的我瞪大了眼睛。從兩邊乳房之間到右側腹，橫跨了一大條傷痕，那是覆蓋著粗糙的結痂，凹凸不平的傷痕，有一部分的結痂剝落了，正滲出紅黑色的血液。

啊，原來如此。看到傷痕的位置，我理解了一切。因為這道傷痕和二十三年前的那一天她所受的傷，裂在了相同的地方。

這是我的傷。小時候劃在心上的深刻傷痕，它反映出了現在身在這裡的我的精神，所以這道傷痕才會裂得這麼深，而覆蓋在傷口上的結痂只要有了某個契機，就很容易剝落流血。

我輕輕地從領口伸手進去，掌心貼在滲出血的傷口上，因為劇烈的痛楚而發出了呻吟聲。

庫庫魯擔心地看著咬緊牙根的我。

「……要不要放棄？」

我「咦？」了一聲，抬起因痛而扭曲的臉。

「我可以從這個世界裡解放愛衣，可以讓妳回到那副摸著片桐飛鳥額頭的身體，只是那需要一些準備。」

「……也就是說，如果遇到危險，也沒辦法馬上脫離這個世界對吧？」

我忍耐著彷彿一下一下跳動的疼痛，微弱地低語道。

「嗯，就是這樣。只是我會保證妳的安全，因為我是特別的。」

「特別的？」

「沒錯，因為我是身為猶他的愛衣的庫庫魯，所以擁有不尋常的力量，因此不論夢幻世界發生了什麼事，我都會保護妳的。」
一臉驕傲地說完後，庫庫魯又接著道：「但是……」
「在進行瑪布伊谷米的過程中，愛衣一定會遇到難受的經歷，妳會想起痛苦的過去，所以妳現在說要放棄我也不會阻止。」
「……只要不進行瑪布伊谷米，飛鳥小姐就會繼續沉睡嗎？」
「是啊，只要瑪布伊不回去，空蕩蕩的肉體就不會醒來，直到腐朽。」
我按著像是脈搏跳動般疼痛的傷口，咬著嘴唇。
身為一名醫師，無論如何我都想救她，但這卻伴隨著風險。雖然眼前的兔耳貓說會保證我的安全，但那句話可以相信到什麼程度，我完全沒有頭緒，總之存在著可能連自己的命都保不住的風險。
雖說是為了病患，但有必要做到這個地步嗎？
……不需要。我馬上得出結論。我受到的教育告訴我，在從事醫療行為時，醫療者必須徹底保護自己不冒受到感染等的風險。在醫師生涯中有太多非救不可的病患，如果為了治療一名病患，而將自己暴露在危險之中，那就無法對其他更多的病患負起責任，所以我應該要立即逃出這個奇怪的世界才行。
……如果目的只是要拯救病患的話。
我在按著胸口的手上加重了力道，指甲陷進了皮膚以及傷口中，像是碰在燒紅鐵塊上的劇痛直衝腦門，黏稠的血液從指縫間溢出。
「愛衣?!」

我直直盯著發出驚叫聲的庫庫魯，從緊咬的牙根之間擠出聲音。

「我不放棄！我絕對要救飛鳥小姐！」

拯救飛鳥小姐、拯救我負責的那三名病患，就是拯救我自己。

二十三年前，烙印在幼小的我心上的深刻傷痕，至今仍會如此疼痛、流血的傷痕，應該可以透過拯救ＩＬＳ的病患而治癒，那麼，這就值得去冒險。

我盯著刻在皮膚上的醜陋傷口，眼睛眨也不眨地一直凝視著。

就像袴田醫師所說的，我不過是學會了如何將創傷隱藏在內心的抽屜裡，這道傷痕只不過是以紗布蓋起來罷了。再這樣下去，不曾完全治癒的這道傷痕會在某個時刻裂開、受到感染，並且化膿吧。然後，我的精神最終會腐朽潰爛。

所以前進吧。讓三名病患醒來，克服我的心靈創傷吧。

「可以嗎？」

我對著詢問我的庫庫魯，用力地點頭。

「妳現在的表情還真不錯呢，明明直到剛才都還像個迷路的孩子一樣。傷口看起來似乎也穩定下來了。」

這麼一說我才發現，不知何時開始，胸口的疼痛消失了。我的視線往下看，傷口已經被厚厚的結痂蓋住，身體、手，以及襯衫沾染的紅黑色血汙也消失了。

「那，我們就找個地方去吧。」

不發一語地看著自己身體的我，因為庫庫魯的話而回神。

「咦？找個地方去是什麼意思？」

「妳不是要繼續瑪布伊谷米嗎？那麼首先就要找出庫庫魯。」
「你在說什麼啊？你不就是庫庫魯嗎？」
「不是不是，不是我，我是妳的庫庫魯。我們要找的應該是在這個世界裡的『片桐飛鳥的庫庫魯』啦。」
「什麼？等等，意思是庫庫魯有很多隻？」
我按著額頭，接連不斷的新資訊讓我的頭快爆炸了。
「沒錯，庫庫魯是映照出瑪布伊，像是鏡子一樣的存在。累積了成長過程中的記憶、經驗，還有各式各樣的東西，與瑪布伊一起成長的存在。」
「各式各樣的東西是……」隨便的說明讓我的眉間皺了起來。
「總而言之，每個人都會有庫庫魯，庫庫魯會在那個人的體內，陪在瑪布伊身邊，然後經常在夢中相會。」
「我真的在夢裡和你見過好幾次了？只是我忘了那些夢？」
「對，妳看，不是常有這種情況嗎？起床的時候妳還記得自己很開心或是很難過，但是卻完全不記得夢的內容。」
的確是有這種情況，醒來的時候覺得胸口苦悶，還有眼淚滑過臉頰的痕跡，但卻想不起來做了什麼夢。
「那，離開這個世界醒來之後，我又會忘記你嗎？」
「不會。」庫庫魯搖了搖頭。
「別擔心，愛衣妳的猶他能力已經覺醒了，所以應該能夠記得遇見我的夢。而且這個世界本來就不是妳的夢，我是為了進行瑪布伊谷米，而和妳一起潛入片桐飛鳥創造出來的『夢幻世界』裡的喔。」

即使是客套話，也很難說庫庫魯的解釋清楚易懂，不過我可以掌握大致的狀況了。每個人的體內都有「庫庫魯」的存在，雖然不會記得，但可以在夢中相會。而屬於我的庫庫魯，這隻兔耳貓，是在我摸著飛鳥小姐的額頭唸咒語時，和我一起進入這個世界的。大概是這麼回事吧。

「也就是說，只要找出在這個『夢幻世界』裡的『飛鳥小姐的庫庫魯』就可以了吧？」我這麼確認，庫庫魯便一副厭煩樣地晃著前腳：「我不是一開始就這麼說了嗎？」那個態度雖讓我感到煩躁，我仍繼續問下去。

「那飛鳥小姐的庫庫魯在哪裡？」

「不知道。」庫庫魯聳了聳前腳根部。

「你說不知道……」

庫庫魯揮動耳朵，飛到無言以對的我的臉頰跟前。

「我本來就不是屬於這個世界的存在，只是為了協助妳才跟著一起過來罷了，所以關於這個世界的知識，我知道的也和妳差不多，不要全部都依賴我，妳也自己思考啊，畢竟要進行瑪布伊谷米的人不是我，是愛衣妳啊！」

庫庫魯的前腳碰了碰我的鼻尖，肉球具有彈性的觸感非常舒服。

「說、說得也是。」我縮了縮脖子，「所以，『飛鳥小姐的庫庫魯』在這個世界的某個地方沒有錯吧？」

「嗯，這點是確定的。創造出夢幻世界的人，他的庫庫魯絕對在那個世界裡。」

「那有沒有什麼線索？像是庫庫魯經常會出現的地方。」

「這個嘛……」庫庫魯的前腳搭在嘴邊，「一般來說庫庫魯似乎傾向於待在該人物擁有深刻回憶的地方。」

「深刻回憶……」我持續拍動翅膀維持高度，雙手交叉在胸前。

對飛鳥小姐來說擁有深刻回憶的地方……她的目標曾經是成為飛行員，但是意外奪走了這個夢想，因此她被逼到絕望的深淵，這樣的話……

我抬頭仰望天空，那個散發出寶石光輝、色彩斑斕的天體飄浮其上的天空。

就是那裡，一定是在那裡不會有錯。

「庫庫魯，我們走。」我用力拍打翅膀，身體開始往上飛。

每一次當我用力揮動翅膀，身體就會加速向上，從左右流過的風感覺很舒服。

「不要突然移動啦，這樣我會嚇到。」

「對不起。」我一邊向急促搧動耳朵追上來的庫庫魯道歉，一邊指著看起來很遙遠的美麗天空。

「吶，你想到那裡要花多久時間？我覺得已經飛得很快了。」

「真是的，妳根本沒有搞懂嘛！」

庫庫魯的語氣彷彿在說我是笨蛋，我斜眼瞪著牠：「什麼意思？」

「我不是說在這個世界，『距離』的概念是不正常的，那妳說在這樣的世界裡速度還有什麼意義？」

「那怎麼樣才能快點到達那邊？」

「遵循這個世界的法則。在這裡，妳只要看著某個目標，它就不會有所謂的遠近，但是在視野以外的地方，則是既遙遠同時又近在眼前。支配著『夢幻世界』的不是物理法則，而是精神，所以妳只要相信它很近，它就會存在於妳身邊……妳看。」

庫庫魯突然減速，四周瞬間暗了下來。「什麼？」將視線轉回行進方向的我睜大了眼睛。一顆閃著紫色光芒的球體就飄在我眼前，我奮力張開翅膀想要緊急煞車卻來不及了。要撞上去了！我反射性地以兩手護住臉部閉上眼睛，然而預想的衝擊卻沒有發生，相反地，稍具黏性的溫暖包覆了我的全身。

小心翼翼睜開眼睛的我瞪大了雙眼。我的身體正飄浮在光芒中，藍紫色的柔和光團籠罩著我，感覺就像漂在溫暖的水中。

我試著大幅度拍動翅膀，圍繞著身體的光芒四處紛飛，散成許多炫目的光之碎片在空中飄著，而後被吸入四周飄浮的光球中。向我靠近的庫庫魯用耳朵隨意揮開飄在附近的小型藍色光球，光球沒有碎裂，而是往旁邊飄離，然後撞上了鄰近的鮭魚粉光球。

兩顆光球繼續往其他光球撞過去，漸漸地，數不清的光球連鎖撞擊，呈現不規則移動，看起來簡直像寶石製的撞球。

光球飄離之後留下光之軌跡，在空間裡畫下三次元的幾何圖形。

「我以為飄在這裡的會是更大顆的星星……」

對神秘光景看入迷的我喃喃自語道。

「因為在這個『距離』不正常的世界裡，遠近的感覺也很錯亂。而且在這個世界，這些光球就是星星吧，妳看，原本應該由星星組成的銀河也是那種感覺。」

庫庫魯以耳朵指了指我的背後，回頭一看的我愕然失聲。

在光球海的對側，漂著一條河，那是一邊不斷變換顏色，一邊滔滔而去的激流。

我靠近那條河，已經不需要揮動翅膀了。這個空間裡重力並不存在，我擺動四肢，像是游泳一樣在這上下左右皆模糊不清的世界裡移動。

我撥開幾顆光球，有時候又從中穿過，來到那條河的邊緣，小心翼翼地將手伸進湍流中。

手掌四周濺起了彩虹，宛如受到阻擋的水流濺起水花，我看著這幅風景著了迷，庫庫魯兩隻耳朵像游蛙式一樣往我靠近。

「哎呀，真是震撼啊。創造出這個『夢幻世界』的人物應該相當浪漫且擁有豐富的想像力吧。」

「『飛鳥小姐的庫庫魯』一定就在這附近，畢竟是個這麼漂亮的世界。」

「這個可能性很高，搞不好就在這條銀河裡。」

「沒錯，一定是這樣！因為這裡是最漂亮的地方啊。」

庫庫魯快速地移動到因興奮而拔高聲音的我背後。

「那就要進去瞧瞧了。」

一這麼說完，庫庫魯往我的身後毫不猶豫地縱身投入，站在銀河河畔的我，就這樣被光之湍流捲入，在河中載浮載沉。

要溺水了?!恐懼席捲而來，我每一次揮動雙手，身邊就會產生七彩泡泡包覆身體，呼吸越來越困難，我拚了命地掙扎著想從河裡爬起。

「冷靜一點啦！」

耳邊有聲音說道，我轉頭向旁。旁邊，庫庫魯長長的耳朵順著水流流向，整個人放鬆漂在水中。雖說身在河水中，我卻可以清楚聽見牠的聲音。

「我從剛才就講過好幾次了，現在的妳是瑪布伊，也就是精神體，身體並不在這裡，所以也不需要真的呼吸，當然就不可能溺水，妳會覺得痛苦，是因為妳自己這麼相信，看吧，已經不痛苦了吧？」

不知何時，喘不過氣的感覺消失了。我張開原本為了不要溺水而緊閉的嘴巴，試著輕輕呼吸，漂浮在身邊的細緻虹彩泡泡被我吸進體內，胸口泡泡破裂的感觸擴散開來，全身散發出淡淡的光輝。

七彩色澤依序變化，我一邊發著光，一邊順流而下，感覺自己似乎也成了這美得無與倫比的河川的一部分。

我放鬆全身力氣，任憑水流帶著我走，彷彿漂浮在層疊交錯的幾道極光中。在水花拍打中變換著色彩的光之簾幕深處，是一片無邊無際，閃耀著鮮豔飽滿色澤的光球大海。

我深深地被那景色吸引，繼續漂浮在由光編織而成的「夢幻世界」中。

8

我以自由式在光球閃爍的空間中移動，同時大大地嘆了一口氣。

從漂浮在這個空間中算起，已經足足過了數個小時。

「我說妳，再認真一點找啦！」

隔壁以耳朵游著蛙式的庫庫魯向我說道，我嘟起了嘴。

「我也沒辦法啊，就累了嘛，我們可是一直在這裡游來游去耶！」

「就跟妳說了妳沒有身體，再怎麼游也不會累不是嗎？」

「才沒這回事，就算身體不累，心也會累啊！」

「什麼啊，妳剛到這裡的時候不是還很興奮嗎？」

我那時候的確是震懾於美麗的光景而感動，但人類是會習以為常的生物。

我隨意撥開漂在正面的藍色光球，碎裂的那塊光團，散發出閃亮的光輝順流而去，我卻連以目光追隨都不願意。

「話是這麼說，但我們可是一直待在這裡耶。話說回來，我來到這個世界之後已經過了多久了？」

想到這裡，我突然察覺到一件事，因而看向庫庫魯。

「我問你，現實世界該不會陷入一片混亂了吧？畢竟我可是摸著飛鳥小姐的頭，整個人僵立在那裡。」

「喔，妳不需要擔心這個啦。『夢幻世界』裡時間流逝的速度和現實生活完全不同，所以絕對不會發生離開這裡之後，外面一陣騷動的狀況……沒錯，絕對不會。」

「原來是這樣啊……」

雖然庫庫魯意有所指的一番話讓我有些在意，但我姑且先接受了，不過再繼續下去……

「再繼續下去情況只會越來越糟吧？我們找了這麼久都找不到，會不會『飛鳥小姐的庫庫魯』不在這裡？」

「說應該在這裡的人可是妳喔。」

牠說得沒錯，這讓我無話可說。

「那、那時候是這麼想的，但不管怎麼找都找不到像你一樣的兔耳貓啊。」

「……嗯？」庫庫魯微微歪了歪頭，「難道愛衣妳以為『片桐飛鳥的庫庫魯』也長得和我一樣嗎？」

「什麼？不是嗎？」

「當然不是啦，每一個庫庫魯的樣貌都完全不一樣。」

「這個要早點說啊！那『飛鳥小姐的庫庫魯』長什麼樣子？」

「不知道。就像剛才說的，庫庫魯的樣貌就像映照出瑪布伊的鏡子一樣，會展現出隱藏在那個人內心之中的本質。」

「本質？」我瞇起眼睛看著庫庫魯。

「哎呀，妳一臉不能接受的表情呢！身為嚴謹幹練的醫師，自己的分身卻長得像我這麼可愛感覺無法接受嗎？不過妳的房間裡不是有很多布偶之類的東西嗎？晚上睡覺時還要抱著娃娃……」

「吵死了，比起那個，現在要好好想一下『飛鳥小姐的庫庫魯』在哪裡才對吧。」

在我臉頰發燙，大喊之後，庫庫魯雙耳交叉說：「但是啊……」

「這個夢幻世界裡只剩下這個空間了不是嗎？妳看看那個。」

我看往鬆開耳朵的庫庫魯指著的方向，背後一陣顫慄。不存在重力的這個空間，上下左右原本應該是模糊不清的，但是只有那個方向毫無疑問地是「下方」。

這個「天空」是充滿光輝、浩瀚無垠的世界，只有那個方向是一整片的「虛無」，像是能夠吞噬光線的黑洞般，深不見底的「虛無」。

「看來這個『夢幻世界』只剩下洋溢著光芒的這片『天空』，以及那裡一整片的『虛無』，還有兩者之間的界線領域。庫庫魯應該還是在這片『天空』的某個地方吧。」

「但是這片『天空』不是無邊無際地延伸嗎？要找出在這裡，而且不知道長什麼樣子的東西，會不會太勉強啦？」

「嗯……但不論再怎麼廣闊，這裡畢竟是『距離』錯亂的世界，這樣的廣闊應該沒有什麼意義，所以我本來以為很快就能找到，不過看來普通的方式並不管用，也許需要某個條件才能找出庫庫魯。」

「條件？什麼意思？」

聽到我這麼反問，庫庫魯的一隻耳朵像節拍器一樣左右擺盪了起來。

「瑪布伊會被吸走，代表瑪布伊當時脆弱到這種程度，這樣的話，像是映照在鏡子裡的分身的庫庫魯當然也一樣脆弱。脆弱的庫庫魯在瑪布伊創造出來的『夢幻世界』裡，通常會默默地躲起來。」

「躲在這麼遼闊的世界裡，我們怎麼可能找得到！」

「別擔心，因為猶他具有找出牠們的能力，平常的話大部分都滿快就可以找到了。只是有一些庫庫魯會利用『夢幻世界』的特殊規則，以奇怪的方式將自己藏起來，對於深受傷害的庫庫魯來說尤其有這樣的傾向，這時候，想找出庫庫魯就必須依照一定的順序才可以。」

「一定的順序是？」

「不知道，找出這個順序也是瑪布伊谷米的一環喔。」

聽到庫庫魯不負責任的發言，我繃起了臉頰。

「沒有什麼線索嗎？只有這點資訊根本無從找起啊。」

「對了，庫庫魯會強烈受到本人的經歷及記憶影響，不論是好的方面或壞的方面，牠們大多躲在與該人物印象深刻的經歷有關的地方。」

「不論是好的方面或壞的方面……」

能夠創造出如此美麗的空間，「天空」的記憶對飛鳥小姐而言一定是個「美好的經驗」，但是她的庫庫魯卻不在這裡。這樣的話，「糟糕的經驗」是……

「……我覺得我好像知道了。」

「咦？妳知道了，是指妳知道『片桐飛鳥的庫庫魯』在哪裡了嗎？」

我緩緩地點頭，指著「下方」，那個吞噬一切的漆黑虛無。

「難道是在那裡面?!」庫庫魯的瞳孔圓睜，原本琥珀色的眼睛蒙上了一層深黑。

「沒錯，『飛鳥小姐的庫庫魯』一定就在那裡面。」

現實世界裡的飛鳥小姐非常絕望。絕望，且苦苦掙扎，最後被某個人給吸走了瑪布伊導致ＩＬＳ發作。而她會這麼絕望的原因，那就是……

「因為她再也不能飛了。」我低聲輕道，「她再也不能飛，失去了這麼美麗的

『天空』，所以飛鳥小姐非常絕望。如果庫庫魯是映照出飛鳥小姐本身的鏡子的話，那牠一定會在『幽暗』之中。墜落其中，這一定是找出『飛鳥小姐的庫庫魯』的條件，就像現實中的她已經墜落了一樣，她的庫庫魯現在一定也在那裡面不停墜落著。」

「等一下，妳是認真地打算進去那裡面嗎？也許踏進去的瞬間就會消失喔？」

「不會，一定沒問題的。回想一下巨大松果被『幽暗』吞噬的時候，當時那些松果不是還在繼續大笑嗎？」

「那又怎麼了？」

「它們被吞噬之後，笑聲越變越小，也就是說松果不是馬上消失殆盡，而是掉下去了，在那個『幽暗』下方一定也有一片廣闊的空間。」

我一口氣說明完，庫庫魯帶著難看的表情默不作聲。黏稠的時間流逝，我和庫庫魯之間飄過一塊金色的小型光團，庫庫魯用耳朵隨意地揮開那顆光球，像是灑落了金箔一般，細小的光之結晶在我們四周飛舞。

「妳真的要進去那裡面嗎？」

「嗯。」我毫不遲疑地點頭。

「妳說的也許是正確的，但無法斷言絕對正確。沒有人知道那個『幽暗』之中有什麼樣的危險，不過即使如此妳還是要去吧？」

我再次點頭。不論有多麼危險，我都要堅持到底，這是為了讓病患醒過來，也是為了拯救我自己。強烈的決心乘著血流，漲滿了我的全身。

原本瞪著我的庫庫魯，表情突然緩和下來。

「知道了，既然妳有了這樣的決心，我不會再阻止妳了。不過……」

庫庫魯的一隻耳朵點著我的鼻尖。

「由我先進去。如果我出了什麼事，妳就馬上揮翅逃出去。」

「等一下！我怎麼可能讓你……」

庫庫魯的耳朵堵住慌忙說道的我的嘴。

「沒有商量的餘地。我可是愛衣妳的庫庫魯唷，妳要是消失了，我也會跟著消失，我是映照在鏡子裡，有如妳的影子一般的存在，妳本身要是不在了，鏡子裡也照不出任何東西不是嗎？而且協助妳，就是我存在的理由。」

我被庫庫魯前所未有的強硬語氣震懾住了，一句話也說不出來。

「我要是發生了什麼事，不要想著救我而是快點逃走，知道了嗎？」

「如果，你……死了的話……會怎麼樣？」

「雖然我長這樣，但我並不是生物，所以『死亡』這個詞嚴格來說並不正確……」

「不要岔開話題！」

我激動了起來，庫庫魯露出一抹微笑，帶著無盡的寂寞。

「即使鏡子破了，看不見映照其中的自己的身影，那個人也不會死，同樣地，即使庫庫魯消失了，人也不會死，不過就是會有精神創傷罷了。而且不用擔心，就算我不在了，愛衣妳一定也可以自己做得很好。」

庫庫魯的耳朵摸著我的頭，不知為何這種感覺讓我很懷念，從我的身體深處湧起溫暖的喜悅以及冰冷的哀愁，混合之後滿溢我的胸廓，渾沌的感情化為淚水流了出來。

「咦……？為什麼？」

我以手背擦拭眼淚，但是融入了深厚不明情感的那道淚，止不住地湧了出來，視線變得模糊，浮在四周的光球光芒，像是萬花筒一般華麗四散。

眼角傳來柔軟毛巾撫拭的觸感。我眨眨眼凝神一看，是庫庫魯用長長的耳朵為我擦去眼淚。

「沒事的，不用擔心喔，愛衣。」

光是這句話，就讓我心中吹起的狂風暴雨瞬間平靜下來。我以手揉揉眼睛，來回幾次深呼吸。

「恢復平靜了嗎？」

面對庫庫魯的問句，我點了好幾次頭。

「很好，那我們就進去『幽暗』之中吧！作好心理準備了吧？」

「嗯！」

我充滿幹勁地回應之後，看著「下方」一整片的「幽暗」。

我和庫庫魯朝著「幽暗」游過「天空」，忽然全身被往「幽暗」的方向拉扯，「哇、哇啊?!」我不爭氣地大叫，慌亂地揮舞著手腳。

「冷靜一點，這只是離開『天空』之後，重力就恢復了作用而已。」

庫庫魯這麼一說我才終於發現，這不是被拉扯，而是正在往下墜落。

我展開雙翅迎著風，在空中拚命地調整身體，讓自己呈現頭上腳下的墜落姿勢。

收起翅膀之後，我整個人交給了重力，身體加速掉落，彷彿從雲霄飛車最高點落下的感覺無止境地持續著，眼前「幽暗」越來越近，在我前面一些的下方，庫庫魯同樣持續著自由落體狀態，長長的耳朵因為風壓激烈地飄動。

好想展開翅膀往上飛，我拚命地壓抑著這股衝動。

就快到了。還差一點，就要衝入「幽暗」，那個無底的深淵中了。我咬緊了牙根。

「要進去了！」

庫庫魯的聲音響起，下個瞬間，我們衝進了「幽暗」之中。

沒有發生衝擊，「我」這個存在也沒有消失，只是看不見任何東西。

完全的黑暗，再怎麼仔細凝視，連自己的身體也看不見，只是以極快速度落下的感覺控制了全身。

在這個充滿「虛無」的空間裡，我仍在持續墜落。

「庫庫魯！庫庫魯，你在嗎？」

我拚命地大聲叫著，從緊鄰的身旁聽到「我在這裡唷」的聲音，差點陷入恐慌的我，稍微恢復了內心的平靜。

「看來妳的想法是正確的呢，即使被『幽暗』吞噬了也不會消失無蹤，只是持續墜落，大概是……永無止境地吧。」

永無止境這個詞的震撼力讓我感受到一股寒氣。

「但是我們可以飛，所以不用擔心。那我們差不多也該在這裡面四處找找看了吧，依照愛衣妳的想法，庫庫魯不是會在這個空間的某處嗎？」

「……不可以。」我壓低了音量小聲道。

我聽到旁邊傳來訝異的聲音：「不可以是什麼意思？」

「一旦飛起來，大概就找不到『飛鳥小姐的庫庫魯了吧』。發生墜機意外之後，飛鳥小姐的心就不停地往下墜，所以『飛鳥小姐的庫庫魯』一定也……」

「持續在這個空間裡墜落。」庫庫魯接續我的話道。

沒錯，如果真如我所想，在這個空無一物的空間裡持續墜落，正是找出「飛鳥小姐的庫庫魯」的條件。我握緊了拳頭。

「所以我們也必須繼續這樣墜落下去。」

……究竟經過了多久呢？腦海中突然閃現這個問題。

在這連時間的流逝都不正常的空間裡，思考這種問題也許沒有意義，只是身體的感覺很混亂，至少流逝的時間長度，已經足以讓我搞不清楚自己究竟是在墜落，或者是飄浮在黑暗中。我仰起脖子，但果然什麼也看不見。

就算現在想要奮力展翅往上飛，也逃不出這個空間了吧。

我轉向旁邊，朝著應該在那裡的庫庫魯小聲說道。

「庫庫魯……對不起。」

「嗯？為了什麼？」伸手不見五指的空間，只有聲音傳回來。

「因為害你也落入這種境地裡。我好像錯了，我果然無法拯救飛鳥小姐……我什麼都做不到。」

我為了克服年幼的那一天、我詛咒自己無能為力的那一天的記憶，而拚命讀書成為醫生，我以為自己擁有了救人的能力，但那不過是我的錯覺罷了。

我現在依舊無能為力，就像只能握著那個人的手，什麼事也做不了的那一天。

「沒這回事。」

溫柔的聲音，伴隨著羽毛輕撫的感覺覆住了我的臉頰。是庫庫魯耳朵的觸感。

「一直以來妳有多麼努力我都知道，我知道妳為了拯救性命，花費了多少心力，所以不要妄自菲薄，不要限制自己的能力，因為妳是比妳自己認為的還要更美好的存在。」

我用力咬緊嘴唇，否則嗚咽聲似乎就要溢了出來。我是美好的存在。不知道為什麼，庫庫魯的那句話就像水滲進乾燥的地面一般浸潤了我的心。

「證據是……妳看。」

黑暗中模糊地浮現出庫庫魯的身影，牠的臉上露出與玩偶般可愛的外表不相稱的、滿是慈愛的表情。

「庫庫魯？為什麼看得見了？」

「這當然是因為有光啊，妳看看後面。」

庫庫魯這麼催促著，我戰戰兢兢地轉頭，然後瞪大了眼睛。

那裡飄浮著一顆橄欖球大小的繭，一顆淺黃綠色、散發出淡淡光輝的半透明繭。

不，飄浮這個形容並不正確，它一直在至今仍持續墜落的我的身旁，代表這顆繭也在這虛無的空間中持續墜落。

「妳是對的呢！」

揮動耳朵移動到我身邊的庫庫魯瞇起眼睛看著繭。

「在這『幽暗』中持續墜落，這就是找出片桐飛鳥的庫庫魯的方法。」
「但、但是我們不是一直在墜落嗎？那為什麼突然……」
「一定是因為妳願意相信自己，相信自己有拯救他人的能力。妳果然可以成為一名厲害的猶他。」
猶他。一開始我只覺得很可疑的這個詞，現在已經不感到厭惡了，不僅如此，聽到「可以成為厲害的猶他」，我甚至有些驕傲。
「這顆繭就是『飛鳥小姐的庫庫魯』嗎？」我輕輕伸手向那有如光之絲線編織而成的繭。
「不，不是。『片桐飛鳥的庫庫魯』在那顆繭裡面。」
「那顆繭裡面？」我上半身往前傾，仔細凝視，看到了半透明的繭之中的小小動物。「……鳥？」
那是一隻鳥。大約麻雀大小的小白鳥，在繭之中閉著眼睛。
我皺起了眉頭，因為那隻鳥的樣子是如此令人心疼。
像是要保護身體一樣收起的翅膀大部分的羽毛都脫落了，前腳往詭異的方向凹折，鳥喙缺少了尖端，額頭到右臉頰有一道斜斜的傷，從緊閉的右眼瞼滲出了血液，看起來就像流出血之淚一樣。
「好嚴重。庫庫魯是這種狀態的話，瑪布伊會被吸走好像也不奇怪。」庫庫魯低聲說道。
「……接下來該怎麼辦？為牠治療就是瑪布伊谷米嗎？」

「庫庫魯反映了瑪布伊的狀態，因此只要庫庫魯復元了，被某個人囚禁的瑪布伊應該也可以恢復力量，回到原本的身體裡。只是像現實世界那樣施予物理性治療，並不能治癒屬於精神體的庫庫魯的傷勢。」

「那該怎麼做……？」

「妳要『觀看』庫庫魯，或者是說瑪布伊為什麼會受到如此嚴重傷勢的原因，然後解開束縛著瑪布伊的撕心裂肺的痛苦經驗，那荊棘的枷鎖。」

「解開痛苦的經驗，這種事……」

「妳不需要完全解決，只需要陪伴牠，讓牠能夠接受那個經驗，哪怕只是一點一點地接受也就夠了，就像妳一直以來所做的事。」

接受痛苦的經驗。這的確是我窮盡一生努力在做的事，我得到袴田醫師的協助，緩慢但一步一步地面對我幼時的惡夢。

我現在還做不到全然接受這份苦澀。

我的手撫在胸前，將意識放在襯衫下的醜陋傷痕。我的內心目前仍舊有傷，一個不小心，血好像就要噴出來似的，但是我現在正勇敢面對這道傷，也因為如此，我才會在這個夢幻世界裡，為了拯救飛鳥小姐而拚命掙扎著。

袴田醫師身為一名醫生，他為我做的那些事，我身為飛鳥小姐的主治醫師，也要為她這麼做。

「知道了，我來試試。具體來說該怎麼做？」

「首先要雙手摸著庫庫魯，這麼一來就能看見片桐飛鳥的記憶，可以清楚明白什麼事在折磨著她。」

庫庫魯一隻耳朵左搖右晃，我點點頭，慎重地伸出雙手。在我的手掌覆上那顆繭的瞬間，表面上出現了光之波紋，擴散幅度一次比一次激烈，甚至傳到了我的身體，波紋沿著我的手臂、身體，在抵達臉頰的瞬間，記憶的洪水湧進了我的腦海中。

9

飛鳥雙手環抱著發抖的肩膀，仰起了脖子。從看起來高聳入雲的巨大樹木茂密的葉片之間，灑落了些許月光，但是淡淡的月光想要照亮這座鬱鬱蒼蒼的夜之森林，實在是太過微弱，四周暗得連腳邊都看不清楚。

「爸爸……媽媽……」勉強擠出的鼻音，被枝椏的摩挲聲給蓋了過去。

如果沒有來撿松果就好了，飛鳥哭著後悔地想。

今天幼稚園裡，男孩子們在玩互丟松果，雖然飛鳥的朋友女孩子們都對這個遊戲一點興趣也沒有，但是對大約半年前剛從東京搬到這個鄉下小鎮的她來說，這個第一次見到、由幾何圖形組合而成的咖啡色物體很是新奇。

「那個……可以給我一個嗎？」

她下定決心，怯怯地問了之後，男孩子們卻丟給她冷淡的視線。

「才不要。這是我們從森林撿回來的，妳要的話就自己去撿啊。」

媽媽一直很嚴肅地叮嚀她不可以進去森林裡，說裡面非常危險。

因為冷言冷語而快哭出來的飛鳥轉身離開，男孩子們的聲音又傳了過來。

「什麼啊，妳會怕森林喔，東京來的就是膽小鬼。」

飛鳥咬著嘴唇。這半年來，只因為她從東京搬過來，就老是被藉故取笑，之前她都只是低著頭忍了下來，但是，已經到達極限了。

森林根本不可怕，我一定要去撿比男孩子們更大顆的松果，回來向他們炫耀，這樣他們應該就不會再瞧不起我了。如此下定決心的飛鳥，回到家之後馬上向媽媽撒謊「要去朋友家玩」，帶著緊張踏進了家裡附近的森林。

溫柔的午後陽光從葉子與葉子之間照了進來，小鳥啾啾鳴叫的森林舒服得簡直讓人想發呆，馬上放下緊張心情的飛鳥，開始拚命尋找松果。在森林裡走了數分鐘之後，馬上就找到松果了，飛鳥歡呼著撿起了松果，卻又很快地垂下嘴角丟掉松果。

這顆不行，一定要找到會讓男孩子們嚇一跳的大顆松果才可以。明天，我要現給他們看，然後跟想要大松果的男孩子們說「要的話就自己去撿啊」。

想像著到時候的優越感，嘴巴彎成了一道上弧線的飛鳥，為了找到理想的松果不停前進，往森林的深處，再深處……

「找到了！」

途中，在三葉草叢生的地方，一邊尋找有沒有四葉幸運草，一邊埋頭不停走在森林裡的飛鳥，終於找到了那顆理想中的松果。似乎有飛鳥拳頭兩倍大的松果，遠比男孩子們手上拿的那些大了許多，看起來很硬，有著深咖啡的色澤。

這顆就沒問題了，這顆的話，男孩子應該都會很羨慕。灑進森林裡的陽光開始轉紅，飛鳥情不自禁地「哇哈哈」笑著將松果收進小包包之後抬起了頭。肚子餓了，回家吧。

就在要踏出腳步的瞬間，飛鳥的臉繃了起來，她在開始變得有些昏暗的森林裡慌張地來回看著，四周圍繞著參天巨木的風景不管哪一邊看起來都長得一樣，她不知道自己是從哪裡過來的。

……一定是這邊，只要從這個方向直直往前走應該就可以到家了，飛鳥這麼說給自己聽，腳踩在潮溼柔軟的泥土上，在森林中小跑步前進。但是，不管她怎麼跑，看到的都是一整片相同的景色，數不清的巨木一棵一棵聳立的景色。

即使像是在同一個地方不停打轉的恐懼感籠罩，飛鳥依然一個勁兒地不停動著腳步，然而，別說是回到家了，就連森林都走不出去。

就在紅色的陽光消失，只剩微弱的月光照射著森林時，飛鳥再也動不了了。因為走了太多路而雙腳疼痛，因為腳邊昏暗所以沒辦法好好走路，但是更大的原因是，一個人被丟在昏暗森林裡的恐懼感束縛了全身。

小鳥的鳴叫聲消失了，取而代之的是不明動物的吼叫聲。就算想要鼓起內心殘存的一點點勇氣邁出步伐，也敵不過迷宮般遮住前進方向的巨木，不知道該往哪邊走才好。空腹以及下降的氣溫，毫不留情地奪走了體力，最後，飛鳥只能雙手環抱著肩膀，將身體縮成一團。

如果沒有進來森林就好了，如果有好好聽媽媽的話就不會發生這種事了。因後悔而低著頭的飛鳥忽然仰起臉，好像聽到遠方有人的聲音，夾雜在樹木的沙沙聲之中，而且還是帶著回音的可怕聲音。

腦海裡浮現了最近看過的圖畫書裡的故事。故事裡，誤闖森林的兄妹被巫婆關起來，還差點被吃掉。顫抖因恐懼而益發強烈。

『飛鳥——』

又聽到聲音了，這次更清楚了。

在叫我的名字?!巫婆要來抓我了，我一定要趕快逃走！但是，該往哪邊跑？迴盪在森林樹木中的那道聲音，很難聽得清楚究竟是從哪一邊傳來的。

要是不小心跑到巫婆所在的方向就會被抓。

飛鳥僵立當場，『……飛鳥——』的呼喚聲再次響起，而且比剛才更清楚。越來越近了，巫婆越來越接近了。

飛鳥腳下一軟，雙膝跪倒在地。

『飛鳥——妳在嗎——』聲音又更近了。

「不要過來！不要過來啊！」飛鳥兩手抱著頭大叫。

『飛鳥——在那裡嗎？妳在那裡嗎？』

聲音變大了。飛鳥癱坐在地，抱著頭蜷縮成一團。

不久後，聽到了些微腳踩在落葉上的聲響，四周突然變得明亮。瞇著眼睛，手擋在眼前的飛鳥察覺到燈光中站著一個人影，從喉嚨深處迸發出慘叫聲。

「別害怕，飛鳥，是我。」

飛鳥聽見了一道聲音，不是有著可怕回音的聲音，而是聽慣了的溫柔聲音，原先直直照射的燈光被稍微移往旁邊，於是清楚看見了站在數公尺外人影的樣貌。

「爸爸?!」飛鳥坐在地上，大聲叫了起來。

飛鳥的父親羽田將司站在那裡，一手拿著手電筒露出了放心的表情。

「已經沒事了，飛鳥。」

將司走近飛鳥，在她的身邊雙膝著地，輕輕地抱著她，強而有力的手臂傳來的體溫溫暖了身體以及內心，情緒在心裡爆發。

飛鳥哭了，臉埋在父親胸前，不停地大聲哭著，而將司則是全程溫柔地抱著她。

等到飛鳥終於停止哭泣後，將司用披在身上的外套裹住飛鳥，將她抱了起來。

「爸爸很擔心妳喔，媽媽不是說過不可以進來這裡嗎?幸好附近的人看見妳走進森林，才總算找到妳了。」

「……對不起。」飛鳥吸了吸鼻子。

「沒關係，妳沒事就好。」

將司微笑著從褲子口袋中拿出行動電話，和某個人通話。

「我剛剛和媽媽聯絡，她也放心了。飛鳥，妳肚子餓了吧?」

結束電話的將司這麼問，飛鳥「嗯」地輕輕點了點頭。

「媽媽說她也出來找妳，所以沒有煮飯，那我們就在外面吃完晚餐再回去吧。」

「晚餐?要去哪裡吃?」

「這裡的話，走一小段路穿過森林，就可以到爸爸工作的地方，我們去那裡吧。」

將司抱著飛鳥，一手拿著手電筒開始走了起來。

大約走了十分鐘以後來到森林外，眼前的景色讓飛鳥「哇」地驚叫出聲。

在金屬圍欄的另一側，無盡的黑暗之中，浮現出一顆一顆色彩繽紛的光球。

「這是跑道。」

「跑道？」飛鳥歪著頭。

「就是飛機起飛或是降落的地方。這裡有在進行夜間訓練，所以會像那樣配置指示燈。」

飛鳥無法理解所有內容，不過她明白了父親在這個美麗的場所工作，因此感到很驕傲。

「好了，我們走吧。」

在將司拉著飛鳥的手往圍欄外側移動的這一段路上，飛鳥只是目不轉睛地看著浮在黑暗空間中，宛如寶石般的光輝。

「好吃嗎？小飛鳥。」

飛鳥一邊吸著杯麵，一邊向看著自己的白髮老人點頭。

將司在圍欄外繞了一大圈，將飛鳥帶到這個小小的辦公室。說是父親同事的老人，說著：「對不起喔，讓妳吃這種東西。」請飛鳥吃了杯麵。

很少有機會吃到的杯麵，味道讓人食指大動，但更重要的是能夠從內而外溫暖凍僵的身體，因此飛鳥拚命將麵送入嘴裡，並大口喝著湯。

「爸爸，你都在這個房間工作嗎？」

「哈～」飛鳥呼出一口帶著湯的味道的氣息之後這麼問。

「是也滿常在這裡寫一些紀錄的，不過主要的工作是教人怎麼駕駛飛機喔。」

「駕駛？教人？」

看到飛鳥歪著頭，老人溫柔地微笑。

「小飛鳥知道爸爸做什麼工作嗎？」

「嗯……是飛行員……吧，開飛機的。」

父母曾經告訴過她，所以擁有這種程度的知識，至於具體的工作內容就不知道了。

「飛行員啊，就是操控飛機飛上天空的人喔，而妳爸爸啊，原本是非常優秀的飛行員，一直到去年為止，他會開著大型飛機載很多客人到國外去喔。」

老人以飛鳥也聽得懂的方式仔細說明，雖然將司喊著「喂！」並蹙起了眉頭，但老人回道：「有什麼關係。」揮了揮手。

「爸爸不當飛行員了嗎？」

面對飛鳥的提問，老人搖搖頭。

「不是這樣的，小飛鳥的爸爸呢，現在也還是優秀的飛行員。只不過他現在不載很多人去很遠的國外了，而是在這裡當教官喔。」

「教官？」

「就是教別人怎麼開飛機的人。想要學開飛機的人會到這裡來，而妳爸爸呢，就會和那些人一起搭上飛機，是教他們怎麼操控飛機的老師喔。小飛鳥的幼稚園裡也有老師對吧？」

「有，有老師。原來爸爸是老師啊！」

飛鳥的聲音高漲。老師是又溫柔又厲害的人，對於這麼看待老師的飛鳥而言，父親是名「老師」讓她很開心。

「雖然說是老師，不過學生都是一些會為了娛樂而買私人飛機，一副很了不起的有錢人呢！」

將司這麼苦笑道，老人搞笑地張開雙手。

「有什麼不好？多虧了那些有錢人的樂趣，我們才能賺錢啊。」

「可是為什麼爸爸不再開大飛機了？」

「這是因為妳爸爸最喜歡妳了啊。」

老人的眼角擠出了皺紋，將司好像想說些什麼，卻被老人揮手制止了。飛鳥反問道：「因為喜歡我？」老人用力地點了點頭。

「沒錯，小飛鳥妳的爸爸啊，實在是太疼妳了。可是如果當個要到遙遠國外去的飛行員，就會好幾天不能回家，不能常常見到妳，所以才選擇了可以經常陪妳的工作喔。」

聽了老人的話，飛鳥搜尋著記憶。這麼說起來，在東京的時候很少有機會見到爸爸，雖然爸爸常帶給她在遙遠國外買的紀念品，但還是有點寂寞，可是搬到這裡之後，爸爸變得很早回家。

雖然不知道為什麼，但內心暖暖的……

將司的視線瞥向嘴角揚了起來的飛鳥之後，一臉不好意思地看向窗外。

「今天有人預約夜間飛行訓練吧？你就這樣丟著飛機？」

老人苦笑著道：「硬是把話題轉開啊你。」大大地聳了聳肩。

「就在剛剛取消了，說是得了流感。真是的，這麼晚才聯絡，我可是都準備好在等他了呢！」

「得到流感也沒辦法啊，再說對方也會付取消費用。」

將司替對方說話，老人卻煩躁地搖了搖頭。

「不是錢的問題，是飛機太可憐了吧，虧我那麼用心保養，讓它處在隨時都能飛的狀態。」

「太可憐了……嗎？」

將司自言自語著，視線四處看了看，之後勾起脣角，雙手在胸前「啪」地拍了一下。

「飛鳥！」

被呼喚的音量嚇了一跳的飛鳥轉身：「什、什麼事？」將司瞇起眼睛開口說道。

「去看爸爸工作的地方吧。」

隨著機體速度加快，並排在跑道上的光點連接起來，成為了一條直線。

「哇啊啊！」

飛鳥感受著從正面而來的一股壓力，無意識地歡呼出聲。

「要起飛囉。」

坐在駕駛座上的將司拉起操縱桿。身體像是飛起來的感覺，原本在擋風玻璃另一邊的光之直線消失了，取而代之的是滿月高掛的夜空在眼前展開。

「妳會害怕嗎？」

「不會。好棒！好棒啊，爸爸！」

「是吧，很棒對吧。」

將司瞇著眼睛操作操縱桿，機體筆直地往夜空飛去。

不久後飄浮感消失，原本姿勢像是往後躺的飛鳥，身體也坐直了起來。飛鳥繫著安全帶探出頭，從旁邊的窗戶向外看去。

不久之前還在眼前的指示燈的燈光，在遙遠的下方看起來是並排的小光點，機場周邊四散著橘色的光芒，彷彿螢火蟲在黑暗的水池中一閃一閃。

「飛鳥，妳有看見地面上在發光的東西嗎？」

「有看見！」飛鳥趴在窗邊回道。

「那一點一點的光都是一間房子喔，妳看見的是從房子窗戶透出來的光。」

「那個是房子?!可是只有那麼小一點點耶?!」飛鳥拔高了聲音。

「那是因為我們飛到這麼高的位置了啊，很漂亮吧！」

「嗯，很漂亮！裡面也有我們家嗎？是哪一個?!」

「嗯……沒辦法知道是哪一個呢。」將司發出笑聲，「不過飛鳥，妳想看更漂亮的東西嗎？」

「嗯，我想看！」飛鳥立刻回道。

「好，那我們走吧！」將司將操縱桿向前推，機體雖然往旁傾斜，但飛鳥不僅不害怕，臉頰還因為更加興奮而熱了起來。

原本在窗外的橘色光芒越來越少，不久後，眼前只剩下一片漆黑的空間。

「就是這裡。」

將司的這句話，讓飛鳥皺起了眉頭：「這裡？」

「爸爸，什麼都沒看到啊？」

「錯了錯了，不是下面，是在上面。」

「上面？」視線往上移動的飛鳥睜大了眼睛，那裡有著一整片的光之海。

那是布滿了無數閃耀著各種色彩的星星的夜空。

彷彿被寶石淹沒的游泳池般的光景，讓飛鳥忘了呼吸。

「這裡和都市不一樣，沒有街道上的燈光，空氣也很乾淨，所以才能看見這麼漂亮的星星喔。」

將司的說明也進不了雙手抓著窗戶、深深被星空吸引的飛鳥耳中。

「爸爸，那個！那個是什麼?!」飛鳥指著直直橫過天際的光帶。

「那個是銀河吧。裡面聚集了很多小星星，看起來就像飄在空中的河流一樣呢。」

「銀河……」飛鳥如身處夢中地喃喃自語。

遍布空中的景象實在太過美麗，簡直像是待在夢的世界裡。

「爸爸平常都是在這麼漂亮的地方工作嗎？」

「不是每次都能看到這麼多星星的，因為天空總是會展現出不同的風情。不過無論是什麼時候，這裡都很漂亮喔。」

飛鳥聽著將司的聲音，視線卻被天空給牢牢吸住。

「這是個一下子是澄澈的藍，一下子又是被夕陽染紅、閃著餘暉的世界，烈焰四射的太陽、連綿不絕直到地平線的純白雲朵、完整的環型七色彩虹全部都會出現在這裡喔。」

將司的這句話，聽在飛鳥的耳裡就像童話一般充滿了吸引力。

「吶，飛鳥，」將司溫柔地向著魔般看著窗外的飛鳥問道：「妳這麼喜歡天空的話，將來要不要當個飛行員啊？要不要每天都在這片天空下工作？」

「我要！我也要當飛行員在這裡工作。我要和爸爸一起工作！」

「是嗎？爸爸很期待呢！」

將司一臉高興地這麼說，同時拉起了操縱桿。機首往上抬升，機體再次飛得更高。

「飛鳥，妳看看前面的窗戶。」

正為了再次襲來的飄浮感及被壓在座椅上的感覺而不知所措的飛鳥，依照指示看向前面之後張大了嘴巴，已經連聲音都發不出來了。充滿了無數光彩的空間在眼前展開，飛機正朝著那個方向飛過去。

飛鳥連眨眼都忘了，意識翱翔在無限延伸的星空中。

長大之後我要在這裡工作，我要和爸爸一起飛翔在這個夢一樣的世界。飛鳥小小的內心裡，產生了像星星的光輝一般閃亮的決心。

然而，這個夢想並沒有實現。因為將司、飛鳥深愛的父親捨棄了天空。

10

「下次見，飛鳥。」

在吹著冷風的車站月台上，將司勉強擠出聲音。飛鳥沒有回答，只是低頭癟著一張嘴。

「飛鳥，和爸爸說再見。」

雖然牽著手的母親這麼催促，飛鳥卻只是微微地搖頭。

「……飛鳥，」將司在飛鳥眼前膝蓋著地，「爸爸一直都最喜歡飛鳥了。」

「那為什麼一定要分開?!為什麼不能住在一起?!」

面對飛鳥的質問，將司只是露出了一絲悲傷的笑容。

從飛鳥即將上小學的那陣子開始，原本感情很好的父母變得經常吵架，同時看到將司在家裡喝酒的次數也增加了。

即使喝醉了將司依然很溫柔。雖然有點介意酒臭味，但爸爸還是會輕輕地摸摸她的頭，這讓飛鳥很開心，可是，將司卻不再說有關「天空」的話題了，只要飛鳥纏著要聽天空的事，將司就會出現難過的表情陷入沉默，因為不想看見這樣的表情，於是飛鳥也漸漸地不再提起這個話題。

隨著時間流逝，父母吵架的次數，以及將司在家裡喝醉的頻率都越來越高。然後在快要升上小學二年級時，飛鳥開始察覺到將司已經辭去了飛行員的工作。

那個時候，每次撫摸飛鳥的頭時，將司的手都在顫抖。發現這件事的飛鳥只要指出「爸爸，你的手……」，將司就會慌忙收回手並低下頭，像是找藉口般低聲道：「……是因為酒的關係。」不知道從什麼時候開始，將司不再去工作，飛鳥放學回家時，他經常因為喝醉了睡在客廳裡。

「吶，媽媽，為什麼爸爸不去工作了？」

每次這麼問媽媽，媽媽就會一臉不甘心，然後悲傷地咬著嘴唇回答。

「爸爸啊，因為酒的關係辭掉工作了，他生了一種叫酒精成癮的病。」

「生病的話，只要好了就可以再當飛行員在天空中飛嗎？」

「不行，」媽媽緩緩地搖著頭，「爸爸的病已經不會好了。因為這個病，爸爸不得不辭掉飛行員的工作……」

說到這裡，媽媽就會用手摀著嘴巴，從指間流出壓抑的哭聲，看到這個樣子，即使還是個孩子，飛鳥也明白不可以再問這個問題了。然後就在飛鳥即將升上三年級前不久，父母決定離婚，飛鳥會搬到媽媽娘家所在的東京。

和朋友分離雖然很難過，但更難過的是要和最喜歡的父親分開。在得知要和將司分開生活時，飛鳥哭著大叫「我絕對不要！」，連續過了好幾天除了吃飯以外，都將自己關在房間裡的日子。但是，無論飛鳥怎麼反對，父母之間的關係已經出現了無從修補的裂痕。

然後，分離的日子還是來臨了。將司來到車站的月台，為搭乘前往東京的電車的飛鳥送行。

「那個，飛鳥……」

將司輕撫吸著鼻子的飛鳥的頭，以如同往常帶著些微顫抖的手。

「我們不是再也不會見面了喔，我和媽媽約好了，有時候可以去看看妳。」

面對爸爸像是安撫的一番話，飛鳥「嗯、嗯……」地點頭。

「這段時間爸爸也會努力找工作，好抬頭挺胸去見妳。」

「工作?!」飛鳥猛然抬起頭，「你會回去當飛行員，在天空工作嗎？」

「……說得也是呢，如果可以再飛的話就好了。」

將司一臉落寞地喃喃自語，輕輕地拍了拍飛鳥的頭。

「飛鳥長大以後不是也要成為飛行員嗎？我們再一起飛上天吧。」

「嗯，一起飛。我還要再搭爸爸的飛機，一起到天空去。」

飛鳥的腦海裡，浮現翱翔在滿天星空中的記憶。

「好，爸爸也會戒酒，努力把病治好，所以妳也要加油喔。」

飛鳥點了好幾次頭之後，媽媽帶著點猶豫地插話：「電車快開了……」「知道了。」將司站起身。

「飛鳥，發車的時間快到了，妳和媽媽上車吧，爸爸會在外面送妳們。」

爸爸這麼勸道，飛鳥被媽媽拉著手，走進了電車，坐上靠窗的位子之後，可以看到窗外的將司，他的雙眼充血，緊抿著的唇正細微地震動。

腳下傳來沉重的發動聲，電車開始動了起來。

「飛鳥！」隔著窗戶可以聽見將司的聲音。

「爸爸！」飛鳥的雙手猛地貼上玻璃窗。

「我們再一起飛吧！再一起去看漂亮的天空！」

將司揮著手，在月台上跑了起來，電車的速度越來越快。

「好，一起去。我很期待和爸爸一起飛上天空！」

飛鳥大叫的瞬間，已經看不見在窗外奔跑的將司的身影了。駛離車站的電車，在遼闊的田園景色中不斷前進。

「……爸爸。」

飛鳥在輕聲呢喃中抬起了頭，萬里無雲的藍天無邊無際地延伸。

即使搬到東京都武藏野市媽媽的娘家居住之後，飛鳥想成為飛行員的夢想依然沒有改變。高中畢業以後，為了成為國際線機師，飛鳥進入專門培育飛行員的大學就讀，從早到晚忙於訓練及讀書以考取國家執照。

每個月，她都可以和將司見一次面，她會和將司約在咖啡廳等地方，吃完中飯後一起去看電影或是購物，這是飛鳥最期待的事。

雖然期待和父親見面的這件事，常常被朋友拿來取笑有戀父情結，但飛鳥並不在乎，只是見面時，將司身上經常有一股酒精的味道，每次看到將司微微顫抖的手，胸口就會傳來尖銳的刺痛。

將司平常都只是笑著聽飛鳥說話，很少提及自己的事，但是從隻字片語的資訊中，飛鳥知道了他目前在川崎市擔任保全。

如果可以戒掉酒精的話，爸爸明明就能夠再次飛翔在那美麗的天空中……每當看到將司顫抖的手，飛鳥就感到一陣內在焦灼的煩躁。

明天是和爸爸見面的日子嗎？星期六夜晚，坐在桌前攤開參考書的飛鳥，將全身體重壓在椅背上向後伸展，長時間維持同樣的姿勢，身體都僵硬了。飛鳥看向掛鐘，時間已過晚上八點。

已經這麼晚了啊，飛鳥轉轉脖子。見面的前一天，將司總會在大約晚上七點打電話過來，確認見面的地點，但是不知為何今天還沒有聯絡。

工作很忙嗎？正這麼想著，桌上的手機響起了來電鈴聲，看見液晶螢幕上顯示著「爸爸」，飛鳥迅速地伸出手。

「喂，爸爸。」

『……飛鳥。』

電話裡的聲音讓飛鳥心中湧起一股不安，將司的語氣裡似乎夾雜了一絲凝重的氣氛。

「怎麼了？你的聲音聽起來沒什麼精神，是明天有事不方便見面嗎？是的話不用太在意，再重新約時間就好了。」

『不是，我已經好好地把明天的時間空下來了，只是……工作有一點累而已。』

「是喔，你也不年輕了，不可以太勉強自己喔。明天約在澀谷的咖啡廳，然後你陪我去買東西可以嗎？」

『啊，可以的話我想換見面地點，調布車站前的咖啡廳怎麼樣？』

「調布？」

聲音裡參雜了不滿。飛鳥住在東京二十三區以外的住宅街，因此她希望盡可能選在都心和父親度過愉快的一天。調布也還稱得上是都市，但是應該沒有像澀谷那樣可以享受購物的地方吧？再說她已經決定好明天要去逛逛的店家了。

『不可以嗎？』

「啊，不是，沒這回事。知道了，那我們就約在調布吧。」

面對沒什麼精神的聲音，飛鳥反射性地這麼回答了，她微微聽到將司鬆了一口氣的聲音。

『謝謝，那……』

將司告訴她詳細的見面地點，飛鳥將地點寫在參考書的空白處。

「瞭解。不過爸爸，為什麼要去調布？你有什麼特別想做的事嗎？」

『那是……明天見面之後再告訴妳。我也該回去工作了，那就明天見了。』

爸爸迅速地說完，飛鳥一回答「好，明天見」電話就掛斷了。

發生什麼事了？感覺好像怪怪的……飛鳥盯著手機看。

不過，算了，反正明天就能見到面了，詳細情形那時候再問就好。

「好期待啊！」

揚起嘴角的飛鳥，將手機放回桌面，視線再次落到了參考書上。

隔天正午過後，飛鳥來到指定的咖啡廳，將司已經坐在窗邊的位子等待。

「飛鳥。」將司開心地高高舉起手。

「對不起，你等了一下子吧。」

「沒有，我才剛到而已。」

飛鳥看向放在將司面前的杯子，裡面幾乎沒剩多少咖啡，看來他滿早之前就等在這裡了。即使比約好的時間稍微早一些到見面地點，將司也一定已經在那裡等著了，然後他會貼心地撒謊說「我才剛來而已」。

果然昨天電話裡感覺有點不對勁只是因為工作太忙了。飛鳥回以笑容，在桌子對側的座位坐下。

和平常一樣，兩人在咖啡廳一邊吃著午餐，一邊漫無邊際地閒聊著，這對飛鳥而言也是無可比擬的幸福時光，療癒了拚命讀書、大腦中塞入大量要成為飛行員必備的知識，以及每天嚴格的訓練而疲憊不堪的心靈。

「這麼說來，再一年多一點妳就要畢業了呢。之後妳有什麼打算？」

吃完牛肉燴飯之後，將司喝著餐後咖啡這麼問道。飛鳥吞下口中的千層麵，開口回答。

「可以的話，我想要到大型航空公司工作。一開始大概會從國內線開始飛，不過將來我的目標是國際線的機長。」

就像爸爸一樣，飛鳥在心中補充。

「國際線的機長啊，很好啊，這是一份了不起的工作喔。」

「不過競爭激烈所以還滿難的，反正就是個夢想。」

「沒這回事，妳一定可以做到，所以要帶著自信努力喔。」

將司的眼裡閃爍著光輝，堅定地說道。飛鳥覺得有點不好意思，將盤子裡剩下的最後一口千層麵吃掉，這時她忽然感到有些不對勁，好像和平常有哪裡不一樣，但又無法釐清是什麼。飛鳥皺著眉頭，探索湧上心頭的感覺的真面目。

「怎麼了嗎？」

將司一臉驚訝地問，同時將手中的咖啡杯放回盤子上。瓷器撞擊的小小聲響搔動鼓膜的瞬間，飛鳥睜大了眼睛。

沒有顫抖？飛鳥凝視著將司的手。

一直以來將司的手都會微微地顫抖，已經超過十年以上了，所以將茶杯放回盤子上時，總是會發出大聲的喀鏘喀鏘撞擊聲。然而，今天卻幾乎沒有發出聲音。

飛鳥繼續盯著將司的手，看到簡直要穿出孔來，但手掌果然沒有平常見到的細微痙攣。

將司露出些許尷尬的表情，將手縮到桌子的死角處。

治好了，爸爸終於克服了酒精成癮。飛鳥為了平息激動的情緒喝了一口紅茶，卻因為喝得太急而嗆到了。

「妳沒事吧？給妳，用這個。」

將司急忙遞出手帕，但是飛鳥卻握住了將司的手，而不是手帕。每次碰到爸爸的手時都會感受到的顫抖，那股震到心坎裡，並留下細微裂痕的顫抖，今天卻沒有感受到。

「爸爸，今天要去哪裡？」

飛鳥仍舊握著手，這麼問之後，將司的臉上掠過緊張的神色。

「……差不多，該走了。」

將司沒有回答，而是站起身。飛鳥壓抑著興奮跟在爸爸身後。

走出咖啡廳後，將司帶著飛鳥坐上計程車，將寫著目的地的紙條遞給司機。奔馳的計程車離開了住宅區，橫越多摩川，不久後左右兩旁出現了整片樹林。

一路上，飛鳥都沒有開口，她沒有問要去哪裡，她害怕問了之後得到和想像中不一樣的答案。

飛鳥瞥向坐在隔壁的將司，大概因為緊張而繃著的臉上，流露出強烈的決心。

「客人，差不多快到囉。」

在司機說話的同時，彷彿覆蓋著左右兩旁生長的樹木中斷了，眼前出現一片開闊的空間，飛鳥臉上的笑容越來越深。

那裡是機場，蓋在山間土地上的機場。

「爸爸！」

飛鳥發出高亢的驚叫，將司笑瞇了眼，眼角擠出一條條魚尾紋。

「今天來實現十年前的約定吧！」

引擎的氣息隔著座位傳了過來，擋風玻璃另一邊的跑道筆直延伸，螺旋槳劇烈擾動空氣的聲音震天價響。

大約一個小時前，在機場下了計程車的將司前往櫃台，辦理事先預約的小型西斯納飛機的租借手續。

就算是小型款，飛機的租借費仍然相當高昂，要以保全的薪水支付這個費用應該很辛苦，但是飛鳥沒有將這份擔憂說出口。

爸爸正以最棒的方式表達他克服了疾病，那我就不要讓他覺得丟臉，而是為這最棒的禮物開心，內心這麼決定之後，飛鳥心臟的鼓動便不停加速。第一次搭乘飛機的夜間飛行記憶、自己下定決心以飛行員為目標的那段美好回憶，和閃耀的光輝同時在腦海中浮現。

手續完成後，飛鳥和將司一起坐上租用的小型西斯納飛機。兩人座的小飛機，和那段記憶中的飛機很相像。

將司慎重地將飛機開往跑道之後，讓掛在機首的螺旋槳開始加速。

飛鳥偷偷地看著坐在駕駛座上的將司，他的表情僵硬，額頭浮現大量汗水。這也難怪，畢竟已經超過十年沒有駕駛飛機了，然而飛鳥卻沒有感到絲毫的不安。

飛鳥輕輕伸出手，貼在握著操縱桿的將司手上。將司的視線轉向飛鳥。

「不用擔心，因為爸爸你是一流的飛行員啊。」

將司露出驚訝的表情眨了幾次眼之後，僵硬的神情消失了。

「說得也是……啊，沒錯，我是一流的飛行員。」

將司大大地吐出一口氣，強而有力的眼神看向跑道。

「好，我們走吧！」

飛機隨著將司的喊聲往前進。畫在跑道上的白線逼近的速度越來越快，不久，在那些線看起來連成一條時，將司往後拉動操縱桿。

飛機起飛，飄浮感包圍著身體。原本在擋風玻璃另一側的跑道不見了，取而代之的是一整片的澄澈藍天。

被天空吸走的感覺。明明訓練時總是在飛，飛鳥的心中卻有不輸給第一次搭飛機時的感動擴散開來。

「哈哈、哈哈哈哈哈……」

將司似乎充滿了幸福的笑聲讓飛鳥自然地綻開了笑容。

不久後，飛機停止上升改為水平飛行。飛鳥看著無限廣闊的天空，有一股漂浮在大海中、解放的感覺。

「天空果然很舒服呢，爸爸。」

「啊啊……天空真的很舒服呢。」將司像是在細細品味般地回答。

兩人之間暫時沒有了對話。這段時間是幸福的，不需言語兩人也能互相理解的感覺，溫暖了飛鳥的內心深處。

眺望著窗外遼闊藍天的飛鳥閉上眼睛，十數年前見到、像是散落一地寶石的夜空浮現眼底。

在記憶中的夜空翱翔了數分鐘的飛鳥，緩緩睜開眼睛開口道：

「爸爸，謝謝你遵守了約定，謝謝你戰勝病魔，我非常……」

飛鳥轉身面向駕駛座上的將司，當場說不出話來。

「爸……爸……」

聲音變得乾澀。數分鐘前，在飛鳥閉上眼睛之前的將司已經不在那裡了。

原本帶著笑的嘴部現在使勁咬緊了牙根，充滿幸福地瞇起的眼睛則布滿血絲失去了焦點，呼吸紊亂，甚至從嘴角流出口水。

「爸爸，你沒事吧?!身體不舒服嗎？」

飛鳥慌張地詢問，將司卻沒有回答，而是以一種高燒囈語的口吻開始自言自語。

「有……聲音，來自天空的聲音……」

「聲音？我沒有聽到那種東西啊，你怎麼了？」

飛鳥小心翼翼地伸出手，指尖一碰到將司肩膀的瞬間，將司便猛力揮開她的手。操縱桿一陣搖晃，機體大幅傾斜，飛鳥發出細微的驚叫。

「不要妨礙我！我要到天空去！神就在天空！」

將司咬牙切齒的狂暴態度，讓飛鳥嚇得動彈不得。

「神……你在說什麼啊……」

坐在駕駛座上的人已經不是父親了，而是空有父親外形的某個人，在操縱這台飛機，並掌握著我的性命。飛鳥的腹部深處感到一陣涼意。

「馬上降落！求求你了！」

雖然飛鳥大叫，將司卻只是瞪著虛空，「神……有神……」如此囈語道。

必須告訴塔台這個異常狀況。一直以來在飛行學校針對緊急事件的反覆訓練，讓差點陷入恐慌的心總算有個支柱，飛鳥伸手去拿無線電，然而就在快要拿到機內無線電的時候，將司抓住了飛鳥的手腕，骨頭彷彿被捏碎的痛楚，讓飛鳥的臉都扭曲了。

「求求你，爸爸，放開我，為什麼要這麼做？」

淚水模糊了視線，飛鳥努力擠出聲音。

將司的臉上浮現笑容，一抹令人不忍卒睹、悲慘扭曲的笑容。

「當然是為了和妳一起飛上天啊，永遠在一起……」

下個瞬間，將司往前推倒操縱桿，機首向下俯衝，身體從椅子上飄了起來，因為安全帶緊緊勒住肩膀的疼痛而露出痛苦表情的同時，飛鳥瞪大了眼睛。擋風玻璃另一側已經可以看見地面了，急速接近的地面。飛機正在下降，不，是墜落。

「拉起操縱桿！往上飛！」

飛鳥雖然大聲喊叫，但將司著了魔般只是凝視著逐漸逼近的地面，機內響起了宣告接近地面的不祥警報聲。

飛鳥忍著從前方壓上來的重力探出身體，拚命伸出手去抓操縱桿。地面已經近在咫尺。

碰到操縱桿的同時，飛鳥全力往後拉，機首一口氣向上抬升，原本朝著地面直落的機體速度急降。

然而已經太遲了。飛機雖然回復到接近水平飛行，但是前方卻有覆滿繁茂林木的山巒阻擋，不論再怎麼拉升機首，都已經無法達到能夠越過山嶺的角度了。

小小的機體筆直地往山壁衝去，飛鳥只能愣愣地看著茂密的樹木越來越逼近擋風玻璃。

「飛鳥——！」

將司的叫聲迴盪在耳邊，衝擊往全身席捲而來。

意外發生後大約兩週的午後，飛鳥以剩下半邊的視野看著醫院天花板。只有單眼能視物，距離感變得模糊不清，因此有一種天花板的圖樣正在迫近的錯覺襲來。

意外之後，飛鳥伴隨著全身劇痛恢復意識已是三天後的事，四肢及肋骨骨折，還有縫了幾十針的傷，但總算是撿回一條命。
在救護車送來的這間醫院裡，已經完成了骨折的手術，若相信主治醫師所言，那麼在運動功能方面應該是不會留下嚴重的後遺症。
「能在那麼嚴重的意外中活下來真是奇蹟啊。」
主治醫師笑著對從昏迷中醒來的飛鳥這麼說。
「……可是，活著又有什麼意義？」
口中吐出的字句，輕輕地飄在空中。
意外發生時，被破裂的擋風玻璃碎片嚴重割傷的右眼已經幾乎呈現失明狀態，失去單邊視力，就意味著失去成為飛行員的夢想，以及從小憧憬的天空。她依稀記得眼科醫生曾向她說明怎麼做可能可以恢復視力，但那些話已經從左耳進，又從右耳出了。
就算恢復了視力，我也回不去那片天空了，那片幼時見到的燦爛星空。
以往只要閉上眼睛，那充滿寶石般光輝的天空總會映在眼簾。然而現在已經做不到了，只要試圖回想，下墜的記憶，那個地面步步逼近的記憶就會復甦，只是徒然陷入恐慌罷了。天空已不再是令人憧憬的地方了。
整個人變得好空虛，我現在什麼也沒有。
意外發生後，一直困在輕飄飄的感覺中，好像一個不留神，「自己」就會突然消失得無影無蹤的感覺。
「爸爸……」在這麼低喃的瞬間，雖然只有一點點，但總覺得現實感回來了。
那時候爸爸發生什麼事了？為什麼要引發那樣的意外？

執著，不過呢，想要殺妳和愛妳兩者並沒有衝突。」

「這是……什麼意思？」

飛鳥喘著氣問道。

「很簡單啊，羽田將司並不是想殺了妳，而是想和妳一起去死，也就是說，這次的案件正確而言是父攜女自殺未遂。」

「自殺……未遂……」

短路的腦細胞沒有辦法馬上接收這句話的意思。

「對人生感到絕望的羽田將司想要和心愛的妳一起去死，和獨生女像以前一樣搭乘飛機飛上天，然後墜機共赴黃泉，這就是他的計畫。」

「不、不是……爸爸才不是會做這種事的人……」

「我可以明白妳想這麼相信的心情，但是從幾個月前開始，羽田將司就已經不是妳所知道的父親了。」

「你想說什麼?!請把話說清楚！」

飛鳥歇斯底里地大叫，她再也受不了對方故弄玄虛的說話方式了

「那我就直說了，羽田將司已經是胰臟癌末期了，幾個月前他似乎被宣告剩下不到一年的時間。」

太過突然的資訊，讓飛鳥腦袋一片空白。

「從那之後，他的精神狀態就變得相當不穩定，然後被逼到極限、無法再忍受現實壓迫的羽田將司決定自殺，但是他害怕自己一個人去死，所以就和最愛的女兒一起……」

「別說了！不要再說了！」飛鳥大叫，用打著石膏的雙手抱住頭。最喜歡的爸爸想要殺了我，用他過去經常在開的飛機當兇器，然後在那美麗的天空中打算傷害我，我不想相信這種事。

「真是不好意思喔，好像有點太超過了。」刑警以沒什麼反省意思的語氣這麼說。

「因此，我們認為這是在精神失常之後所犯下的罪行。這麼一來，在飛機墜毀之前，他說的那些奇怪的話也可以得到解釋了。」

「……不是。」飛鳥聲若蚊蚋地喃喃道，刑警向前探出身體：「嗯？妳有說話嗎？」飛鳥瞪著他的臉。

「你不要隨便亂說！爸爸才沒有那麼脆弱！他才不是那種因為得到癌症就想自殺的人，所以，那是……」

看到刑警略帶輕蔑地用鼻子哼了一聲，飛鳥的聲音漸漸弱了下去。

「抱歉喔，忘了告訴妳一件重要的事。前幾天，羽田將司在病室裡上吊自殺了。」思考停止了。飛鳥的心、她的感情拒絕理解這句話的意思。

「床頭櫃上像是遺書的字條不知道為什麼和駕照放在一起，上面以潦草的筆跡寫著『對不起，請原諒我』。」

在失去距離感的視野中，刑警的聲音聽起來更顯得遙遠。

就像主治醫師所說，運動功能並沒有留下後遺症，意外發生後約兩個月，飛鳥就出院了。然而，即使四肢的傷好了，右眼的視力也無法恢復，遠比這些都傷得更重的心靈創傷也未能治癒。回到老家的飛鳥幾乎不外出，失魂落魄地過著漫無目標的每一天。

因為討厭看到自己戴著眼罩的樣子，所以將房間裡的鏡子全部收到了櫃子裡。

眼科醫師再次向她說明，只要接受特別的治療，右眼的視力也許可以恢復，但是飛鳥拒絕了，她不知[redacted]失[redacted]一切，徒留空殼[redacted]現在，就算恢[redacted]視力又有什麼意義。

媽媽擔心那樣[redacted]飛鳥，所以[redacted]治療。

一開始[redacted]完全[redacted]。

但是[redacted]醫生說[redacted]會越[redacted]輕鬆。

那天[redacted]所以[redacted]那個地方。

飛鳥[redacted]意識[redacted]消失[redacted]。

消失[redacted]全部消失[redacted]。

11

「嗚哇?!」

一陣大聲驚叫。

「愛衣，妳沒事吧?怎麼了?」

我急忙對著像是還未變聲的男孩子的聲音搖搖頭。兔耳貓在我身邊睜著大眼不安地看著我，那對長耳朵因下墜而往上方豎起。

身體的感覺突然回來了，以極快的速度墜落的感覺。

「庫、庫庫魯？」

我拚命地釐清狀況，想找回差點陷入恐慌的內心的平衡。

既然有無止境墜落的感覺，就代表我回來了，回到飛鳥小姐創造的夢幻世界。

「什麼『庫庫魯？』啊，還不是妳突然大叫我才會嚇到。」

「什麼？難道剛才的叫聲是我發出來的？」

我眨著眼睛，庫庫魯一臉受不了的表情。

「妳沒發現嗎？沒錯，我本來還以為妳因為摸了片桐飛鳥的庫庫魯而進入冥想狀態，結果妳就突然大叫一聲，到底發生什麼事了？」

「……我看到飛鳥小姐的記憶了，從小時候一直到最近，全部。但是在看飛鳥小姐發生意外之後的記憶時，怎麼說，出現了像是雜訊的東西，不知道是該說沒辦法看清楚呢……還是該說從記憶的世界裡被彈了出來……」

「被彈出來……嗎？」庫庫魯隨著落下而豎起的雙耳互相交叉。

「也許那部分的記憶和片桐飛鳥被吸走瑪布伊有關。」

「咦？什麼意思？」

「所以說，現實世界裡片桐飛鳥不是被某個人吸走了瑪布伊嗎？我想那對她的瑪布伊來說是件非常恐怖的事，因為被強迫從自己的身體分離。人類會為了不要想起超過自己極限的恐怖記憶，而將之抹去，或是藏到內心深處，這是為了防止自己崩潰，妳應該懂吧？」

「……嗯，我懂。」

沒錯，我明白這種心情。如字面所示，痛徹心扉地。

二十三年前發生的那個可怕事件，我幾乎沒有當時的記憶。

人類會抹去，或是改寫記憶，這是為了不讓自己的心、瑪布伊崩潰。

「雜訊覆蓋的那部分的記憶，有很大的可能和吸走片桐飛鳥瑪布伊的人，或是瑪布伊被吸走當時的狀況有關。」

「那不就是非常重要的部分嗎？只要看了那部分的記憶，不就可以知道是誰吸走飛鳥小姐的瑪布伊，是誰害她ＩＬＳ發作的嗎？」

庫庫魯不感興趣地聳了聳前腳根部：「這個嘛，也許是吧。」

「那就要想辦法看清楚那部分的記憶才可以。」

「為什麼？」庫庫魯一臉不可思議地歪著頭。

「什麼為什麼，那個犯人，是叫薩達康瑪利嗎？那個人不是只對飛鳥小姐下手，也很有可能吸走了其他三名病患的瑪布伊，這樣的話就要找出對方……」

「找出來以後妳打算怎麼做？」

庫庫魯嚴肅地問道，「這個嘛……」我的話卡在了嘴裡。

「吸走他們瑪布伊的人不一定是有意這麼做的，因為吸取他人的瑪布伊並不會帶來快感或是讓人恢復精神，甚至吸走了三人份的瑪布伊之後，很有可能因為容量超載而對自己造成很大的負擔。」

「原來是這樣啊。」

「所以找出那個人不表示一定能夠解放被吸走的瑪布伊，如果是因為某種機緣讓那個人無意識地吸走了瑪布伊的話，對方大概也很難以自己的意志解放瑪布伊吧。」

「那麼，要解放飛鳥小姐他們的瑪布伊，讓他們醒來的話……」

「沒錯，只能進行瑪布伊谷米了。只有治療瑪布伊所受的傷，讓它們自行掙脫的這個方法，為此，就需要知道痛苦的經歷，也就是瑪布伊為什麼會傷得這麼重的原因。那妳知道片桐飛鳥痛苦的原因了嗎？」

「嗯，飛鳥小姐的爸爸是一位飛行員……」

我正打算說明時，「妳可以不用說。」庫庫魯扭著身體靠近我，牠以長長的耳朵包覆似地抓住我的頭，閉上碩大的眼睛。庫庫魯的額頭與我的額頭相碰，那部分亮起了淡橘色的光芒。

「嗯，原來如此，我大概知道了。」

「這樣你就知道了嗎？」

我發出驚訝的問句，庫庫魯驕傲地哼了哼。

「因為我是妳的庫庫魯啊，我和妳是相連的。不過比我想像的還要嚴重呢，竟然差點在天空這個特別的地方，被最愛的父親殺死，這樣瑪布伊會衰弱也是應該的。那再來要怎麼做呢？」

「如果是一般的瑪布伊谷米接下來會怎麼做？」

「嗯……很少遇到帶有這麼嚴重問題的狀況，大部分是交給時間療傷，或是協助對方打開變得狹隘的思考視野，就能夠治癒到某種程度。不過反過來說，這種程度的煩惱能讓瑪布伊衰弱，人類就是這麼脆弱的生物呢！」

庫庫魯嘲諷地勾起鬍鬚墊。

「總覺得很像心理諮商呢。」

我也是接受了袴田醫師的心理諮商，才學會應對那個悲慘經歷的方法並獲得救贖。

「是這樣沒錯，但有這麼悲慘經歷的話，就不是件容易的事了喔。光是失去深愛的家人就已經是痛苦的經驗了，更何況是最喜歡的父親竟然想要殺了自己。」

庫庫魯露出了令人難以想像牠是隻貓的老練表情。

『……不是這樣。』

我覺得好像聽到從某個地方傳來聲音，於是迅速地抬起臉。

「嗯？怎麼了嗎？」

「我覺得好像聽到什麼聲音……好像直接在我腦中響起的感覺……」

這時候，腦海中又響起了『……不是這樣』的微弱聲音。

「你看，又聽到了。庫庫魯聽不見嗎？」

「……啊啊，原來如此。」庫庫魯浮現出無所畏懼的笑容。

「你知道是誰的聲音了嗎？」

「這不是很簡單嗎？如果不是我的聲音，這裡還有誰？」

「你說誰……」

我以緩慢的動作轉身，那裡有一顆浮在半空中，不，正在持續墜落的光之繭。裡面闔著翅膀的小鳥、飛鳥小姐的庫庫魯的左眼微微地張開了。
「是你在說話嗎？你說不是這樣是什麼意思？可以說仔細一點嗎?!」
我一口氣問了幾個問題，但卻只是再度響起微弱的『……不是這樣』。
「沒辦法啦，這隻庫庫魯現在就像處於假死狀態，怎麼有辦法仔細說明。」
「但是牠正拚命地想要說些什麼耶！從剛剛開始就拚命地說著『不是這樣』。」
「不是這樣……啊。」庫庫魯壓低聲音小聲說道，「也許這隻庫庫魯想要告訴我們片桐飛鳥本身沒有察覺到的事實。」
「什麼？這種事有可能發生嗎？」
「這個嘛，庫庫魯雖然像是映照出瑪布伊的鏡子，但牠本身也是擁有意志的存在喔，所以那個人物經歷的事情，在牠眼中看起來也許又是另外一回事。不是說事物會因為看待的角度不同，而產生別的樣貌嗎？」
不知道為什麼，庫庫魯快速地說著。有些刻意的說明讓我不是百分之百接受，但飛鳥小姐的庫庫魯想要說些什麼倒是真的，牠想要傳達某件重要的事。
「有沒有什麼辦法可以知道飛鳥小姐的庫庫魯想要說什麼？」
「有啊，」庫庫魯乾脆地說道，「擁有猶他能力的妳，應該可以汲取這隻庫庫魯的想法，妳要配合牠的波長，感情的波長。」
「感情的波長……」
我反覆唸著這句話，視線迎向繭裡小鳥微微睜開的左眼。
「吶，如果你知道什麼事就告訴我吧，我想要幫助飛鳥小姐，我想要幫她從束縛著內心的枷鎖裡解脫，所以拜託你。」

我以溫柔的聲音說完之後，吹來了一陣風，那是從繭吹過來、平穩的風。即使是在伴隨著墜落而從下方吹上來的空氣氣流之中，不知為何仍能清楚地感受到那陣風。

包覆著小鳥的繭輕輕解開，數根光絲乘著風朝我吹來，絲線在碰到身體的瞬間，我的身體大幅向後仰。

腦海中各式各樣的景象彈出後又消失，就像在施放煙火一樣。

包裹著白布的新生兒、擋風玻璃前方無垠的夜空、覆滿無數儀表的駕駛艙、紅酒瓶、細微顫抖的手、X光片、放在桌上的十數顆白色藥丸、一邊扭曲又一邊迫近的地面、放在床頭櫃上的字條與駕照、掛在窗簾軌道上套成一個圈的床單……然後，是笑容。

幼兒的、少女的，還有成年女性的飛鳥小姐的笑容，不斷地出現又消失。

「剛剛那是……？」腦海中的影像消失之後，我愣愣地喃喃自語。

「看來剛剛那個是片桐飛鳥的庫庫魯想告訴妳的事情。」

不知什麼時候將頭靠在我的太陽穴的庫庫魯輕聲道。

「但是太抽象了，根本搞不清楚什麼是什麼……只有那些畫面，我什麼也不懂呀！」

「這麼快就想放棄的話還要怎麼繼續下去？」庫庫魯的眼神銳利了起來。

「剛剛的訊息可是衰弱的片桐飛鳥的庫庫魯，用盡了僅剩的力氣傳達給妳的，就是因為牠認為妳可以拯救片桐飛鳥，所以才做到這個地步。妳不是要救片桐飛鳥嗎？那就努力思考吧，想想這隻庫庫魯要告訴妳什麼。」

庫庫魯的視線射穿了我，我抿緊嘴脣。沒錯，我是飛鳥小姐的主治醫師，為了將她從無止境的昏睡中救出來，才會來到這個世界。

既然如此，那就全力以赴吧，這是為了拯救她，也是為了拯救我自己。

我閉上眼睛，回想飛鳥小姐的庫庫魯傳送給我的影像。

那些影像中出現了好幾次飛鳥小姐的身影，應該是想表示羽田將司這個人是愛著飛鳥小姐的。

因為愛，所以將司先生才想將飛鳥小姐和自己一起殺了嗎？罹患癌症末期而陷入憂鬱狀態，雖然試過強迫飛鳥小姐共赴黃泉但失敗了，於是後悔自己傷害了最愛的女兒因而上吊。如果只沿著表面探索，一連串的事件看起來像是這樣。

我閉著眼睛喃喃低語。我很在意即將墜機前，將司先生嘴裡說的那句話。

確實有一些精神疾病會引發幻想或是幻覺，但是以憂鬱症的症狀而言，聽到來自神的啟示這類的幻聽並不常見。

「聽見神的聲音……嗎？」

受到其他類型的精神疾病，或是非法藥物的影響……

我想起桌上放了好幾顆藥丸的畫面。

如果那是受到非法藥物的影響，而陷入精神錯亂的狀態……

不，不是這樣，我搖搖頭。就那一眼的感覺，那不是非法藥物，而是有得到正式處方籤的藥劑，再說如果是吞下大量非法藥物的話，在搭飛機之前應該就會呈現精神錯亂了。那一類的藥物在服藥之後用不了多久就會出現藥效。

那些藥丸究竟是什麼藥？癌症用藥？還是抗憂鬱劑？

不論是哪一種，如果一次大量服用的話……

一想到這裡，我睜大了眼睛，感覺腦細胞一口氣燒了起來。

顫抖的手、酒精成癮、大量藥劑，以及……神的聲音。

所有的碎片開始複雜地拼湊起來，漸漸浮現出藍圖。

一幅無限悲哀的藍圖。

「正好相反……」這句話從我嘴裡溢出。

「相反？那是什麼意思？愛衣，妳發現什麼了嗎？」

雖然庫庫魯這麼問我，但我沒有回答，而是仰頭對著上方，那個被漆黑幽暗包覆的空間。

「飛鳥小姐，妳聽得見嗎？羽田將司先生並不想殺了妳！他根本沒有打算和妳一起去死！」

我聲嘶力竭發出的聲音被黑暗吸收，但我仍然持續叫著。

「如果這是在妳的夢中，那麼妳應該在某處吧？拜託妳請聽我說！」

我聽到微弱的聲音，是非常細微的哭聲。我看向聲音來源處，黑暗中模糊的少女、幼小的飛鳥小姐抱膝蹲坐著，和在昏暗森林中迷路時一樣的姿勢。

和持續墜落的我及庫庫魯相反的是，她的頭髮及衣服並沒有因為下方吹來的風而飄起。我微微拍動收在背後的翅膀，朝她靠近。

「飛鳥小姐。」我伸手向她顫抖的肩膀，卻穿透了她的身體。

「妳沒辦法碰到她的。」庫庫魯說道，「因為片桐飛鳥的瑪布伊已經被某個人吸走了，不在這個夢幻世界，妳看到的這個人是她的瑪布伊在這個世界裡創造出來的替身，不過是個幻影。」

「但替身的意思是，飛鳥小姐正在聽我說話吧？」

「創造出夢幻世界的瑪布伊雖然沒有清楚的意識，但我想隱隱約約是能聽見。」

這樣就夠了。我正準備開口說明時，發現不知何時起周圍的黑暗中浮現出無數的大樹，我反射性地看向下方，那個持續墜落的方向，但是在那裡的只是無底的深淵。

「……夢幻世界又變了呢。」

庫庫魯以警戒意味濃厚的語氣這麼低聲說完的瞬間，從遠方傳來『飛鳥——』，迴盪著陣陣回音的叫聲。無法辨別男女的那道聲音，很明顯帶有想讓對方感到恐懼的意圖，我全身僵硬。

『飛鳥——妳在哪裡——快出來啊——』

「這是飛鳥在森林裡迷路時的……」

「嗯，是以那個記憶為藍本創造出來的世界吧。但是那時候來救她的父親對現在的她而言，只是一個想要殺了自己的人物，所以在這個世界發出令人毛骨悚然聲音的存在是……真不想去思考啊。」

就像那個著名童話中，想要吃了孩子們的巫婆一樣，危險的存在正在步步逼近，冷汗滑過我的後背。

「飛鳥小姐，妳聽我說，將司先生並不想殺了妳。」

我快速說完，蹲坐著的飛鳥小姐從雙腳膝蓋間慢慢地抬起頭。

我的身體微微向後傾。那裡有三張臉，幼稚園兒童、小學生，以及大學生的飛鳥小姐的臉如同全像攝影一般重疊。

『妳騙人，爸爸想要殺了我。』

三個人的聲音重疊在一起傳來，其間讓人不寒而慄的『飛鳥——妳在哪裡——』叫聲依然從某個地方冒出來。

「爸爸喝酒之後就不當飛行員了。」

「比起我，他更喜歡酒。」

「罹患癌症末期的爸爸打算帶我一起去死。」

三位飛鳥小姐你一言我一語地訴說煩惱。

「不是的，也許看起來的確是這樣，但事實上並不是如此。他會辭去飛行員並不是因為酒的關係，而離婚最大的原因應該也不是因為無法戒酒，更重要的是，他並沒有想要一起去死，妳的父親只是想要遵守約定而已，那個和妳一起再一次飛上天空的約定。」

我拚命地說著，感覺幼稚園的飛鳥小姐身體一瞬間膨脹，像是從小小的身體分裂出來一樣，一道人影在我面前站起身。那是大學的飛鳥小姐。

「那為什麼爸爸要故意墜機？」

「因為那時候將司先生被幻覺困住了，所以分不清虛實……」

「所以妳的意思是爸爸還是沒能戒酒？」

大學的飛鳥小姐一臉難受地蹙起了細眉。

「不是的，將司先生已經戒酒了。產生幻覺的原因不是酒精，而是他生病了。」

「生病？妳是指酒精成癮吧？這樣的話他果然……」

「不是酒精成癮，將司先生身上還有另一種疾病，所以他才必須辭去飛行員的工作。」

蹲坐著的幼稚園飛鳥小姐，身體看起來似乎又稍微膨脹了一些，小學時代的飛鳥小姐從那副身體裡分離出來。

「爸爸不是因為喝酒才不當飛行員的嗎？」

「沒錯，飛鳥的爸爸不是因為意志力薄弱所以才戒不了酒，只是因為生病的關係才不能再當飛行員了。」

我向小學的飛鳥小姐說完，大學的飛鳥小姐一副憤怒的表情探出身來。

「妳騙人，因為爸爸是飲酒過量手開始發抖才不能再擔任飛行員的。」

『飛鳥——在那裡嗎？妳在那裡嗎？』

充滿惡意的聲音越來越近，聲音的主人馬上就要現身了，我的內心焦躁了起來。

「飛鳥小姐，其實剛好相反。將司先生不是因為飲酒過量手才發抖，而是因為手發抖了，所以才開始喝酒。他因為生病的關係導致手發抖而不得不捨棄藍天，在這股絕望之下才開始喝酒的。」

「生病的關係導致手發抖……？」大學的飛鳥小姐以探詢的語氣喃喃道。

「沒錯，造成將司先生手發抖的疾病不是酒精成癮，那個疾病是……」

在這裡停下的我，直視著大學飛鳥小姐的眼睛告訴她，那個侵蝕她父親身體的疾病名稱。

「帕金森氏症。」

帕金森氏症。因為大腦內部稱為黑質的地方神經細胞變性，造成運動功能逐漸產生障礙，是一種難治之症，而帕金森氏症最具特徵的症狀為靜止時手指震顫，也就是手部會產生細微的顫抖。

「帕金森……氏症……？」

大學生、小學生還有幼稚園兒童的三位飛鳥小姐同時發出驚訝的聲音。

「沒錯，帕金森氏症，這是一種手會發抖，難以做出精細動作的神經疾病。妳的父親因為這個病而辭去了飛行員的工作，不得不放棄最喜歡的天空，他的手之所以顫抖不是因為酒精，而是因為生病的關係。」

我拚命地一句接一句說著。

『在那裡嗎——飛鳥——妳在那裡嗎？』

像是野獸咆哮的聲音變得更大，並且可以聽見踩著枯葉的腳步聲了。「某個東西」就快到了，明顯帶著惡意的「某個東西」。

「就算是這樣那又怎麼樣？爸爸想殺了我的事實還是沒有改變！爸爸害怕一個人死去，所以才會故意墜機想要帶我一起走！」

大學的飛鳥小姐像是要甩開迷惘一般搖著頭。

「聽我說吧，飛鳥小姐。」

我拚命壓抑著如熱鍋上螞蟻的焦急，繼續未完的話。

「妳的父親並不是為了和妳一起去死才搭上飛機的。」

「那為什麼飛機會墜機?!爸爸毫無疑問是故意讓飛機墜機的，就是因為這樣我才會單眼失明，我想成為飛行員的夢想……我一直很憧憬的天空……」

我輕輕地朝哽咽的飛鳥小姐伸出手，摸到了沒有實體的那副身軀。雖然沒有觸感，但些微的溫暖、她意志的存在從掌心傳來。

「在飛機即將墜落前，將司先生的樣子並不尋常對吧？」

低著頭的飛鳥小姐慢慢抬起頭，微微地點了點頭。

「那時候妳的父親被困在了幻覺之中，所以才無法做出正常判斷。他絕對不是有意要傷害妳，全部都是因為生病的關係。」

「那也是生病的症狀嗎？」

「不，」我搖搖頭，「那不是疾病本身的症狀，而是藥物的關係。藥物的副作用造成將司先生產生幻覺。」

「副作用……？」

「沒錯，帕金森氏症是因為有一部分的大腦缺乏多巴胺這項神經傳導物質而造成的，所以在治療時會補充多巴胺，只是如果過度服用多巴胺，可能會有產生幻覺或幻想的副作用，像是聽見來自神的聲音之類的幻聽。」

大學的飛鳥小姐瞪大了眼睛，那時候，她背後叢生的林木深處，某個東西正在蠕動爬行，某個漆黑巨大的東西。

「愛衣，快一點，就快要……過來了。」

一直靜靜看著整個過程的庫庫魯，壓低了身體說道。

「等一下！還差一點點！」

在我大叫的同時，帶著回音的可怕聲音撼動了內臟。

『找到了——飛鳥，我找到妳了。』

「妳懂了吧，飛鳥小姐！那時候將司先生的症狀，是因為治療帕金森氏症的藥物的副作用所引起，妳的父親並沒有想要殺了妳的意思！」

我一邊害怕著漸漸逼近的「某個東西」，一邊拚命說服她。

「證據……」大學的飛鳥小姐小聲問道，「妳有證據證明妳說的話是真的嗎？」

「有！發生意外的那一天，將司先生的手沒有顫抖就是證據！」

三位飛鳥小姐身後的樹木隨著斷裂的聲音一一倒下，「某個東西」終於現出身形了。那是「幽暗」，巨大的人形「幽暗」，吞噬了松果，蹂躪三葉草地毯的那個深無止境的「幽暗」，化成人形存在於那裡。

我抑制幾乎要衝出口的尖叫，繼續說著那天發生了什麼事。

「知道自己得了癌症末期命不久矣的將司先生，無論如何都想實現和妳再一次飛上天空的約定，但是如果出現帕金森氏症的症狀，就無法駕駛飛機，所以那一天，將司先生服用了比開立的藥量還要多的帕金森氏症用藥，因為補充了大量的多巴胺，將司先生的症狀暫時改善了，但是，過度攝取的多巴胺在你們飛行途中，引發了將司先生嚴重的幻覺，讓他陷入精神錯亂，結果……飛機就墜機了。」

人形「幽暗」像在玩弄我們似地緩緩逼近。

「那個意外，是將司先生拚命想要實現與妳的約定結果造成的意外事故！」

我大聲這麼說，逐漸逼近的人形「幽暗」出現了些微的裂痕。

「那為什麼爸爸要上吊？意外發生之後他馬上就自殺，不就代表他從一開始就想死了嗎？」

「不是的，是因為將司先生想留下一樣東西給妳，所以他才會親手了斷自己。」

「留下東西給我？」

我看著浮現困惑表情的大學飛鳥小姐開口說道。

「是眼角膜。」

大學的飛鳥小姐身體大大地顫抖。

「妳因為在意外中眼角膜受傷而失明，不過只要移植角膜也許就能恢復視力，也許還能再飛上天空，於是將司先生為了留下自己的眼角膜給妳，親手了斷了自己。遺書之所以和駕照放在一起，一定是希望有人看到背後註記的器官捐贈意願。」

即使自殺了，也不知道眼角膜能不能捐給飛鳥小姐，大概是不能如他所願吧。但是他已經沒有其他辦法了，他想不到該如何向因為自己的失敗而受到傷害的心愛女兒贖罪。

「飛鳥小姐，妳的父親錯了，不惜服用大量的藥物也要帶妳飛上天空，還有為了留下眼角膜而自殺，他犯下了很明顯的錯誤，但是，這些全部都是出自於愛，因為打從心底愛著妳，所以才會做出這樣的舉動。」

逼近的人形「幽暗」揮舞著雙手，我瞥了一眼為了保護我們而擋在巨人面前的庫魯，依序看向三位飛鳥小姐，露出微笑。

「所以飛鳥小姐，妳就原諒妳父親吧，然後如他最後所願地，回到天空去吧，那個妳和父親充滿回憶的天空！」

在我大喊的同時，三位飛鳥小姐轉身，下一個瞬間，想要襲擊她們的人形「幽暗」彈飛出去，炫目的光芒照著四周，因為太過刺眼而抬手遮在臉前的我，發現光芒中站立的人影。

「……飛鳥。」無盡溫柔、滿是慈愛的聲音響起。

光芒消失後，人形「幽暗」不見了，取而代之的是一名男性站在那裡，是來迎接在森林裡迷路的幼稚園飛鳥小姐時的將司先生。

「爸爸！」

三位飛鳥小姐朝著將司先生飛奔而去，她們的身影疊合，不知不覺間只剩下了幼稚園的飛鳥小姐。

將司先生溫柔地抱住撲進自己懷裡的飛鳥小姐。

「對不起，飛鳥……真的很對不起……」

「你不用道歉，爸爸……我最喜歡你了。」

「嗯，爸爸也最喜歡妳了，我永遠愛妳喔。」

互相擁抱的父女身影逐漸變得透明，不久後餘下微弱的光之碎片消失。不知何時起，圍繞著四周的樹木也不見了。

我和庫庫魯再次留在什麼也沒有的空間裡。

「我問你，庫庫魯，這樣就能夠拯救飛鳥小姐了嗎？她可以從昏睡中甦醒嗎？」

「很快就會知道了。」

就在庫庫魯這麼說的時候，背後一陣閃光，我慌忙轉身，光之繭正在發光。不是剛才那種微弱的光芒，而是明亮得幾乎炫目。

那顆繭的尺寸逐漸增長，長到比我還要大上許多，繭的上方打開，像是花苞綻放一般。看到侷促地爬出來的物體，我不禁懷疑自己的眼睛。

那是一隻鳥，有著像鶴一樣修長的脖子與小巧的頭，頭部長有金黃色的雞冠，長長的尾巴綴有孔雀般色彩鮮豔的眼狀斑點，而牠的翅膀正在燃燒，紅色、藍色、紫色、橙色……由各色火焰編織而成的翅膀，那副模樣讓人想起想像中的生物鳳凰。

那隻鳥長嘯一聲，揮動雙翼，原本在黑暗支配下的空間，漸漸充滿火焰的光亮。

「那就是……飛鳥小姐的庫庫魯……」

在繭之中蜷縮著身體的小鳥與那隻鳳凰竟然是相同的存在，教人一時難以置信。

「嗯，那是牠真正的模樣。多虧有妳，牠才能恢復原來的樣子。」

庫庫魯瞇起眼睛。回過神來，我們已經不再墜落，腳下是一片光之地板，我們就站在其上。

飛鳥小姐的庫庫魯展翅飛翔，從羽翼上灑落的繽紛火焰變成了光球，開始在四周旋轉，現在不論看往哪個方向，黑暗都已不存在，我在彷彿身處萬花筒中的豔麗世界，張開了雙手。

鳳凰，飛鳥小姐的庫庫魯越飛越高，沒有極限。這時候，響起了有如玻璃碎裂的聲音。

「差不多要結束了呢。」庫庫魯說道。

「什麼東西要結束了？」

「這個夢幻世界啊。庫庫魯回到原本的樣貌，代表片桐飛鳥的瑪布伊恢復了力氣，再過不久，她的瑪布伊就能回到自己的身體裡了。完成任務的這個夢幻世界也會崩毀。」

「崩毀之後會怎麼樣？」

「當然就會醒來囉，不論是妳還是片桐飛鳥。」

就在庫庫魯這麼說的時候，空間出現了裂痕，簡直就像鏡子被榔頭敲到一樣，這個世界從遙遠的上方開始碎裂。

那些碎片一邊不規則地反射著遍布這個世界的光，一邊灑落下來。我並不害怕，只是被那美麗的景象震懾而無法動彈。

「那就這樣啦，愛衣，不久後見。」

我聽著庫庫魯向我打招呼，同時全身沐浴在光芒照耀中。

回過神時，我正站在病室裡，放著病床與床頭櫃，殺風景的個人病室。而我在那裡，伸手覆住躺在病床上的飛鳥小姐的額頭。

我看向掛鐘，從我進入這間房間，到現在大約只經過了五分鐘。

剛剛那是現實嗎？還是我在做夢？

不，那個一定是夢。問題是，那只是我個人做的一個白日夢，還是我潛進了飛鳥小姐的夢，她的「夢幻世界」裡？

我輕輕搖著頭收回了手，站在那裡不動。飛鳥小姐的左眼流出了眼淚，滑下那有如白瓷的臉頰，她的左眼瞼緩緩地睜開，慢得令人心焦，我看著這一幕，連呼吸都忘了。

「這裡是……？」飛鳥小姐以虛弱且嘶啞的聲音小聲道。
「這裡是……神研醫院喔。」
胸口深處湧上來的灼熱情感，讓我的聲音變得沙啞。
「醫院？為什麼我會在醫院裡？」
「片桐飛鳥小姐，這段時間妳都處於昏睡狀態，在這四十天裡，妳一直在做夢。」
「夢……」飛鳥小姐一臉不可思議地喃喃自語，擦了擦眼角，「嗯，我覺得我好像一直在做夢，非常恐怖、悲傷的夢，但是卻又……幸福的夢。可是我想不起來是什麼樣的夢了。」
飛鳥小姐抓著病人服的胸口，雙唇微微地蠕動。
「爸爸……」
飛鳥小姐的呼吸逐漸紊亂，她的左眼再次溢出淚水。
夢是無法回想的。這樣就好了吧，因為飛鳥小姐一定已經知道了。
自己多麼受到父親疼愛。
飛鳥小姐摀住臉，肩膀開始震動，我朝她點了點頭，轉身往出口走去。
來到走廊之後，我背靠在關上的門板。
終於做到了，我終於，可以拯救ＩＬＳ的患者了。
我將溫暖的成就感藏在內心，聽著背後隱隱約約傳來的深切痛哭。

幕間 1

午後的護理站，杉野華看著電子病歷的畫面，大大地嘆了口氣，螢幕上顯示著她負責的ＩＬＳ病患的病歷。

「為什麼只有她的病患醒來了？」

前幾天，後輩擔任主治醫師的ＩＬＳ病患片桐飛鳥突然從昏睡中醒來，她現在正為了回復這四十天以來衰退的體力而進行復健，同時似乎也開始治療八個月前受傷失明的右眼。聽說需要做角膜移植，不過恢復視力的可能性很高。

她能從昏睡中恢復當然很棒，問題在於不知道她是怎麼恢復的。

「妳做了什麼特別的治療嗎？」

前天，當華詢問後輩時，對方在胸前揮著雙手：「沒有，我只做了普通的治療。」雖然她帶點慌張的態度讓華有些疑問，但如果她有特別的治療方式，應該也沒什麼好隱瞞的。

「我也要想想辦法才行。」

華的手指輕輕撫摸病歷的畫面，上面顯示著華負責的ＩＬＳ患者的診療資料。華看著病患的名字，咬住塗著紅色唇膏的嘴唇。

「……我絕對會治好這個人。」

正當她像是在說給自己聽地低語時，聽到有人問：「請問是杉野華醫師嗎？」華一看，穿著西裝的兩名男子站在護理站外，其中一人是身材肥壯，頭髮有點稀疏的中年男子，另一人則是三十歲左右，不胖不瘦中等身材的男子。

「對，我就是。」

是我的病患的家屬嗎？但是沒有看過他們的印象。

「我們是做這行的。」

華走近之後，中年男子將摺成兩摺、像是黑色記事本的東西堵到她面前，男子的大頭照下方寫著「巡查部長 園崎伸久」。

警察？華不由得皺起眉頭。

「我是警視廳搜查一課的園崎，後面那個是練馬署的三宅，很抱歉在百忙之中打擾您。」

園崎將警察手冊收回胸口，以評價般的視線打量著華。

「哦，找我有什麼事嗎？」

華帶著困惑這麼問，園崎以指甲搔著頭。

「關於您負責的特別病房的患者，有些事情想請教。您這裡有一位大約從四十天前就開始陷入昏睡的病患對吧？」

從四十天前開始陷入昏睡，華斜眼看向電子病歷。

「我必須遵守保密義務，基本上不能透露病患的個人資料……」

「醫生，我們也非常明白您有保密義務，不過這次的案件可不適合說這麼悠哉的話。」

「什麼悠哉……你的意思是我的病患和某個案件有關係嗎？」

華對看似有禮實則無禮的口吻感到煩躁，反問之後園崎收著稜角分明的下巴壓低聲音道。

「是殺人事件哪。您應該也知道吧？東京頻繁發生的連續隨機殺人案。您的病患可能與該事件有關係……而且是非常深的關係呢。」

第二章 夢幻的法庭

1

我站在個人病室的入口附近，看著放在窗邊的病床，沒有病患的那張床床單已經拆下，露出了床墊。

這是不久前，飛鳥小姐住院的病室。從ＩＬＳ中甦醒的飛鳥小姐前幾天轉院到了復健專門醫院，聽說她打算回復這段時間因昏睡而衰退的體力之後，若有捐贈者的話就接受角膜移植。

她一定能夠再次回到天空，充滿了和父親之間的回憶的天空。

「真是太好了。」

我微微笑著往窗邊移動，抬頭看向天空，若是萬里晴空的話就再完美不過了，可惜今天天公依然不作美，雨水從厚厚的黑雲一滴一滴落下，下一秒，閃電劈開天空，電光詭異地照亮了外頭的景色。震耳欲聾的雷聲讓我縮起身子，兩手壓著胸前。

「……但是，飛鳥小姐的父親為什麼要那麼亂來？」

等到快速跳動的心搏平穩下來之後，我突然喃喃自語道。飛鳥小姐醒來之後，我內心的角落就一直掛念著這件事。

在自己的生命耗盡之前，想要載著心愛的女兒再次飛上天，我深切明白這種心情，但這樣就能想到服用大量多巴胺製劑，以暫時改善帕金森氏症的症狀嗎？

而且在意外發生之後馬上自殺也讓人難以接受。

可以理解他因為自己的失誤造成女兒受傷，導致奪走她成為飛行員的夢想而感到絕望，也能夠明白他想要移植自己的角膜，讓女兒恢復視力的這個心願，但即使如此，有人會因為這樣就突然上吊自殺嗎？至少也應該要先解開自己想和女兒一起去死的誤會吧？就是因為誤會沒有解開，飛鳥小姐的心，她的瑪布伊才會傷得那麼重，再怎麼不濟，遺書裡也應該要表明自己真正的心意才是。

更何況身為癌症病患的將司先生打從一開始就無法成為器官捐贈者，就算不是如此，光是在駕照註記同意捐贈器官，角膜也不一定會移植給飛鳥小姐，器官捐贈並不能選擇要捐給誰，事實上，飛鳥小姐現在等待的也是來自其他捐贈者提供的角膜，而不是她父親的。這些事情只要稍微查證應該就知道了，但卻……

「……再怎麼想也沒用了。」我看著天空，輕輕搖了搖頭。

人類並非總是以理性來判斷事情，尤其是在被逼到極限的狀況之下。

因為傷害了心愛的女兒而陷入混亂，導致想法變得狹隘，以為只要自己死了，女兒的視力就能恢復，因此突然上吊自殺。應該就是這樣了吧。

總之，這是帕金森氏症引起的一連串悲劇，且更重要的是，知道父親打從心底疼愛自己之後，飛鳥小姐就從昏睡中甦醒了，這樣不就夠了嗎？

「沒錯，這樣就夠了……」

我的工作是讓ＩＬＳ患者醒來，現在應該要優先考慮剩下的其他病患，還在昏睡狀態的另外兩位ＩＬＳ病患。

瑪布伊被某個人吸走是造成ＩＬＳ的原因，想讓他們從昏睡中醒來，就需要擁有猶他能力的我潛入患者創造的「夢幻世界」，進行瑪布伊谷米。隱約映照在窗戶玻璃的我的臉上，浮現出苦笑。

這種事情，絕對不能告訴其他人。要是不小心說溜了嘴，大概會被認為是壓力過大出現狀況，而解除主治醫師的職務吧。

「所以，一切都必須我自己來才可以。」我像是對著倒映在窗玻璃上的自己說話般喃喃低語。

飛鳥小姐醒來後已經過了大約兩個星期，我卻還無法進行下一次的瑪布伊谷米。在夢幻世界裡徘徊，尋找受傷的病患的庫庫魯並加以治癒，這一連串的儀式似乎會消耗身心，那天之後一連數日，我的血液就像換成了水銀一樣，身體感到很沉重，就連從事日常工作都很辛苦。而且我需要情報。雖然潛入夢幻世界，觸摸到創造出那個世界的人的庫庫魯就可以知道過去發生什麼事，但是那個地方絕對稱不上安全，可以的話，我希望先在現實世界蒐集情報，瞭解病患發生了什麼事，這麼做以結果而言，應該也是在夢幻世界裡保護自己的方法。

所以我徹底詢問了前來探病的病患關係人，也因此對罹患ＩＬＳ的兩名患者發生了什麼事瞭解到某種程度。

然而，那也不過是「某種程度」而已，本人感受到了什麼，他怎麼想，這種活生生的情感，必須要摸到患者的庫庫魯，跟著體驗過一次之後才能切身感受。

房間裡響起「噹」的輕快聲響，我看向掛鐘，指針指著六點。

「啊，糟糕。」

我連忙走出病室。今天晚上六點開始我要在急診室值班，必須快點過去。

我小跑步在走廊移動時，忽然有個聲音叫住我：「大姊姊。」我回頭一看，一名小學生年紀的女孩向我揮手，是住在這棟病房的久內宇琉子。

「大姊姊，不可以在走廊跑步喔。」

宇琉子不知是不是生病的關係，佝僂地彎著腰向我走來。

「對不起，宇琉子，我現在在趕時間。」

「快遲到了？」

讓人聯想到貓咪的大眼睛往上看著我，我像是縮起脖子般點了點頭。

「嗯，六點開始要工作。」

宇琉子指向旁邊的護理站。

「六點的話還有一點時間喔，所以陪我說一下話吧。」

我一看，護理站的時鐘的確指著五點四十五分，我確認了一下手錶，也是同樣的時間，看樣子是病室的時鐘快了。拍拍胸口鬆了一口氣的我，蹲下身配合宇琉子視線的高度。

「看來好像有一點點時間，那宇琉子，妳想說什麼呢？」

「嗯……也不是這樣，只是覺得妳好像很有精神，發生什麼好事情了嗎？」

「有精神？是這樣嗎？最近我覺得還滿累的呢！」

完成瑪布伊谷米之後的幾天，護理師們還很擔心地說我沒有幹勁。

「對耶，之前臉色很差頭髮也很乾，好像歐巴桑一樣喔。」

孩子特有的不留情面的表達方式刺中了我的內心，我用力撐著臉上的肌肉，拚命保持笑容，宇琉子接著道：「不過啊，大姊姊妳看起來很高興喔，好像吃到了好吃的食物一樣。」

看起來很高興……嗎？我摸著宇琉子的頭。

「也許是這樣喔！大姊姊的病人啊，出院了，她生了一種很可怕的病，可是已經治好恢復健康了，所以我才很高興。」

「這樣子啊，太好了呢！那大姊姊的病人每一個都好了嗎？」

「沒有，不是每一個人，還有其他病人，那些人還沒有治好。」

「那大家都治好的話，大姊姊就會更有精神了呢！」

大家都治好的話……如果可以拯救剩下的兩名病患，我一定能夠從過去之中獲得解放，從二十三年前的那個可怕事件中。

「嗯，一定可以變得非常有精神。」

「這樣啊，那妳要加油喔，我一直在幫妳加油喔！」

宇琉子留下這句話之後，彎著腰轉身跑走了。

「不是才叫我不要用跑的嗎？」

我苦笑著站起身，兩手拍拍臉頰為自己打氣，那麼可愛的孩子都推我一把了，我一定要加油才行。

首先，就從今天的值班開始吧。

「辛苦了，愛衣。」

我走進急診部後方的值班醫師休息室時，在急診制服外面披著白袍的華學姊，正打開體育報躺在沙發上。

「咦？華學姊也值班嗎？」

「對，一起加油啦，來個熱鬧的夜晚吧！」

「我才不要熱鬧的夜晚，值班的那一天我希望可以平平靜靜。」

華學姊聳聳肩，說著「這倒也是」，我往她走近。

「用這個姿勢看體育報，看起來就像歐吉桑完全沒有女人味。」

「值班時哪有多餘的心力提升女人味啊，而且這間醫院裡的男人都是一些大叔，就算提升女人味也沒什麼意思啦！不過啊，對於喜歡大叔的妳來說也許不是這樣的吧。說起來，妳之前去見院長了嗎？和崇拜的人說話以後平靜一點了呢！」

「我就說不是這樣了！那上面有什麼有趣的新聞嗎？」

因為被拿袴田醫師的事來取笑，我刻意地引開話題看向報紙。

「這個是……」

「連續隨機殺人案　出現新的被害者！」煽情的文字躍然於紙上。

「沒錯，就是那個連續殺人案。」

「……又出現被害者了嗎？」

「嗯，上面說今天早上發現遺體，被破壞到認不出原本樣貌的遺體。」

「華學姊，妳對這個案件有興趣嗎？」

袴田醫師也對這個案件莫名地在意。

「當然有啊，這種獵奇殺人案可是很難得在日本看到呢！而且……」

華學姊話說到一半停了下來。

「而且什麼？」

「……其實之前突然有刑警來找我，說我負責的病患也許和這起連續殺人案有關係。」

「什麼?!」我瞪大了眼睛，「和這起案件嗎？是因為什麼病住院的病患？」

「那個啊，是ＩＬＳ的病患。」

「學姊負責的ＩＬＳ病患嗎？」

「聲音太大了啦！」

華學姊的食指立在嘴脣前。

「對不起。」我急忙以兩手摀住嘴巴，「可是病患和連續殺人案有關係是怎麼一回事？」

「我也一頭霧水啊，他們完全不讓我問明詳細狀況。」

我正想繼續問聳聳肩膀的華學姊時，門被用力打開，年輕的護理師探頭進來。

「杉野醫師，識名醫師，緊急病患，痙攣發作的病患正在送院的路上。」

「瞭解。那愛衣，來準備接收病患吧。」

被打斷的我點點頭：「知道了。」便和華學姊一起前往急診治療室。

「哎呀，一開始就來了個重症病患呢！」

脫掉為了防止感染而穿的拋棄式手術服之後，華學姊大大地伸了一個懶腰，包覆在制服之下的豐滿胸部被突顯了出來。

因癲癇重積狀態而被送來的病患一直止不住痙攣，在治療時耗費了好一番心力，經過數十分鐘的處置之後，總算停止發作。為了謹慎起見，現在正躺在病床上進行人工呼吸管理，因為必須住院治療，不久後會由病房的護理師來接手。

「看來真的變成熱鬧的夜晚了呢！」

「妳在說什麼啊，愛衣，夜晚現在才正要開始呢！」華學姊瞇起了眼鏡後方的雙眼。

「不要說這麼不吉利的話啦，病歷我會寫好，學姊就去休息室休息一下吧。」

「哦，謝啦。那我去叫晚餐外賣，披薩如何？」

「好耶，口味就交給妳了，幫我隨便點。」

「遵命！」華學姊搞笑地敬禮，身影消失在休息室。

好了，趕快來寫醫療紀錄吧。坐在電子病歷前方的椅子上，手裡握著滑鼠的我，感覺到背後有人的氣息而回頭。那裡站著一名瘦小的男孩，大約小學低年級的年紀，臉色蒼白，低著頭，帶著一股脆弱易碎的氛圍。

「咦？你是誰家的孩子？」

男孩一句話也不回答，低著頭抬眼看我。

「你是來探病的嗎？和媽媽一起來的嗎？」

男孩無力地搖了搖頭。

「那，難道你迷路了？」

男孩再次搖搖頭。不是來探病，也不是迷路？帶著困惑，我不知不覺伸出手想摸摸男孩的頭，結果男孩「噫！」地蜷縮身體，抱著自己的雙肩。看見他的臉上浮現出明顯的恐懼神色，我有了某種預感。

「不用擔心，沒什麼好怕的喔。」

我站起身，輕輕撫著男孩的後背，雖然他全身散發出警戒氣息，卻也沒有逃走。

「你有沒有哪裡覺得痛？這裡是醫院，我可以幫你治療喔。」

男孩不發一語，向我投來類似依賴的眼神。

「我可以掀開你的衣服嗎？我幫你看看有沒有受傷。」

確認他微微點了點頭，我掀起了他的T恤，在看見他露出來的背部之後，我拚命咬牙以免驚叫聲溢出。

那瘦弱得可以看見肋骨突出的背上覆滿了瘀青，每一寸皮膚，在變成黃褐色的舊瘀青上，又有紫色或是濁黑色的新瘀青覆蓋其上，皮下出血的痕跡布滿了他的整個後背，就連要找出正常膚色的地方都相當困難。

這是虐待，而且是非常惡毒的虐待。成為醫師之後，我已經看過好幾個受虐兒，但還是第一次看見受到這麼瘋狂虐待的孩子。

「你坐在這裡身體放輕鬆喔。」

我放下男孩的衣服，讓他坐在旁邊的病床上。

首先要進行檢查確認傷口的狀況，之後必須安排他住院接受身體與心靈的治療才行。啊，還有要通報警方和兒少保護機構……當我在腦內模擬接下來的行動時，與走廊相連的門打開了，病房的護理師探頭進來。

「我來接要住院的那名病患。」

「啊，辛苦了。嗯……是這名病患，針對他的癲癇重積狀態，我們一開始給予煩靜錠，不過痙攣並沒有好轉，因此……」

我走近離我有一點距離的病床，和護理師說明狀況。數十秒後交接手續完成，護理師推著上面躺著病患的擔架床離開了急診部。

「對不起，讓你久等了，那……」

我轉過身，瞬間說不出話來。原本坐在病床上的男孩不見了，我急忙看向急診部的每一個角落，但依然沒有看見他的身影。

彷彿打從一開始他就不存在一樣。

「跑去哪裡了呢……？」

嘴裡喃喃吐出的話語，空虛地震盪著急診部的空氣。

2

「哎呀，還真累啊，幾乎沒時間瞇一下，真的是個熱鬧的夜晚呢！」

早上七點多，走在我旁邊的華學姊口罩下在打著呵欠，同時轉動脖子，發出喀啦喀啦的清脆聲響。結束值班的我們，完成交接後離開了急診部。

「……是啊。」

我心不在焉地回答，華學姊歪著頭看向我的臉。

「怎麼了？還真沒精神，難道是被榨乾了沒辦法好好回答？還是……」

華學姊倏地瞇起眼鏡後方的眼睛。

「妳還在擔心昨晚出現的那個孩子嗎？」

被說中心事的我抿緊了嘴巴，華學姊一副「妳看吧」地嘆了一口氣。

「妳再怎麼消沉也沒有幫助，既然已經通報警方了，就交給他們去處理吧。」

「但是那名員警根本不想認真聽我說……」

男孩消失後，我馬上到處去找他，急診部內、一樓，甚至大樓外的院區都找過了，然而還是沒能找到他。我也聯絡了夜間保全一起去找，結果依然相同，因此通報了警方。可是從附近派出所過來的員警聽完事情原委後，只說了制式的「謝謝妳提供消息」就離開了，之後陸續有重症病患被送進來，我還沒來得及思考那名男孩的事，就迎來了早晨。

「哎呀，如果那男孩有在現場的話也就算了，但他都不見了，而且也沒有人報案，想要開啟調查也許很困難吧。」

「但是那孩子絕對是受到虐待了！很嚴重的虐待！結果……」

激昂的情緒讓我說不下去。

「愛衣，妳冷靜一點，感情用事也幫不了那孩子不是嗎？」

華學姊輕撫我的背，我小聲答道：「是……」

「當然我也很想幫助那孩子，只是能做的事畢竟有限，現在我們能幫他的，頂多就是向適當的機構提供那孩子的資訊罷了，懂了嗎？」

「……懂了。」我不情不願地點頭。

「還有就是通報兒少保護機構吧，這交給我來聯絡。」

「不，這樣不好意思，還是我來……」

「不行，我不能交給感情用事的人，這種事妳就交給姊姊去做吧。」

雖然聽起來像開玩笑，但華學姊的語氣裡隱含著不容反駁的強硬。

「……麻煩妳了。」我一邊彎身，一邊擠出微弱的聲音。

如果那時候我的視線沒有離開他的話……後悔灼燒著我的內心。

「別擺出一副快哭的表情嘛，好像我在欺負妳一樣。」

華學姊搔搔太陽穴，忽然「啊！」一聲道。

「這時候去找那個大叔聊聊怎麼樣？」

華學姊指著我的背後。我一回頭，一名穿著西裝坐在輪椅上的男性正打算穿過早晨寂靜無聲的門診候診室。是這間醫院的院長，也是我的主治醫師袴田醫師。

「院長，早安！可以打擾一下嗎？」

華學姊一邊大聲喊著，一邊往袴田醫師走去，我連忙追在她後頭。

「等、等一下，華學姊。」

「別害羞了，意志消沉的時候接受崇拜的人鼓勵一番是最好的啦。」

「就說了不是那樣，到底是要說幾次……」

就在我們小聲對話時，已經走到了袴田醫師身旁。

「早安，杉野醫師，識名醫師，有什麼事嗎？」

「院長，早安。」華學姊開朗地說，「院長的重要病患又陷入消沉模式了，請主治醫師幫她諮商一下！」

「消沉模式？」

袴田醫師投來不可思議的視線，光是這樣，我就臉頰發燙。

「那，你們慢慢聊，我必須在巡房之前沖個澡畫好妝，先走啦。」

華學姊抬起手揮呀揮地離開了。

「她還是老樣子呢。」

就在袴田醫師苦笑時，腳邊傳來像是往上推擠的震動。

「地震?!」

我下意識地縮起身體，袴田醫師也一臉緊張地抓著輪椅的輪子。晃動在十數秒之後停止。

「哎呀，還真大啊，最近的地震好像很多呢，希望不要是發生大事的前兆就好了。」

大大鬆了一口氣的袴田醫師轉向我：「那麼……」

「回到原本的話題吧，妳有什麼煩惱嗎？愛衣醫師。」

被用名字稱呼，讓我臉頰的溫度又更高了。

「沒有，不是什麼大事……」

我本來想含糊帶過，但在袴田醫師溫柔的眸光注視下，卻沒辦法把話說完整。

「還有一點時間，妳不介意在這裡的話我就聽妳說吧。」

帶著寬容的言語，讓我無意識地開了口。

「其實是……」

一旦開口，話就停不下來，昨晚發生的事一件接著一件從我的口中傾洩而出。花了數分鐘說完的我，一邊調整有些紊亂的呼吸，一邊看著袴田醫師。過程中點了好幾次頭，卻只是聽著我說沒有打斷的他，輕聲低語道：「原來如此。」

「妳的煩惱是認為因為自己的視線離開了那男孩，所以才救不了他對吧。」

「……對，是的。」

「我從以前就說過，妳有些慣於自責的地方。」

「對不起……」

「妳不需要道歉，因為這是源自於妳想要幫助他人的心，只是一旦過剩了就會將自己逼到極限，傷害自己，妳懂嗎？」

我微微地點頭。

「人的能力有限，一個人沒有辦法拯救所有的人，妳要先瞭解自己的極限在哪，並且接受它，然後不因懊悔過去而停滯不前，而是將它當成一次教訓，竭盡全力拯救妳眼前該救的人們。妳不是有該拯救的病患嗎？只有妳才救得了的病患。」

「只有我才救得了的病患……」

現在仍在沉睡中的兩名ＩＬＳ患者……我再次點頭，比剛才更堅定地。

「既然如此，就先全力拯救那些人吧，那是身為一名醫師的妳該做的事。然後，如果妳又見到昨天沒能救得了的那男孩，這次就一定要出手拯救他。」

聽見我強而有力地回答「是！」之後，袴田醫師露出笑容。

「看來已經沒事了呢，那今天的工作加油囉。」

「謝謝您！」

我深深鞠躬後往電梯走去，體溫漸漸升高。雖然我自己都覺得自己太單純了，不過袴田醫師的話在我的內心深處點起了一把火。我搭電梯往上來到病房，經過護理站卻不進去，繼續在走廊上走著，打開盡頭處個人病室的門。一名老年男性沉睡在大約三坪大小的病室窗邊床上，嵌在床頭側的名牌上，寫著「佃三郎」。這是我負責的ＩＬＳ病患的其中一人。

靠近床邊的我，看著他闔上的雙眼，眼瞼細微地跳動著，可以看出眼瞼下眼球急速轉動的樣子。

他是否也和飛鳥小姐一樣，被困在自己創造出來的夢幻世界裡呢？能夠救他的人就只有我了。

飛鳥小姐甦醒後約兩個星期，我都在慎重地蒐集情報，但是現在仔細一想，也許那只是我在推遲瑪布伊谷米罷了。

第一次潛入的夢幻世界，飛鳥小姐的意識創造出來的夢之世界，雖然奇幻又美麗，但同時也是危險又恐怖的地方。即使在庫庫魯的幫助下，總算能夠完成瑪布伊谷米，救出飛鳥小姐，但事後回想起來，那是個令人背脊發涼的經驗，所以我認為我是為了減少風險才蒐集情報的。然而，或許我只是害怕再次前往那個世界也說不定。

我伸出右手觸碰佃先生的額頭，粗糙、深深刻下皺紋的皮膚觸感從掌心傳來，我一邊感受他度過的漫長歲月摸起來的感覺，一邊在腦中反芻之前蒐集到的佃先生的情報。

佃三郎，七十二歲，律師，與太太已陰陽兩隔，膝下無子，父母與手足也都已經離世。他是專攻刑事案件的律師，尤其在為冤案辯護時更是精力充沛的一號人物。

雖然他的狀況接近孑然一身，但卻不斷有訪客來探望，其中也有同為律師的友人，不過大部分的訪客都是接受過佃先生辯護的人，每一個人都真心為他的病況擔心，希望他能夠早日恢復健康。

根據訪客所述，佃先生雖然年過七十仍充滿活力地在工作，不過這幾個月看起來卻鬱鬱寡歡，自稱是他朋友的律師訪客似乎知道箇中緣由，但對方表示「原因事關佃的名譽，所以我不能說。再說律師本來就有保密義務」，完全沒有商量的空間。

再花更多時間大概也得不到重要情報了吧，既然如此，就不需要繼續往後延了，現在馬上進行瑪布伊谷米吧。

去救出被困在某個地方的佃先生的瑪布伊，讓他醒過來。

身體雖因值班而疲累，但多虧有袴田醫師的鼓勵，我的心在熱烈燃燒，趁著這把火還沒熄滅前進吧。沒問題的，潛入夢幻世界的是屬於精神體的瑪布伊，就算身體疲憊應該也不會有影響。我保持手貼在佃先生額頭的姿勢，慢慢地開口。

「瑪布雅、瑪布雅，烏提奇彌索利。」

在我輕輕唸出瑪布伊谷米咒語的同時，從身體內側散發出明亮的光輝，我感受那陣光經過我的手流往佃先生的頭，並閉上了眼睛。

3

睜開眼，我穿著白袍站在道路的正中央，那是一條沒有人煙的街道。橫幅約十公尺的寬廣道路兩旁排列著水泥圍牆，圍牆後方則建有民宅。我望向四周，卻不見人影。

我帶著警戒從大馬路走進小巷，路燈的微弱光芒淒涼地照著寬度勉強能夠容納兩台車會車的小巷。這是與尋常無異的住宅區景象。

「這裡就是佃先生的夢幻世界……？」

「看起來是這樣呢。」

突然有人回話，我輕聲驚叫了起來。

「嗯？怎麼了？難道我嚇到妳了？」

我按著狂跳不已的胸口，轉向聲音傳出的方向，有著兔耳朵的貓正折手趴坐在旁邊的水泥圍牆上。

「庫庫魯！」

「嗯，是我。好久不見啦，愛衣，大概兩個星期沒見了吧。」

庫庫魯拉長前腳大大地伸了個懶腰，然後從水泥圍牆跳到我的肩上。細長的鬍鬚戳在我的臉上感覺很癢。

「你不要突然出聲啦，害我嚇到了。既然庫庫魯你也在，代表這裡果然是夢幻世界吧？」

「這不是當然的嗎？妳在說什麼啊？」

庫庫魯把我當笨蛋似地鼻子哼了哼，沿著我的身體從肩膀上下來。

「因為怎麼看這都像是普通的住宅區啊，我還以為會更，怎麼說呢……」

「妳在期待非現實的世界嗎？像是松果在跳舞，或是每次移開目光，樹木的位置就會改變的森林之類的。」

我遲疑地點點頭，庫庫魯以修長的耳朵搔了搔狹窄的額頭。

「那種與現實有一段距離的夢幻世界也很多啦，不過也有像這裡這種乍看之下和現實一模一樣的夢幻世界。妳想想看，夢境有時候毫無真實感，但相反地，有時候又真實到無法區分現實和夢對吧？這和那是一樣的。」

這麼一說似乎的確如此。我重新觀察四周的街道，一間間並排的民宅全都一片漆黑，沒有任何一扇透出光芒的窗戶。就算是三更半夜，一般至少也會有一戶人家點著燈吧？

「不過這個世界的確造得很像現實世界呢，不愧是從事律師多年的人，大概是個現實主義者吧。」

「庫庫魯，你知道佃先生的事嗎？」

我發出驚訝的聲音，庫庫魯一臉受不了地聳了聳前腳根部

「我不是說過了嗎？庫庫魯就像映照出瑪布伊的鏡子，所以妳知道的事我也會知

道，搞不好我還知道很多妳自己沒有察覺的事喔。」
我對著得意洋洋擺動鬍鬚的庫庫魯皺起了臉。即使對方是兔耳貓，被知道自己的一切仍舊令人不是太愉快。
「別說這個了，我們要快點進行瑪布伊谷米，和飛鳥小姐那時候一樣，只要找出佪先生的庫庫魯就可以了吧？」
我硬是改變話題之後，庫庫魯的表情嚴肅了起來，瞳孔變得細長。
「嗯，是這樣沒錯，不過最好不要太輕舉妄動。不論看起來再怎麼像現實世界，這裡終歸是夢幻世界，是個不知道會發生什麼事，也不知道依照什麼規則在運作的世界，必須保持警戒。」
我想起在飛鳥小姐的夢幻世界裡被「幽暗」襲擊時的事，因而微微顫抖了起來。
「首先我們必須調查這個世界，就當作是難得的夜間散步吧。」
庫庫魯將棉球般的尾巴轉向我，「噔噔噔」地邁出步伐，我彎著腰跟在牠身後。
在像是網格般縱橫交錯的小巷弄中，我們只是不停往前直走。
會不會有什麼東西從左右一整排的水泥圍牆後方跳出來？不吉利的想像一直在我腦中揮之不去，讓我忍不住縮著身體。
「吶，庫庫魯，不會突然有怪物出現吧？」
「妳不用這麼害怕啦，大部分的敵人我都可以擊退他們。」
「擊退？你做得到嗎？」
「當然，」庫庫魯張大了雙耳，「我不是說過了嗎？我是擁有猶他之力的妳的庫庫魯，是特別的存在，力量比一般人的庫庫魯強大很多，我會用這股力量協助妳進行瑪布伊谷米。在上一次的夢幻世界裡，沒什麼機會展現我的力量，不過無論發生什麼事我都會保護妳，妳就當作自己吃了定心丸，放寬心吧。」

「……不要是毒藥丸就好囉。」

就在我小聲嘟囔時，兩旁的水泥圍牆中斷，我們來到一條寬廣的大馬路。

「這裡是……」

這裡我有印象，是剛到這個世界時我所在的大馬路。

「嗯，看來我們回到一開始的地方了呢。」

「為什麼?!我們可是沿著小巷子一直往前進喔，按照常理來說，不可能回到原本的地方……」

「常理？」庫庫魯以受不了的聲音打斷我的話，「那是現實世界的常理吧？在這裡，那種東西可不管用。」

「說得……也是。」

我甩了甩差點陷入混亂的腦袋，不論看起來再怎麼像現實世界，這裡都是夢幻世界，沒有人知道會發生什麼事，我一定要好好地把這件事牢記在心。

「也許這條街有固定的大小，只要走到底之後就會連成一圈回到原本的地方。」

「那怎麼辦？我們已經走到底了，也沒看到值得注意的東西。」

「接下來我們可以選擇不要走直線，而是鑽進旁邊的小巷子看看，不過要調查所有的巷弄很花時間呢，不如去調查其他地方比較好吧？」

「其他地方？」

聽到我的反問，庫庫魯「嗯」地以一隻耳朵指著旁邊面向大馬路的民宅大門。

「你想進到家裡面嗎?!」我拔高了聲音。

「對啊，有什麼問題嗎？」

「因為隨便進入他人家中不是非法入侵……」

在庫庫魯水汪汪的眼神注視下，我的話越來越小聲。

「不是呢……畢竟這裡是夢幻世界嘛。」

「應該說，潛入這個夢幻世界裡本身就像是非法入侵啦。」

庫庫魯踏著輕快的腳步走近柵欄狀的大門，身體像是化為液體般地滑進柵欄縫隙穿過大門，之後便「妳也快點」地催促我。無奈之下，我戰戰兢兢地推了推大門，大門抗議似地發出軋吱聲慢慢打開，聲音之大讓我冒了一身冷汗，我穿過狹窄的前庭移動到兩層樓高的民宅玄關前。

要不要乾脆先按個門鈴?正當我猶豫時，腳邊的庫庫魯攀著我的身體爬到了腰部附近，伸長耳朵靈巧地轉動門把打開門。

「等、等等……」

「門沒有鎖呢，意思就是可以進去啦。好了，走吧。」

庫庫魯不帶絲毫罪惡感，滑進了敞開的玄關門裡。雖然這裡不是現實世界，但我還是對未經同意進入他人家中感到抗拒，不過一個人被留下來又很不安，不得已只好穿過玄關門的我，在伸手不見五指的室內中摸索著尋找電燈的開關。

「妳在幹什麼？難不成妳看不見？」腳邊傳來庫庫魯的聲音。

「人類又不像貓，夜間視力沒那麼好。」

「我說妳啊，現在的妳是瑪布伊，其實沒有『眼睛』也沒有『身體』，只是妳一直『認為』自己是人類，所以才會呈現那樣的樣貌。妳要相信自己擁有像貓一樣能在黑暗中視物的眼睛，這樣一來即使再暗也看得見。」

「像貓一樣，就算你這麼說……」

「之前妳背後不是長出翅膀了嗎？和那相比，要變成貓的眼睛簡單多了吧。」

這麼一說我也覺得好像是這樣。我將手指點在額頭上，想像老家養的貓，黃豆粉的眼睛。如果我擁有那雙在黑暗中發出妖異光芒的眼睛……

忽然之間，原本一片漆黑的視野裡，隱隱約約浮現出走廊，接著走廊漸漸變得鮮明，最後終於可以清楚看見整個家中。

物體由帶著綠色的深淺色階成像的世界，就像電影裡經常看到的、隔著夜視鏡的視界一樣。

「看來妳看得見了呢，那我們就到家中找找吧。」

庫庫魯以輕快的口吻說道，我微微點了點頭，穿著鞋子就走進家中。

「嗯，沒有找到值得留意的東西呢。」

面對庫庫魯的牢騷，我隨口回以「是啊」。我們花了很長一段時間調查這個家的每一個角落，卻沒有發現令人眼睛為之一亮的東西。飯廳、客廳、廚房、臥室，這是一戶沒有任何不尋常的人家，塞滿冰箱的食材，以及塞在洗衣機裡沒有拿出來的衣服等等，雖然充滿了生活感，但卻沒看到居住者的身影。

剛踏進這個家時我緊張得腳都在發抖，不過經過長時間探尋卻沒有獲得任何線索的情況下，不知不覺間也就放鬆了下來。

「我說，再繼續找下去也沒有意義了吧？」

我一邊看向電視後方，一邊這麼說，用耳朵摸索著沙發下方的庫庫魯抬起頭。

「也許吧，不過這下可就頭痛了，如果外面和家中都沒有任何線索的話，到底該去哪裡找才好？總之……哇！」

庫庫魯像是啦啦隊使用的彩球般的尾巴忽地整個膨起。

「怎麼了?!有什麼東西嗎？」

「沒有，只是妳的眼睛在發光嚇了我一跳。」

「咦？我的眼睛像貓一樣在發光嗎？」我摸著眼睛。

「妳去照廁所裡的鏡子確認一下啊，不過黑暗中人類的眼睛在發光還真可怕，很像妖怪呢。」

「什麼妖怪，幹嘛這樣說別人。」

我嘟著嘴，朝走廊走去打開廁所的門。看向洗手檯鏡子的我不自覺地大叫：「奇怪？」鏡子裡沒有映照出任何東西，我的臉貼近鏡子凝神細看，但裡面看起來就像鑲嵌了一塊黑色板子一樣看不到其他東西。

「怎麼了？」走進廁所的庫庫魯一個跳躍坐在我的肩上。

「鏡子沒有照出任何東西，這是正常的嗎？我的夜間視力從來沒有這麼好過，所以不知道。」

「……不，這不正常。」庫庫魯的聲音緊繃，「就算在黑暗之中，貓的眼睛應該還是可以清楚看見映照在鏡子裡的影像才對，這……不正常。」

「那，這是某種線索囉……？」

「應該是這樣吧。」

庫庫魯盯著鏡子點頭。狹窄的廁所內空氣急速緊繃了起來。

吞下一口唾液，喉嚨發出輕微咕嘟聲，我輕輕地朝鏡子伸出手。

「妳想摸嗎？」

「這面鏡子不是線索嗎？我知道有危險。」

口中越來越乾，彷彿塗滿墨汁的黑色鏡子令人毛骨悚然。

「但一定要試試看，這是為了進行瑪布伊谷米。」

我一邊為自己打氣，一邊謹慎地伸手往前摸，就在指間即將碰到散發幽微光澤的黑色鏡子時，聽見了震盪在腹部深處的「咚」的聲響。我的身體顫抖著，反射性地收回手。

「庫庫魯，剛剛那個聲音是？」

「我也不知道。」

「咚」的低沉聲響再次振動空氣，庫庫魯的耳朵大大地彈了一下。

咚、咚、咚、咚、咚……

有規律地迴響的重低音很明顯是從外面傳來的。

「這是太鼓的聲音……吧？」

「好像是，這面鏡子晚點再說，我們到外面看看。」

雖然對庫庫魯的提議感到猶豫，我仍然點頭，走出廁所往玄關前進，打開大門。離開民宅前庭，再次站在大馬路上的我眨了眨眼睛。沿著大馬路直走的遙遠前方聳立著一座稍微凸起的小山丘，山丘的山腰附近亮著淡橙色的光芒。

「剛剛有那座山丘嗎？」

我盯著山丘問道，庫庫魯搖搖頭。

「沒有，至少剛才我們沒有注意到，不知道單純是因為太暗了我們沒看見，還是……剛才並不存在。」

「咚、咚」的太鼓聲再次撼動臟腑。像是配合著樂音，從山腰發光的部分，有兩道光線朝著這裡一點一點射過來，原本照到山腳的光線，現在彷彿沿著大馬路兩側越來越靠近。

「庫庫魯，怎麼辦？」

「沒有什麼怎麼辦，只能等了，必須先確認發生了什麼事。」

「但是也有可能是危險逼近啊。」

「當然，所以不要放鬆警戒喔。」庫庫魯的雙耳筆直地朝天空豎起。

不久後，橙色光芒的真面目終於真相大白，那是並排在大馬路兩側的民宅窗戶，從遠處依序點起的燈光。很快地我們剛剛入侵的民宅窗戶也燈火通明了起來，從那裡流洩而出的溫暖燈光，在馬路上落下比路燈更強烈的光芒。

山丘。

橙色燈光照亮筆直延伸的馬路，這幅光景就像鋪了一條金木犀地毯直到盡頭的

「這是叫我們到那座山丘去的意思嗎？」我舔著乾燥的嘴唇。

「的確是這種感覺，不過也許是某種陷阱，要謹慎一點……」

庫庫魯的話說到一半，急忙看向左右，兩隻耳朵細微地抽動。

「怎麼了？庫庫魯。」

「噓！妳沒聽見嗎？」

聽見？我將神經集中在聽覺上。仍在規律地響著的太鼓聲中，混雜著些微像是說話聲的聲音振動著鼓膜，我閉上眼睛，想要找出聲音的來源，但是層層疊疊了許多道聲音，因此無法清楚辨明源頭。

「……愛衣，妳看窗戶。」

「窗戶？」被庫庫魯這麼一說而抬起雙眼的我，看著映入眼簾的民宅窗戶愕然無語。散發溫暖光芒的窗戶上，倒映著身影，而且不只一戶人家，並排在馬路兩旁的民宅，所有的窗戶上都浮現了像是居民的剪影。

「剛才明明還沒有任何人的……」

庫庫魯在僵立當場的我身邊，左右揮動著一隻耳朵。

「這有什麼關係，畢竟這裡是夢幻世界啊。」

不久後，說話聲變大了，從四面八方傳來。從那些聲音裡感受不到惡意或敵意，

而是像家人相聚般愉快的聲音。

位於前方的民宅門打開了。看著從裡面走出來的身影，我不禁懷疑自己的眼睛。那是狗。穿著浴衣直立以雙足行走的三隻柴犬走到大馬路上。站在左右兩邊，穿著藍色浴衣的狗，以及穿著紅色浴衣的狗，分別牽著中間個子嬌小的黃色浴衣小狗的兩隻手，牠們的身影看起來，完全就是感情很好的一家人。

從山丘傳來的太鼓又變得更大聲了，兩側並排的民宅以此為信號，大門一一打開，動物家族們來到大馬路上。

綿羊、狐狸、山羊、牛、熊、雞、鱷魚，最後連獅子都出現了，各式各樣的動物穿著浴衣以雙足步行，從家裡走出來的牠們全部都朝著山丘前進。雖然要讀懂動物的表情不容易，但牠們的腳步輕盈，傳達出快樂的氣氛。

正當我因為出乎意料的事態而動彈不得時，旁邊的門傳來軋吱聲，看向那裡的我全身警戒。從我們剛才進去調查的民宅玄關大門裡，走出兩隻和我身高差不多的黑豹，從牠們穿著相同花紋的藍色與桃紅色浴衣來看，也許是一對年輕夫妻。

走到大馬路上的黑豹看見我之後停下了腳步，我後退一步，腳邊的庫庫魯則壓低身體毛髮倒立呈現戰鬥姿勢，然而黑豹們瞇起眼睛，浮現出像是笑容的表情，無視於警戒心高漲的我們，點個頭就從身旁走過。

頓時放鬆下來的我，和一臉不好意思地解除戰鬥姿勢的庫庫魯，目送著兩隻黑豹的背影。

「看來牠們沒有敵意呢。」

就在庫庫魯低聲這麼說時，仍舊有穿著浴衣的動物們從民宅及巷弄中湧出，朝著山丘前進。

「大家都往那邊走呢，那裡有什麼嗎？」

我小聲問道，庫庫魯跳上我的肩膀，一隻耳朵指著散發淡淡光芒的小丘山腰。

「總之，我們也去看看吧。」

在「咚、咚」規律地響著的太鼓聲中，我縮著脖子一邊左右張望一邊往前走。我和庫庫魯混在穿著浴衣的動物集團中，朝著聳立在前方的山丘前進。

越接近山丘，馬路上往前進的動物就越多，已經擁擠到隨時可能與隔壁碰撞的程度，而且走在右手邊的還是肌肉發達、牙尖齒利的老虎，現在雖然表情平穩，正在與牽著手的小老虎說話，但總覺得牠不知何時會撲上來因而無法冷靜。

「別擔心啦，真的有個萬一，我也會把牠們打跑的。」

坐在我肩膀上的庫庫魯在我耳邊悄聲說道，但我無法想像兔耳貓和老虎比拚的樣子。

等我發現時，馬路兩旁連綿的水泥圍牆不知何時消失了，我們似乎已經抵達山丘腳下。

寬敞的石階貫穿覆滿山丘的蒼翠森林，兩側以一定的間距排列著石燈籠，我看著燈籠裡如夢似幻搖曳著的亮黃色火焰，開始爬上石階。隨著一階一階踏上去，太鼓的聲音也越來越接近，情緒越來越高漲。

第一次穿的桃紅色浴衣、節奏規律的太鼓聲、令人食指大動的醬料香氣，還有牽著我兩手的溫暖手掌。褐色的記憶從腦海深處逐漸浮上來。

「吶，庫庫魯，這該不會是那個吧……」

「嗯，是啊，一定是那個。」

在我們如此你一言我一語時，石階中斷了，左右兩旁鋪天蓋地延伸的樹木枝椏也消失了，眼前豁然開朗，我不禁發出「哇」的驚呼聲。那裡是一間神社，因夏日祭典而熱鬧的神社。無數的燈籠照亮石造鳥居後方開闊的神社境內，正前方延伸出去的寬廣參道兩旁是一整排的攤商，我像是順著人潮，不，獸潮推擠般穿過了鳥居，四周到處都是穿著浴衣來祭典遊玩的動物。

「哎呀，好像很好玩呢，我們也去逛逛攤子吧。」

我斜眼看著發出歡快聲的庫庫魯。

「現在哪有去玩的閒工夫啊，必須快點找出佃先生的庫庫魯才行。」

「妳還真是正經啊，如果不懂得放鬆肩上的緊繃，人生哪還混得下去啊。」

庫庫魯用耳朵幫我揉了揉肩膀。

「妳還記得吧？夢幻世界裡的庫庫魯經常躲在與該人物淵源深厚的地方，看到這裡這個樣子，對佃這個男人來說，夏日祭典大概是人生重要事件發生的地點吧，如果真是如此，也許佃三郎的庫庫魯就躲在這間神社的某個地方。」

「這樣的話我們只要在神社四周繞一繞不就夠了？不需要去祭典玩吧？」

「妳在說什麼啊，愛衣。」

庫庫魯「嘖」、「嘖」地咂了咂嘴，一隻耳朵左搖右晃。

「我不是和妳說過，想讓躲起來的庫庫魯現身，有時候需要某些特定條件嗎？我們找到片桐飛鳥庫庫魯的時候，是讓自己處在持續墜落於虛無空間的狀態，也許在這個世界裡，享受夏日祭典就是庫庫魯現身的條件喔。」

明明就是自己想玩才掰出來的歪理，但也不是完全不可能，所以我很難反駁。

「反正我們有充足的時間，就先去祭典玩一下嘛，如果這樣還是找不到佃三郎的庫庫魯，之後再想想其他辦法不就好了嗎？」

庫庫魯像是趁勝追擊般又滔滔不絕地說道，我苦笑著聳了聳肩：「知道了。」

「那我們先從最近的攤子逛起吧。」

庫庫魯一從我的肩上跳下，就在動物的腳邊穿梭著。

「我說你，小心不要被踩到了。」

我擠開穿著浴衣的豬及綿羊，跟著庫庫魯的身後追上去時，牠正抬頭看著大排長龍的一間攤商，從隊伍的前方傳來燒烤某樣食物的滋滋聲，令人食指大動。

我和庫庫魯避開動物的隊伍移動，從旁邊探向攤商，卻在看見映入我眼簾的景象時，不由得張大了嘴巴。那裡有隻穿著工作服，將布條捲一捲綁在頭上的巨大章魚，竟然正在烤章魚燒。

八隻腳每一隻都像擁有自己的意識一樣做著複雜的動作，像是將麵糊倒進上面有好幾個半球型凹槽的鐵板，或是靈巧地以叉子翻轉章魚燒，或是將做好的章魚燒裝進塑膠容器裡，或是將一盒盒的章魚燒遞給客人。

仔細一瞧，其中一隻腳拿著菜刀，正切下另一隻腳的前端當成餡料放進章魚燒中，每一次被切斷的腳前端都會瞬間再生，然後再切再放，不斷反覆，無限供應章魚燒的餡料。

太過超現實的景象讓我感到暈眩，我按著太陽穴。

「章魚竟然在烤章魚燒，這實在是太幽默了，那愛衣，妳快去排隊吧。」

「我絕對不要。」

「為什麼？看起來不是很好吃嗎？」庫庫魯一臉不可思議地微微歪著頭。

「看起來很好吃……是說我根本沒帶錢過來。」

當我以不想吃那種怪東西的堅定意志回答後，庫庫魯指著隊伍前頭：「妳說的錢是指那個嗎？」穿著紫色浴衣的小馬從章魚的一隻腳中拿了章魚燒之後，便將硬幣大小的藍白色條紋球體遞給牠，收下球體的章魚隨腳將之丟進放在旁邊的竹籃，籃子裡的球體已經堆成了小山。

「那是……糖球？」

「大概在這個世界糖球就是金錢吧，也就是說沒有糖球的話就不能在祭典開心地玩了嗎？好啦，該怎麼辦呢？」

嘴裡唸唸有詞的庫庫魯鬍鬚向上翹起，看見牠的臉上真正的貓不可能出現的惡作劇笑容越來越深，我的內心充滿了不祥的預感。

「等一下，你想幹嘛？不要做什麼奇怪的事喔！」

庫庫魯瞄了一眼出言警告的我，說著：「安啦安啦，交給我吧。」便走回參道去。看到牠那輕快跳躍的步伐，我的不安益發膨大。
庫庫魯在穿著浴衣的動物們來來往往的參道中心停下腳步，仰天張大了嘴。
「喵凹嗚嗚嗚——」
難以想像的咆哮從牠小小的身軀朝著夜空直衝而上，這麼大的音量讓我覺得好像有一道音牆從前方迫近，於是我縮起身子。四周的動物身體顫抖，停下了動作，視線集中在驕傲地挺起胸膛的兔耳貓身上。
「好啦，看過來看過來！」
庫庫魯爽朗地這麼說，壓低了身體以後用力往上一跳，跳得比照亮參道的燈籠還要高，是現實中不可能發生的大跳躍。動物們仰著脖子抬頭看向庫庫魯。
抵達最高點之後庫庫魯大大地往左右張開耳朵，眼看那雙耳朵越來越長、越來越長，忽然猛力旋轉了起來。庫庫魯轉動像是直升機葉片般伸長的耳朵，輕飄飄地懸浮在空中，我只是啞然無聲地盯著牠的身影。
庫庫魯緩緩落下來，動物們像是要避開那猛力旋轉的耳朵似地紛紛往後退，當庫庫魯宛如樹上飄下的落葉，輕輕落在石板上之後，出現了一個直徑大約五公尺的舞台。
我推開人潮，不，獸潮移動到最前排，庫庫魯站在舞台中心，豎起伸長到約三公尺的耳朵，像在炫耀般搖晃著。
我和庫庫魯對上眼，不發出聲音，只用嘴型問牠：「你在想什麼啊？」牠給了我一個惡作劇的眨眼，我混亂地看著圍繞舞台的動物們，牠們雖然一臉困惑的表情，眼神裡卻閃著好奇與期待的光芒。

「好戲要上場啦！」

庫庫魯以裝模作樣的口吻這麼說完，便在頭上快速地交叉兩只耳朵。當我注意到時，才發現牠的兩隻耳朵各握著兩根粗壯的火把，就像老練的魔術師在變魔術，火把突然從空間中現身一樣。

當庫庫魯炫技般揮舞著握住火把的耳朵時，觀眾們發出了歡呼聲及拍手聲，表情益發得意的庫庫魯將火把往上一拋，開始以耳朵靈巧地耍起雜技。

看著四根火把在空中不停旋轉，畫出複雜的軌跡，讓我充滿了懷念之情。小學的時候，有一段時間我曾拜託奶奶教我丟沙包，然後就一整天不停練習，當我熟練到一定的程度之後，接著又向爸爸學他學生時代曾經稍微玩過的雜耍。

我想起晚飯後，我和爸爸經常兩個人在客廳裡玩著雜耍把戲的事，胃部附近像是喝了熱紅茶一般漸漸暖了起來。

「愛衣。」

聽到有人叫我的名字，回神一看，庫庫魯正像招財貓一樣前腳向前擺動。

「你要幹嘛？」

「別管了，快過來。」

庫庫魯這麼催促著，我戰戰兢兢地往前踏出一步，瞬間火把朝著我呈拋物線飛來，我幾乎是在無意識之下接起火把旋轉，之後順勢丟還給庫庫魯。

「漂亮！那我要上囉。」

庫庫魯歌唱般說出這句話，完全不給我阻止的機會，便一根接一根地丟出火把。

該怎麼做才好？大腦雖然有些驚慌，但身體卻自己做出反應，兩手自然地揮動，有節奏地接下飛過來的火把後再拋回去。

隨著我和庫庫魯的火把雜技速度越來越快，觀眾傳來的歡呼聲也越來越大聲。

「好，現在觀眾情緒都嗨了，我們就再把場子炒得更熱吧。」

庫庫魯朝著在空中旋轉的火把張口，隨著牠「呼」地吹氣，從小巧的口中吐出了深紅色的火焰，向我飛來的火把整根都在燃燒。

「咦?!等等?!」

我發出驚叫聲，庫庫魯微笑著道：「別擔心。」

雖然感到恐懼，我仍接下了火把。紅寶石般的紅色火焰纏上了我的手臂，卻沒有造成燒傷，反而是柔和的溫度沿著手臂傳過來，我眨著眼睛，將燃燒著火焰的火把丟回給庫庫魯。

「看吧，沒事吧。」

庫庫魯朝著剩下的三根火把依序吐出不同顏色的火焰，觀眾們的掌聲更加熱烈。藍色、紫色、黃色以及深紅，點著四色火焰的火把在我們之間來回交錯，我動著手，卻沉醉在光的殘影描繪而成的景象中。

「好啦，也該進入最後的高潮了。」

庫庫魯自言自語著，用耳朵抓住還在燃燒的所有火把之後，再次以前腳招手，在動物們好奇的視線注目下，我瑟縮著走近庫庫魯。

「什麼最後的高潮？你打算做什麼？」

我小聲問道，庫庫魯沒有回答，而是跳到了我的頭上。再次開始猛力旋轉兩耳的庫庫魯對我下了指令：「抓住我的後腳。」

「咦？啊，嗯。」

我按照牠的指令抓住浮在眼前的後腳之後，庫庫魯一口氣加快了轉動耳朵的速度，我們因此跟著往上飛，我的腳離開了石板，觀眾們的身影越來越小。

「愛衣，妳看上面。」

我在提點之下抬頭，充滿神秘的光景讓我頓時說不出話來。旋轉中的四色火焰軌跡重疊，每一次閃爍顏色就隨之改變，從火把濺出的星火飛散到四周，綻放出一大朵火焰之花。

已經聽不見觀眾的歡呼聲了，飄浮在半空中的恐懼感也消失了。

我連呼吸都忘了，只是盯著畫在夜空中的火焰藝術。

4

身體在下降，鞋底傳來地面的觸感，我放開抓著的庫庫魯的腳。

庫庫魯也發出輕鬆的「嘿咻咻」聲落地，原本握著的火把不知何時不見了，耳朵也恢復到原來的長度。結束一連串技藝的我們回到舞台中心，以後腳站立的庫庫魯像在謝幕的表演者一樣前腳搭在胸口，用一種裝模作樣的動作低下頭。

「喂喂，別發呆了，愛衣妳也要敬個禮啊。」

在我受到催促，慌忙低下頭之後，全身沐浴在如雷的掌聲中。
「愛衣，脫下白袍。」
「咦？為什麼要脫白袍？」
「別問了快點。」
催促之下，我帶著疑惑脫下白袍，庫庫魯以耳朵一把搶走白袍後，攤開鋪在地上。
「等一下，這樣會髒掉啦。」
就在我抗議時，有球狀的小小物體從四面八方掉落，我拿起打在額頭上的物體，那是一顆糖球，觀眾們丟來了帶著條紋的各色糖球。
「說到街頭表演當然就是打賞啦。」
庫庫魯兩隻耳朵將糖球掃到白袍上堆成一座小山，不久後，糖球雨停了，圍繞著四周的動物們也各自散去。
「哎呀，大豐收啊。」庫庫魯滿足地用白袍包起糖球山。
「……我倒是希望你別把白袍拿來代替包巾。」
「好啦好啦。」庫庫魯左耳進右耳出地聽過我的抱怨，靈巧地用耳朵把四邊打結，將白袍做成袋子狀。
「怎麼樣？包得很好吧？要弄成這樣可以穩穩帶著走可是相當困難喔。」
「我知道，小時候我跟奶奶學過怎麼用包巾打包。」
我真切地感受到徒勞無功這句成語的意思，嘆了一口氣。

「所以，庫庫魯，資金已經到手了，再來你打算怎麼做？」

「就說了去祭典逛一圈啊，總之先從剛剛的章魚燒……」

「我絕對不要。」

「真拿妳沒辦法，那就一邊看看其他店家，一邊往裡面走吧。」

庫庫魯以一隻耳朵抓著白袍做成的袋子扛到身上。背著比自己體型大一圈的袋子的兔耳貓，樣子只能說是怪，但在到處都是穿著浴衣直立行走的動物的這個世界，似乎並不特別引人注目。

「現在真的是做這種事情的時候嗎？」

我走在擁擠的參道上自言自語著，庫庫魯的耳朵伸進白袍的縫隙拿出糖球。

「別再碎碎唸了，就好好享受吧！拿去，妳吃顆糖吧。」

我接過糖球拿到眼前，大理石般帶有光澤的白色基底，上面有著波浪狀的藍色花紋，這顆球體上同時存在著美麗與可愛。

「這個可以吃嗎？」

「放心，妳看。」

庫庫魯拿出另一顆糖球丟到空中，並以小巧的嘴巴接住掉下來的糖球。

「嗯，好吃！我已經試過沒有毒了，妳也吃吧。好啦，快點，快一點啦。」

「知道了啦，你不要催我。」

我提心吊膽地將糖球含進口中，甜味及清爽的酸味包覆著舌頭。好懷念，我循著記憶，探索這個感覺的真實樣貌。

啊啊，我知道了，是彈珠汽水，全家人到海邊玩時喝的彈珠汽水的味道。

雖然只是舔著糖球，不知為何那天海水的香味、陽光的溫度、游泳後舒服的疲勞感，以及牽著父母的手漫步的幸福感都鮮活了起來。我停下腳步閉上眼睛，將意識集中在那些感覺上。

當我用舌頭轉動著糖球時，糖球的味道也跟著改變。

露營時吃的咖哩的味道、咬著在奶奶家後方拔的甘蔗的味道、從老家院子摘的番茄的味道，還有……媽咪做的鬆餅的味道。每一次各式各樣的味道在口中擴散時，五感的記憶便鮮明地復甦，情感的波濤湧向我。

「愛衣。」

有人叫我，於是我張開了眼睛。回過神，臉頰一片溼濡。

「好吃嗎？」

轉過身來的庫庫魯，以不像貓咪、反而帶著成熟的表情向我問道。我緊閉著嘴巴點頭，內心漲得滿滿的，一開口彷彿就要哭出聲似的。

「太好了，那我們去那邊的攤子看看吧。」

庫庫魯背著白袍包巾，以像隻貓咪的柔軟動作穿梭在動物們的腳邊，我擦了擦臉，追在牠的身後。

等我追上牠時，庫庫魯正站在淺底的大型水箱前，金魚優雅地在裡面游動。

水面隱隱約約映照出我的臉，我察覺到瞳孔呈現細長型，不禁微微後仰，現在好像還是維持著貓眼的樣子。

「來到祭典就是要玩撈金魚。大叔，一次多少？」
庫庫魯出聲問道，坐在水箱另一側、穿著甚平浴衣的浣熊，用肉球摸著放在身邊、格外大張的紙撈網，一邊發出嘎嗚嘎嗚的叫聲。
「嗯——看來語言不通呢，不過總會有辦法的。」
庫庫魯從白袍包巾中拿出兩顆糖球遞過去，接下糖球的浣熊拿了兩個紙撈網遞回來。
「成交了。好，愛衣，給妳一個。」
「啊，謝謝。」
我看著庫庫魯遞給我、大約飯匙大小的紙撈網紙張部分，上面畫著極為逼真的成熟桃子色龍睛金魚。
「那、那個，用這個好嗎？如果破掉了感覺很可惜。」
在我說話的同時，紙撈網的表面出現了波紋。
是錯覺嗎？我的臉靠近一看，畫在紙撈網上的龍睛金魚忽然游了起來，魚鰭每一次撥動，紙撈網的表面便泛起陣陣漣漪。
「這、這個該怎麼辦？」
我驚慌地問道，浣熊百無聊賴地指著水箱。
「看來是叫妳把撈網放進水裡呢。」
我一邊聽著庫庫魯說道，一邊「嗯、嗯」地將撈網壓進水裡。原本在紙面游動的龍睛金魚脫離撈網，開始在水箱中愉快地游來游去。

「原來如此，真有趣呢。」庫庫魯也用耳朵抓著握柄，將撈網浸入水中，桃紅色的纖細金魚從紙面跳進了水中。

「嗯……撈起這條金魚就好了吧？」

總之我先試著用撈網去撈游在我眼前的深紅色金魚，雖然撈網越靠越近，但那條金魚卻沒有想逃的樣子。

抓到了。就在我這麼想，正要將金魚撈起來時，撈網穿過了金魚。「咦？」我帶著疑惑，再去撈同一隻金魚，卻只是得到相同的結果，簡直就像在撈幻影似地，撈網總是會穿過那條金魚。

「嗯——我這裡也不行。」

我一看，庫庫魯也打算撈一條白色金魚，但撈網也同樣地穿透過去。

暫時將撈網從水裡拿開之後，我看著整個水箱。大部分的金魚不是深紅色就是白色，只有大約一成和原本畫在撈網上的金魚一樣是桃紅色，剛剛從我的撈網游出去的龍睛金魚也在其中。

我「啊?!」地叫出聲，原本優游水中的桃紅色龍睛金魚散發出淡淡光輝，下個瞬間，便分裂成白色和紅色的兩隻金魚。

我揉揉眼睛仔細觀察，整個水箱裡的金魚都在不停地分裂及合體，桃紅色的金魚分裂之後會產生紅色及白色的兩隻金魚，相反地，紅色與白色的金魚合體之後就會變成一隻桃紅色的金魚。

「原來如此，這樣的話……」

庫庫魯快速移動耳朵拿著的紙撈網，瞄準了附近的一隻桃紅色金魚，那隻金魚拚命地想逃離撈網，最後仍是被逼到了水箱的一端。我看到庫庫魯的撈網撈起了金魚，下個瞬間金魚卻不見了。

「奇怪？金魚去哪了？」

我眨著眼睛，庫庫魯舉起撈網說：「在這裡喔。」桃紅色的金魚正在撈網的紙面來回游動。

「這個撈網好像又兼做裝金魚的容器。好了，妳也試試看吧。」

我「嗯、嗯」地點頭，瞄準了在附近優游的桃紅色小金魚揮動手臂，撈網在穿過金魚的同時，金魚便從水箱移到了紙面上。

在紙面游動的金魚樣子很可愛，讓我不禁彎起嘴角。

「愛衣，要不要來比賽？看誰撈到比較多。」

「好啊，我才不會輸給你。」

我和庫庫魯以桃紅色的金魚為目標，渾然忘我地不停舀著撈網。撈網只要靠近桃紅色的金魚，牠們就會拚命逃走，因此很難撈到，不過我還是靠著將牠們逼近水箱角落，或是找出大意的金魚而成功撈到幾隻。

仔細一看，從我的撈網脫離的紅色及白色龍睛金魚一邊在水中游著，一邊像磁鐵互相吸引般越漂越近，不久後兩隻金魚身影重疊，發出淡淡光輝，變回一隻桃紅色的龍睛金魚。我轉動手腕，朝著龍睛金魚舀起撈網，牠的身影便從水箱消失了。

回到原本棲身的撈網的龍睛金魚，和其他被撈上來的金魚擁擠地在紙上游來游去，這時候撈網的紙面像是鏡子破裂般出現了裂痕。

「啊——這樣就結束了嗎？」

庫庫魯嘟囔道，我一看，牠的撈網也一樣出現了裂痕。

「愛衣妳抓到幾隻？」

「這個嘛……」我數著在撈網中游動的金魚，「五隻吧。」

「我是六隻。我贏了，耶咿耶咿！」

正當我因為庫庫魯輕輕跳來跳去，一點也不成熟地炫耀牠的勝利而感到有些煩躁時，浣熊探出身體搶走了我和庫庫魯的撈網。

浣熊在放置於身旁的素色團扇上隨意揮動撈網，桃紅色的金魚從撈網上落下，掉進了團扇中。

浣熊嘎嗚嘎嗚地說著什麼，一邊將團扇遞給我們。接下團扇後我發出了小小的驚呼，我撈到的金魚們正在團扇裡優雅地游動，和在水箱時一樣，不斷重複著分裂與合體而發出淡淡光輝。

「還真是神奇的團扇呢。」庫庫魯耳朵拿著自己的團扇搧風，「那麼愛衣，接下來要去哪一間店？為了找出佃三郎的庫庫魯，我們就盡情享受這個夏日祭典吧。」

「嗯！」

被不可思議又充滿魅力的夏日祭典奪走心神的我，像個孩子一樣興奮地回答。

離開撈金魚的攤商之後，我們隨興地看著路上的攤子。像雷雲一樣會生成閃電，只要吃下去舌頭就會麻痺的美味棉花糖；如果能夠完整切下人偶，人偶就會跳起激烈舞蹈慶祝的糖果脫模；屬不清的動物面具一邊變換表情一邊唱歌，演出盛大歌劇的面具攤；巨大的北極熊用牠鐮刀般的爪子削出冰屑，只要含在口中吐氣，雪的結晶就會形成鑽石冰晶，不規則地反射燈籠的光。

我們愉快地一邊遊歷成排的神秘攤商，同時往參道的尾端前進，一直響個不停的太鼓聲變得越來越大聲。

「哎呀，真好玩呢，愛衣。」

將不斷哼著歌的獅子面具掛在頭側邊的庫庫魯這麼說，身為貓科動物，也許對萬獸之王懷有憧憬。

「嗯，是很好玩，但我們這樣可以嗎？」

孩提時代之後，我就再也沒有參加過夏日祭典了，而且還是令人著迷得神魂顛倒的祭典。我的心情是飛揚的，但罪惡感卻在內心一隅蔓延。

「妳是覺得明明在工作中卻這樣玩樂好嗎？」

庫庫魯浮現嘲諷的笑容，被準確說中內心的我身體微微地向後仰。

「幹嘛？你可以讀取我的想法嗎？」

「就算沒有這種能力我也是知道的喔，因為妳很單純，從以前就會把想法寫在臉上。」

「不好意思喔我這麼單純。」

我嘟起嘴，庫庫魯左右晃動牠拿著金魚游水團扇的耳朵。

「我並不是在貶低妳，只是在說妳是個直率又認真的孩子。」

「我已經不是被人稱為孩子的年紀了。」

突然受到稱讚，讓我為了掩飾害羞而搔著太陽穴，庫庫魯看著這樣的我繼續說道。

「不過妳也有把自己逼得太緊的地方。認真是一項美德，但如果不懂得放輕鬆身體會受不了的，妳並不是丟下自己的病患不管跑來玩樂，不必懷有罪惡感，連這麼一點點都不需要。」

「是嗎……嗯，說得也是呢。」

不知為何，庫庫魯的話「咻」地滲進了我的內心。

「謝謝，身體好像變得比較輕鬆了，不過總覺得庫庫魯好像爸爸喔，爸爸經常和我說一樣的話。」

「爸爸？」庫庫魯以一種戲劇般的動作，張開拿著團扇及白袍包巾的耳朵。

「這麼可愛的我，到底哪裡像中年男子了妳說啊？」

「我不是指外表，而是說話方式和動作之類的。」

我苦笑著，庫庫魯聳了聳前腳根部附近。

「算了。對了，愛衣妳爸爸身體還好嗎？」

庫庫魯看著我，我的身影映在牠圓滾滾的眼睛裡。

「嗯，之前我才回去很久沒回的老家露臉，爸爸和奶奶都很健康。」

「妳說很久沒回去，有一陣子沒見面了嗎？」

「對，上次見面是大概十個月前，爸爸到附近出差，所以去醫院看我。那時候我有和同事及主管介紹他，不過爸爸向大家低頭說著『請大家多多照顧我女兒』，實在是過度保護了，我覺得有點丟臉。」

「這樣啊，不過那個年紀還要出差，妳爸爸應該很辛苦吧。」

「是啊，原本預計醫院工作結束後一起去吃晚餐，不過他說『有點累了』就回飯店了，那時候他的臉色不太好，我還有些擔心。」

「愛衣真是溫柔。吶，愛衣，妳喜歡爸爸或是奶奶嗎？」

太過突然的問題讓我眨著眼睛。

「當然喜歡啊。」

爸爸拚命努力工作養大我，奶奶則是一直在照顧我，我當然喜歡他們。庫庫魯說著「這樣啊」，勾起了鬍鬚墊。

「啊啊，說到這個，袴田醫師也很常說我把自己逼得太緊了。」

「……袴田？」

「嗯，他是我的主管，也是經常為我做心理諮商的醫生，怎麼了嗎？」

「……愛衣也喜歡那位醫生嗎？」

「也沒有到喜歡……」

我本來想要含糊帶過，但是庫庫魯盯著我看，我只好思索適合的言詞回答。

我是像華學姊經常取笑我的那樣喜歡袴田醫師嗎？

之前我從來沒有認真思考過我對他的感覺，我小心注意著不讓自己去思考。袴田醫師是救了我的恩人，身為一名醫師我也很尊敬他，會不會我只是把這份感謝與敬意誤認為是好感了？我閉上眼睛，讓意識深深地落入自己的內心，袴田醫師的笑臉映照在眼瞼內側。

感謝與敬意，以及對他在車禍中受到重傷的憐憫，除此之外還有各式各樣的情感在打轉，情緒越來越混沌。

我張開眼睛反覆幾次深呼吸，也許是想太多了，有一點頭痛。

庫庫魯一臉擔心地問我：「妳還好嗎？」我勉強擠出了笑容。

「有點用腦過度了，感覺不太好。」

「這樣啊。對不起，問妳敏感的問題。那我們就轉換心情繼續去祭典玩吧。」

「好啊，不過好像已經沒什麼店家了……」

不知不覺間，我們已經來到參道尾端，左右兩旁一間接著一間的攤商也沒了，前方變得昏暗，從那裡傳來「咚、咚」的太鼓聲。

「不是只有攤商才是祭典的好玩之處喔。」

庫庫魯愉快地說道，朝著聲音傳來的方向跑去。

「啊，等等我啦。」追著庫庫魯跑了一小段路的我停下腳步，呆立在當場。

開闊的廣場上，一大群動物正在跳著盆舞。

高得必須抬頭仰望的高台頂端，穿著兜襠布胖得圓滾滾的狸貓高舉拿著鼓棒的手，每當狸貓手臂往下揮，鼓棒擊打大大鼓起的腹部，便會響起那響徹市街的咚咚太鼓聲。

狸貓緩緩地左右搖晃，並有節奏地以鼓棒敲打大肚腩太鼓。高台的中間層排排站著身穿豔麗和服的孔雀，來來回回或展開或闔上那美麗的羽毛，那幅景象配合著太鼓的聲音，就像一大朵花盛開。

「我們也去跳舞吧。」庫庫魯的耳朵指著跳舞的動物們圍成的圓圈。

「咦，可是……」

我還在猶豫，庫庫魯轉到我的身後，「沒關係，就跟妳說要享受。」並用耳朵推著我，那股與小小的身軀不相稱的力量，將我慢慢推往盆舞的圓圈。

硬是將我推進動物圓圈中的庫庫魯，自己也以雙腳站立，炫耀似地揮動耳朵拿著的團扇。

也許就像庫庫魯所說，現在該做的就是好好享受。重新調整心態的我苦笑著，在長著大角的鹿身後高舉雙手開始跳舞。

「喔喔，感覺不錯呢，不過難得跳個盆舞，穿這樣還真不風雅啊。」

庫庫魯伸長耳朵，將金魚游水的團扇點在我的胸口，白色襯衫像是水面上激起陣陣漣漪般，漸漸地變化成亮麗的水藍色布料，而後漣漪擴及到全身，回過神，我已經穿著浴衣了。浴衣上畫著日本庭園常見的那種用石頭鑲邊的水池，橫跨著一座紅色小橋的水池裡，優游著和團扇的金魚一樣色彩繽紛的鯉魚。

「既然機會難得，我就打擾一下了。」無預警地，庫庫魯像是要把我撞倒一樣猛力朝我撲來，我嚇得趕緊防衛，但卻沒有意料中的衝擊，反而是庫庫魯的身影如煙般消失了。

「奇怪？庫庫魯？跑到哪裡去了？」

「我在這裡喔。」回應聲從我的胸口傳來。
我下移視線，庫庫魯正在浴衣上描繪的水池小橋上開心地手舞足蹈。
「妳看看妳，手停下來了喔。一起跳盆舞……」
話說到一半的庫庫魯身體一震，朝著正想游過橋下的錦鯉撲動前腳，看來是貓的本能受到了刺激。錦鯉靈活地躲開了撥著水面的利爪，庫庫魯像是要掩飾牠的失敗一般，咳了幾聲後坐正身體。
「失禮了，一起享受盆舞之樂吧。」
「好、好，知道了。」
我已經習慣這種異常狀況了。我配合著大肚腩太鼓揮動雙手跳舞，山羊、青蛙、倉鼠、河馬……跳著舞的動物們臉上都露出幸福的笑容。
大肚腩太鼓的聲音又變得更大聲了，在高台中間層跳舞的孔雀們，羽毛上掉出了像蛋白石般色彩繁複的眼狀斑點，這些斑點在落下的途中化成了蝴蝶，開始在頭上翩翩飛舞，閃耀的鱗粉撒落在盆舞的圓圈中。
我沉醉於美得奇幻的景象中一邊跳著舞，身體漸漸發熱，現實感越來越薄弱。我記得這種感覺，那是上幼稚園之前，第一次參加的夏日祭典。
燈籠的光明亮得令人炫目、充滿氣勢吆喝的攤販、從未見過這麼多的人身穿浴衣在跳盆舞，眼前所見的一切都太過新奇，彷彿迷失在童話中的感覺。
長大成人後遺忘已久的興奮感傳遍了全身。
那時候的夏日祭典，牽起困惑的我的手，和我一起跳舞的人是……

哀愁之情緊緊揪住胸口，那附近傳來庫庫魯的聲音。

「好懷念啊，愛衣。」

「嗯，好懷念……非常……懷念。」

當我顫抖著聲音回答時，大肚腩太鼓聲戛然而止，盆舞圓圈也停止旋轉了，前一刻還開心跳著舞的動物們，不安地僵立當場，我順著牠們的視線看過去。

神殿正面的拉門不知道什麼時候打開了，「人」就站在那裡。

雖然他們戴著露出微笑的猿猴面具，但那的確是「人」。細瘦的身體穿著西裝，從袖口露出來明顯是人的手腕上正戴著手錶。

一身上班族的打扮與臉上戴著的廉價面具太不搭調，醞釀出一股不寒而慄的氣氛。散步般走近盆舞圓圈的那個「人」緩緩揮動手臂，站在他旁邊的犀牛身體斷成兩截，上下分離。不知不覺間「人」的手上握了一把日本刀。

犀牛的身影變得透明，不久後便如彩霞般消失。身穿浴衣的動物們彷彿以此為信號，發出了驚叫聲開始往四面八方逃跑。混雜了各種動物的嚎叫聲，演奏出不協調音的神社境內，拿著日本刀的「人」漫步其中，一隻隻屠殺身邊的動物。

「那、那是什麼?!」

我呆立在四處竄逃的動物之間，庫庫魯從我的胸口跳出，全身毛髮倒豎。

「不知道，不過要小心警戒。」

周圍的動物擋住了視線，看不到現在「人」在哪裡，我喘著氣往左右看去，這時候跑經眼前的水豚被分成了上下兩半，一左一右飛離的水豚身體逐漸淡去，手中拿著日本刀的「人」出現在後方，猿猴面具的眼睛直直地盯著我，我只是渾身僵硬地看著他舉起日本刀，什麼也做不了。妖異的刀身反射了燈籠的光。

「愛衣！」

庫庫魯大叫著飛身跳進我和「人」之間，大幅甩動一隻耳朵，起先像鞭子一樣柔軟彎折的耳朵，在伸長且銳利化的過程中漸漸散發出金屬光澤，化為刀刃的耳朵留下一道眉月幽光，砍過「人」的身體，「人」保持著高舉日本刀的姿勢，煙消雲散。

「謝、謝謝……庫庫魯你真的很強呢……」

「看來夢幻世界正在改變，愛衣，妳可別太大意了。」

庫庫魯甩著鋼化的耳朵以甩去血汙，牠硬聲說道並轉過身。

「大意？可是剛剛的『人』已經……」

我學庫庫魯轉身，在看見背後的景象以後頓時一句話也說不出來。戴著動物面具的一大群「人」正從鳥居另一頭湧上來，他們的手裡拿著柴刀、鐮刀、鋤頭、長槍，甚至還有青龍刀等各式各樣的刀具，湧向參道的他們一邊以毫無感情甚至機械性的動作斬殺著身穿浴衣的動物，一邊昂首闊步前進。

照著神社境內的燈籠從後方依序熄滅，身穿浴衣的動物們以及整排的攤商也隨之身影越來越透明，最後消失不見，在藍色月光詭異地照耀的昏暗神社內，不知何時起只剩下我們和無數的「人」。

「這些『人』是從哪裡冒出來的?!」

我尖聲叫道，庫庫魯將兩耳都變成利刃呈戰鬥姿勢。

「比起那個，現在更該想想怎麼從這裡突破重圍。」

「突破重圍……」

我感覺到冷汗滑下背部，同時環顧四周，不知不覺間，我們被戴著面具的一大群「人」給包圍了，他們臉上的可愛動物面具，讓手裡的兇器看起來更加不祥。

「我們被包圍了呢。」

「吶，你不是可以離開這個世界嗎？我們暫時先回到現實世界再重新來過吧！」

我驚懼著那漸漸縮小的「人」的包圍圈，快速說道。

「不行，我不是說過那需要做些準備嗎？因為要花一點時間，如果現在開始準備的話，會被他們趁隙攻擊。總之我們先背對背戰鬥吧，後面那些傢伙就交給妳了。」

「這我哪辦得到啊！」

我拔高的聲音裡帶著驚叫，庫庫魯不可思議地微微歪著頭：「為什麼？」

「妳可是猶他喔，在這個世界裡，妳擁有比我更強的力量。」

「就算你這麼說……」

「之前我不是也說過了嗎？妳要相信自己的力量，並解放那股力量。上一次妳可是長出翅膀在空中飛喔，相較之下，想像並創造出武器更簡單吧？」

「武器……」我盯著手中的金魚團扇，「人」的包圍圈越逼越近。

「沒錯，就是武器。像我的耳朵一樣，妳要想像可以打飛他們的武器！」

庫庫魯重新面對「人」牆，發出「嚇！」的威嚇聲。

「武器、武器……」

我像咒語一樣嘴裡喃喃唸著，一邊盯著手上的團扇。可以橫掃那些怪物的強力武器。

我一集中精神，團扇裡的金魚就開始產生激烈動作，反覆進行好幾次分裂與合體，且每一次都發出光芒，不久後光芒已強烈到無法直視，同時團扇像被高熱熔化的玻璃一樣逐漸變形。

光芒減弱，我察覺到自己手上拿了什麼，不禁睜大了原本因刺目而瞇起的眼睛。

那是一支水槍，有著粉色龍睛金魚外形的水槍，尾鰭化成握把，窄小的雙唇間隙成為槍口。

失敗了。焦急的我想要重新想像別的武器，但是越靠越近的「人」牆卻妨礙了我集中精神。

「快開槍！」

背後傳來庫庫魯的聲音，我轉頭過去，庫庫魯正揮舞雙耳，一個接一個斬殺戴著面具逼近的「人」。

「就算開槍，這種水槍……」

「不論外表怎麼樣，只要妳強烈地想像，都能成為強而有力的武器。要相信自己！」

面對蘊含霸氣的聲音，我不禁「是！」地伸直了背脊，轉回正面，將槍口對準揮動菜刀逼近的「人」，食指搭在腹鰭的扳機上。

這是身為猶他的我創造出來的強力武器，一定能夠射出猛烈的子彈……我咬緊牙根，作好將有劇烈後座力的心理準備，扣下金魚型水槍的腹鰭扳機。

沒有擊出子彈，而且別說是後座力了，根本只有些微的感覺從手上傳來，但是，卻有比子彈更具威力的東西從金魚口中吐出。

那是雷射光。從金魚射出的紫色雷射光束在正面的「人」胸口射穿了一個洞，不僅如此，也筆直地貫穿了站在他身後的那些「人」。

在雷射光束直線上的「人」一口氣消失了，我驚訝於這強烈的威力，盯著金魚型水槍，不，雷射槍直瞧。龍睛金魚似乎帶著驕傲地雙眼直轉圈。

「不錯嘛，和可愛的外表不搭的兇狠度，這是否展現了愛衣的本性咧？」

庫庫魯一邊開玩笑，一邊以鋼化的耳朵斬殺著靠近的「人」。

「不要把人說得那麼難聽啦！」

我發出抗議的同時回過神，槍口瞄向「人」牆，扣動腹鰭。每一次，不同顏色的雷射光束都會擊穿他們，但是戴面具的「人」並不畏同伴們接連被打倒，依然前仆後繼地逼向前。

「這根本沒完沒了啊……」

我像畫出彩虹一樣胡亂擊發雷射光束，瞄了一眼背後的庫庫魯。

「危險！」

庫庫魯大叫，朝我揮下刀刃耳朵，擦過我臉頰的耳朵，砍在戴著熊貓面具、從死角想要以鐵鍬攻擊我的「人」臉上。

熊貓面具高高地飛了起來，露出底下的臉孔。我發出細微的驚叫。那張臉上沒有任何東西，只是一張白色的平面貼在臉上而已。

「無臉人……」

在我喃喃說出著名妖怪的名字瞬間，庫庫魯的耳朵劈在光滑的臉孔上，粉碎了那張臉。

「謝、謝謝，庫庫魯……」

「道謝就不用了，集中精神！他們還沒完呢！不過數量也太多了。」

不知何時起，庫庫魯的語氣裡沒有了從容。

「那怎麼辦？」

「必須找出這些傢伙湧現的地方破壞掉。」

「但是繼續這樣下去我們根本動彈不得，如果像剛剛那樣飛起來呢？」

「這我也想過，但要是他們一起朝我們丟那些刀具，我們根本撐不住。」

「怎麼會這樣，那該怎麼辦……？」

「仔細想想，哪裡是他們的源頭？只要找出那裡應該就會有辦法。」

無臉人的源頭……我像綿綿不絕的梅雨般射出雷射光束，同時回想無臉人出現時的光景，身穿浴衣跳盆舞的動物們突然停下動作，牠們看著的方向有……我「啊！」地脫口叫道。

「妳發現什麼了嗎？」

「神殿！最早的無臉人出現時，原本應該關著的神殿大門打開了，也許無臉人就是從那裡出來的！」

我一邊叫著一邊瞄向神殿所在的大概方向，在圍了好幾層的無臉人人牆後方，隱隱約約可以看見神殿的屋頂。

「知道了，我們就去探查神殿內部吧。」庫庫魯盡情揮動著耳朵一邊說道。

「你說要探查，可是我們要怎麼到那裡去？」

「集中攻擊那邊的無臉人，殺開一條路。」

「可是這麼做的話，其他的無臉人可能會同時攻上來。」

「就算是這樣也要做！再繼續下去不知什麼時候會被他們打倒。」

庫庫魯可靠的一番話讓我點點頭，「知、知道了。」

「要走到那裡，就必須清開一定寬度的路，我們要蓄積力量，朝神殿的方向一口氣集中攻擊。」

「蓄積力量……」

我看著龍睛金魚的雷射槍，龍睛金魚像在回應我似地兩隻眼睛骨碌碌地轉。

「愛衣，準備好了嗎？數到三一起上。一、二……三！」

我和庫庫魯隨著信號，轉身朝向神殿所在的方向。庫庫魯捲起鋼化的雙耳扭絞成鑽頭狀，快速轉動往無臉人伸去，轉動的刀刃打飛無臉人們，讓他們瞬間消失於無形。但是無臉人的人牆依然厚不可摧，未能打開通往神殿的道路。

「拜託你，請借給我力量。」

我向龍睛金魚說道，扣下了腹鰭的扳機。龍睛金魚劇烈地抖了一下胸鰭，張大窄小的嘴巴，細小的雷射光束像霰彈槍一樣從口中呈放射狀射出，射線軌道上的所有無臉人一下子全部蒸發，開出了一條通往神殿的路。
「趁現在！」
就在庫庫魯大叫的同時，我往地面一踩跑了起來，草鞋一邊發出踩地聲，我一邊胡亂發射雷射光束，全力向前跑。
腳邊的庫庫魯飛也似地用四足奔跑，同時以耳朵清除圍攻上來的無臉人。
即使聽見背後傳來大量無臉人的腳步聲，我們也沒有閒工夫回頭看。我和庫庫魯飛身進入神殿之後，便急忙關門插上門栓，四周雖然一片漆黑，仍然維持著貓眼的我還是可以清楚看見室內的樣子。
我喘著氣，視線投向滿布灰塵的神殿中央供奉的東西。
「鏡子……」
那是一面很有歷史感的圓形鏡子，直徑大約五十公分，鏡子外緣的青銅部分雕刻著精巧的龍型。
「這面鏡子就是御神體嗎？」
就在走近鏡子端詳的庫庫魯，歪著頭說「奇怪，上面沒有照出任何東西」的瞬間，從鏡子裡長出了手腕，戴著手錶的那隻手上拿著一把很大的剪刀。
庫庫魯「喵?!」地大吼，往後飛躍一大步，全身貓毛倒豎。很快地不只手，連頭都從鏡子裡出現了，戴著松鼠面具的頭。
「……看來愛衣妳的假設是正確的呢，無臉人就是從這裡出現的。」
庫庫魯用刀刃耳朵砍下了正從鏡子裡擠著爬出來的無臉人的頭。確認無臉人消失之後，我和庫庫魯小心謹慎地靠近鏡子，提心吊膽地往鏡子表面看去，上面卻沒有映照出我們的影像。

那裡只是鑲嵌了一塊彷彿上過漆的鐵板般，帶有黑色光澤的平板。

「這和民宅的鏡子……」

「是啊，和在廁所見到的鏡子一樣。這麼說來，無臉人可能不只從這面鏡子，說不定也會從街上所有住家的鏡子裡爬出來，難怪會無窮無盡地湧現。」

「啪」，像是木頭斷裂的聲音劃破了空氣，回頭一看，生魚片專用刀的刀刃從插上門栓的門後飛了過來。大概是外面的無臉人正在破壞大門，刀具一把接一把地穿過門扉而來。

「……看來是到此為止了。」庫庫魯的聲音裡參雜著疲憊地說道。

「到此為止是什麼意思？」

「就算破壞了這面鏡子，街上的鏡子也會無止境地生出那些怪物。總之，這次的瑪布伊谷米失敗了，我們暫時離開這個夢幻世界再重新來過吧，在那扇門被破壞之前應該回得去原本的世界。」

「但是……」

「沒有時間猶豫了，要是門在我們離開這個世界之前就被攻破，即使是我也保護不了妳。我說過了吧，在這個世界被消滅，就等於現實世界裡的死亡，妳要是聽懂了，現在就馬上離開吧。」

「首先要破壞這面鏡子……」庫庫魯舉起耳朵。

「等等！」

就在敲破鏡子的前一秒，庫庫魯停下耳朵。

「又怎麼了？我不是說沒時間了嗎？」庫庫魯焦躁地揮著耳朵。

「無臉人從這裡出來的話，代表也許有什麼東西在這面鏡子裡吧？」

「咦？什麼東西是指什麼？」

「像是飛鳥小姐那時候，『幽暗』裡面的世界。」

庫庫魯瞪大瞳孔，圓滾滾的眼睛覆上了深黑色。

「也就是說，無臉人是從鏡子裡的世界過來的？」

「也許是這樣。對佃先生來說，鏡子一定是個具有某種意義的東西，所以裡面還有另一個夢幻世界，而佃先生的庫庫魯……」

「一定是躲在那裡。」我和庫庫魯異口同聲。

木板破裂的聲音響起。一回頭，無臉人的手伸進了刀具鑿穿的洞裡，正摸索著門栓的位置。門很快就會被打開，那些怪物會蜂擁而入吧。

「愛衣，已經沒有時間脫逃了！即使如此妳還是要試嗎？那面鏡子裡真的有另一個世界吧？」

「嗯！」我毫不猶豫地堅定點頭。

在這面鏡子的裡面，還有另一個夢幻世界，無來由地，我這麼堅信著。而我也相信，要拯救佃先生，就必須到那個世界去才行。

「知道了，走吧，我們一起去。」

庫庫魯的耳朵漸漸縮短，同時鋼鐵的光芒消失，恢復成蓬鬆的毛髮。庫庫魯伸出原本那個覆滿柔軟細毛的耳朵，我牢牢抓住庫庫魯的耳朵，另一隻手朝漆黑的鏡子伸去。

指尖碰到鏡子表面的瞬間，彷彿手伸進濁流裡，身體被吸了進去。就在肩膀也沉入鏡子時，我腳下一用力，總算是勉強留在地面上。

只要一放鬆，就會被吸進鏡子裡。我不知道那裡面會是個多麼危險的世界，不僅如此，也許在吸進去的瞬間，「我」就會被消滅也說不定。

直到現在，黑暗恐懼才漸漸吞噬我的心。

神殿大門的孔洞變得更大了，從洞裡伸出來的十數隻手腕到處摸索門栓的位置，不久，其中一隻手摸到了門栓，慢慢地拉開。

只能跳進去了，但是……好可怕。從腳部傳來的顫抖蔓延到了全身。

「愛衣。」

溫柔的聲音振動著鼓膜。我抬起眼，庫庫魯在眼前微笑著。

「不用怕，既然是身為猶他的妳這麼感覺，這面鏡子裡應該就會有另一個夢幻世界，所以妳要有自信。再說，不論有什麼樣的危險我都會保護妳。」

染上黑暗恐懼的心點亮了些微光芒，那道光一掃黑暗，越來越亮。

「……謝謝你，庫庫魯。」

一陣大聲聲響，神殿的門開了，無臉人們揮舞著刀具逼近。

我放鬆身體的力氣，雙腳從地板上浮了起來。

我抓著庫庫魯的耳朵，被吸進了鏡子裡。

5

旋轉……世界在旋轉，我自己本身在旋轉。

被吸進漆黑鏡子裡的我，在巨大的紅黑色漩渦中翻攪著，像是被丟進洗衣機裡的感覺，只要一不留神，身體似乎就會四分五裂。

我咬緊牙根，忍耐加諸在全身的重壓看向旁邊，庫庫魯彷彿被龍捲風捲起的葉片，劇烈地翻滾。

「庫庫魯，你沒事吧？」

我拚命擠出聲音，握著庫庫魯耳朵的右手加重了力道。

「嗯、嗯，我沒事。看來是個不簡單的世界呢，妳不可以放開我的耳朵喔。」

語氣比起我預想的還要從容，讓我的不安稍稍減弱了些。

「這裡就是鏡中世界嗎？」

如果是的話，現在並不是尋找佃先生的庫庫魯的時候。

「不，應該不是，妳看看那邊。」

庫庫魯一邊旋轉，一邊動了動我沒有抓住的另一隻耳朵。我仰起脖子看往庫庫魯指的方向，遙遠的遠方正閃爍著微弱的白光。

「大概那裡才是另一個世界，這裡就像連接兩個世界的空間吧。」

「那我們就要想辦法到那個發光的地方去。」

「別擔心，我們正在自動接近呢，只要這樣交給漩渦，它應該就會把我們帶到亮光的地方吧。」

這麼一說，我們與亮光的距離確實正在慢慢縮短，看來這道漩渦是為了將東西吸往那道亮光而存在。

「那看來我們可以從這裡脫身了呢。」

我忍著痛硬擠出聲音。忽然間，庫庫魯的身體停止旋轉，覆蓋著淡黃色毛髮的那張臉，浮現出嚴肅的神色。

「千萬不能大意，我們可不知道那道光芒的後面有什麼樣的夢幻世界，如果無臉人是從那裡過來的話，那就是個相當危險的地方。」

「知、知道了。」

我們與光之間的距離越來越短，長方形的洞打開，灑進了閃爍的白光。

「要出去了，小心點！」

庫庫魯大叫，我用手臂蓋著臉，蜷縮著身體被洞穴吸了進去。

背後傳來像是被棍棒打到的強烈衝擊，肺裡的空氣被強制排出，我緊閉雙眼，咬緊牙根，忍著全身粉碎般的痛楚。這時上方傳來「妳還好嗎？」的聲音，我微微睜開眼，杏仁狀的圓眼睛正看著我的臉。

「還好……才怪……」我擠出聲音，對坐在我胸口的庫庫魯說道。

「哎呀，妳用力地撞到後背了呢，我可是身體轉了半圈，用腳著地的。」

庫庫魯得意地這麼說，用像砂紙般粗糙的舌頭舔著我的鼻尖。

「好啦，妳要躺到什麼時候，趕快站起來。現在可沒有那個美國時間讓妳慢慢喊痛。」

「我哪……站得起來……脊椎……可能斷了……」

「脊椎？」庫庫魯抬起一隻腳，「這個世界裡根本沒有什麼『骨頭』，如果妳感覺到痛，那只是因為妳自己想像受到這麼大力的撞擊之後，應該會產生這樣的反應罷了。」

「就算你這麼說……」

「那妳就試著想像自己沒有脊椎吧，這樣一來就不再有『斷掉的骨頭』這件事了。」

沒有脊椎？如果變成這種狀態……一想到這裡，頸部以下忽然融化了。

失去支撐的身體像是液體般從浴衣裡溢出，在地板上蔓延，因驚嚇而想用手撐住身體的我，從喉嚨發出細微的尖叫。我的手臂彎曲呈螺旋狀，就像捲成一團的蛇，這副模樣實在太詭異了，我感受到一股強烈的抗拒，拒絕接受這是自己身體的一部分。仔細一看，不只是手，連腳也是一樣軟趴趴，像是自己有生命般地蠕動著，我的姿勢已然像隻失去一半觸鬚的章魚在地上爬行。

「這、這是什麼啊?!」

「就是沒了脊椎以後的身體啊，不過看來連手和腳的骨頭都一起消失了呢。哎呀，自己這麼說是有點那個，不過人類變成軟體動物還真是令人不舒服呢。」

「別在那裡說風涼話了，想想辦法啊！」

「辦法？很簡單啊，妳只要重新想像原本的身體就好了。好啦，集中精神。」

「這種狀態怎麼可能集中精神！」

庫庫魯一邊碎唸著「真是麻煩啊」，一邊用單隻耳朵摸著波浪狀蠕動的我的手臂，我感覺到堅硬的骨頭從那個部分開始在體內伸長。四肢的關節恢復了，像史萊姆一樣攤在地上的身體重獲支撐，漸漸回復原本的形狀。

「真是太可怕了……」從軟體動物狀態找回脊椎的我輕拍著胸口。

「不過骨頭的疼痛消失了對吧？」

「真的耶……」

當我摸著撞到的腰部時，庫庫魯跳上了我的肩膀。

「這次這種傷，是愛衣妳自己根據狀況想像出來的，所以很輕鬆就治好了。但是，如果是像上一次的『幽暗巨人』，或是這一次的『無臉人』那種，受到懷有惡意的存在攻擊的話可就不是這樣了，妳要小心一點。那種攻擊可以直接對屬於精神體的妳造成傷害，那樣的傷就無法像這次一樣可以簡單治好。」

「治療心理的傷需要花費一段時間，而受到一定程度以上傷害的心就會完全崩潰……是這個意思吧。」

沒錯，在心理劃下的傷並沒有那麼容易治療，因為我在二十三年前受的傷至今仍未痊癒。胸口到側腹傳來一陣銳利的疼痛，我輕輕撩起浴衣的衣領望向裡面，從胸口到右側腹橫亙著一條刺眼的傷痕。

在現實世界裡，我的身體並沒有這樣一道傷痕，但是，來到這個夢幻世界的我的靈魂上卻扎扎實實地刻著那時候的傷，只是……我以指尖輕輕撫觸傷痕，像蟹足腫一樣突起的那個部分，平滑的觸感伴隨著刺痛傳來。結痂微微掀起，從中滲出少量的紅色血液。

只是，和在飛鳥小姐的夢幻世界裡看到的樣子比起來，總覺得傷口小了一些。

我負責的三名ＩＬＳ病患，也許當我成功救出被困在自己夢幻世界裡的他們時，這道傷就能夠痊癒，也許我就能逃離至今仍在苛責著我的那股感覺，二十三年前，在持續沉睡的她身邊體會到的，那種撕心裂肺的無力感。

「妳在發什麼呆啊，愛衣。」

正在反芻著那日記憶的我，因為庫庫魯的呼喚聲而回過神，「啊，對不起。」

「我不是已經叮嚀過妳千萬不要大意了嗎？好啦，首先呢，我們必須確認這裡是什麼樣的世界。」

被庫庫魯這麼一說，我環顧四周。鋪著瓷磚、大約兩坪多的空間裡，可以看見蓮蓬頭及洗臉檯。

「浴室……？」

這是間窄小的浴室，而我正背靠在浴缸邊坐著。

「嗯，似乎是呢，不過總覺得陰森森的。」

就像庫庫魯所說，這個空間裡滿是凝滯的空氣，天花板的螢光燈忽明忽暗，彷彿隨時就要熄滅，地板上則有醒目的黃漬；水滴從接在洗臉檯下方的排水管連接處滴滴答答地落下，位在角落的排水口塞滿了頭髮。

手因掠過鼻尖的味道而反射性地摀住嘴巴，空氣中飄來一股腐臭味，就像盛夏的房間裡放著魚不管一樣，那股味道越來越重，我感到一陣噁心，緩緩地站起身。視點變高了以後，這個空間的異常之處就更明顯了。

洗臉檯的鏡子破了，像蜘蛛絲一樣細小的裂痕呈現放射狀。

鏡子……我想起神殿裡供奉的鏡子，像是塗了漆一般發出黑光的模樣，同時往鏡子裡看，雖然因為裂痕而扭曲，但上面確實映照出了我的容貌。我避開碎裂的部分以免受傷，手指小心翼翼地滑過表面，不過並沒有像觸摸神殿鏡子時那樣，被吸入鏡子中。

「……浴缸。」

肩上的庫庫魯壓低聲音說道。「什麼？」我一轉身，「噫?!」地發出了像是打嗝般的驚叫聲，大步地往後跳開，後背撞上了牆壁的瓷磚。滿布醒目水垢的白色浴缸裡裝滿了液體。

紅黑色的黏稠液體。

液體慢慢地旋轉著，深淺不一的色調描繪出扭曲的曼陀羅圖樣，更增添了那股不祥之氣。

腐臭味益發強烈，濃得令人猶豫要不要呼吸。

「這、這是什麼啊？」

「……不知道，不過看起來不是什麼好東西。」

我摀著鼻子一動也不動，液體中慢慢浮現出某個東西。白色、有著圓滑曲線的物體。當我意會到那是什麼東西時，摀著嘴巴的手掌下響起了尖叫聲。

那是骨頭，人類的頭蓋骨。在對上帶著怨恨看向這邊的空洞眼窩那一瞬間，我轉身開門逃出浴室，察覺到短小的走廊前方是玄關之後，便朝那裡跑去。

「等一下，愛衣，妳要去哪裡啊？」

不知道，但我一定要盡可能拉開與那間浴室的距離，本能這麼告訴我。

我打開玄關的門跑出去之後，是公寓大樓的外走廊，大門等距地並排著。我跑向位在走廊盡頭的緊急逃生梯，就在即將到達逃生梯時，門像是要擋住我的去路似地打開了。急忙停下腳步的我雙眼圓睜。從門裡走出來的是身穿西裝的無臉人，手裡還拿著生鏽的鏈鋸。

無臉人轉動脖子看向這邊，那張臉上明明沒有眼睛，我卻被充滿敵意的視線刺穿而動彈不得。在無臉人高高舉起鏈鋸的瞬間，銀色的軌跡切過他的身體。我只是全身僵立看著無臉人的身影煙消雲散。

下一秒，臉頰上一陣衝擊力道，伴隨著「振作一點啦！」的聲音出現。以鋼化的右耳斬殺無臉人，用覆滿毛髮的柔軟左耳拍我臉頰的庫庫魯向我投以銳利的視線。

「現在可不是陷入恐慌的時候，要像個猶他一樣冷靜行動。妳不是要找出佃三郎的庫庫魯救出他的瑪布伊嗎？」

沒錯，我正是為了這個才到這裡來的。因混亂而沸騰的頭腦漸漸冷卻下來。

「冷靜一點了嗎？」

「……嗯，謝謝你，庫庫魯。」

「現在道謝還太早，這個夢幻世界是個相當危險的地方，在瑪布伊谷米完成之前，千萬不能大意……」

庫庫魯說到這裡，背後的玄關大門軋吱一聲打開了。我在原地猛力轉身，舉起右手拿著的金魚雷射槍，確認好手持尖錐從門裡出來的無臉人身影之後，扣下了腹鰭的扳機，被紫色雷射光貫穿腹側的無臉人身影漸漸消失。

「看來可以安心了。」

庫庫魯露出和牠那可愛外表不相稱的冷笑，用耳朵指著緊急逃生梯。

「那我們重新去找佃三郎的庫庫魯吧。」

我「嗯！」地用力點頭。

我雙手握著金魚雷射槍舉在胸前，帶著警戒在窄小的走廊上前進。步下緊急逃生梯，離開公寓範圍的我們，走在兩旁立著水泥圍牆的小巷弄中。手裡拿著刀具的無臉人時不時會從轉角處冒出來，因此一刻都不能鬆懈。

走在我腳邊的庫庫魯嘴裡發出一點緊張感也沒有的「嘿咻」聲，用刀刃耳朵砍下從水泥牆上露出臉的無臉人頸項。

「哎呀，這是第幾個了？真是沒完沒了呀。」庫庫魯以戲劇化的動作轉了轉脖子。

「吶，佃先生的庫庫魯真的在這個世界的某個地方吧？」

「不是這樣嗎？」

一點也不可靠的回答讓我皺起了眉頭。

「不要露出那種表情嘛，畢竟尋找庫庫魯原本是身為猶他的愛衣妳的工作啊。」

「話是這麼說沒錯啦……」

我嘟著嘴巴，用雷射槍擊穿了從隔了一段距離的十字路口冒出來的無臉人。

「不過呢，我想在這裡的可能性滿高的喔。我之前也說過，創造出夢幻世界的瑪布伊，是受了相當嚴重的傷而處於衰弱狀態，這樣的人，他們的庫庫魯，也就是映照出瑪布伊的鏡子，大概也會呈現同樣的狀態。而在衰弱的狀態下被囚禁於夢幻世界裡的庫庫魯，經常會躲在造成牠們受傷原因的地方。」

「就像飛鳥小姐的庫庫魯是在那個無底深淵的幽暗中一樣……」

我這麼說完，庫庫魯搖著耳朵：「就是這樣。」

「無臉人這麼猖狂，應該和佃三郎的瑪布伊受到嚴重創傷的某件事密切相關，所以佃三郎的庫庫魯一定在這個惡夢般的世界裡的某個地方。」

「不過這裡還滿大的，又因為無臉人的關係我們必須小心前進，該怎麼尋找佃先生的庫庫魯……」

說到這裡，我忽然抬起頭，左右兩排水泥圍牆在稍微前面一點的地方中斷，我和庫庫魯對看一眼，小跑步往前。

走出小巷弄後，眼前是一條大馬路。蓋在左右成排的水泥圍牆內的民宅、照亮馬路的路燈、畫在地面上的標誌，這一切都似曾相識。

「庫庫魯，這裡是……」

「……啊啊，沒錯，和鏡子外面的大馬路一模一樣。」

這裡和我剛潛入佃先生的夢幻世界時，身處的那條大馬路很相像，但又和那時候的大馬路氣氛明顯不同。一半的路燈不見了，剩下的另一半也是忽明忽滅；水泥圍牆上覆滿了青黑色的苔蘚，許多都已經崩塌；畫在地面上的標誌也是字跡模糊難以辨識。

我托著金魚雷射槍，眼神掃過左右兩側並排的民宅，沒有任何一家透出燈火，這和一開始看見的大馬路一樣，那時候感到很不對勁，現在卻覺得理所當然，這裡的每一間民宅就是這麼地荒涼。

大門因生鏽而倒塌，油漆剝落的外牆爬滿了蕨類植物，多數的玻璃窗都破了。

這是一座被棄置多年、長期遭到風吹日曬的鬼城。四周呈現出這樣的樣貌。

「感覺……很不舒服……」

正當站在我腳邊的庫庫魯以夾雜著緊張的語氣說話時，遠方亮起了燈。我不斷地眨眼，燈光浮在半空中實在是個異樣的景象。

鏡子外面的世界舉辦祭典的那座山丘所在的位置上，有個披著披風的巨大無臉人站在那裡，他高得必須抬頭仰望，簡直就像聳立著一棟人型高樓大廈，四周飄著鬼火般的藍色火焰，陰森森地從巨大無臉人的臉部下方往上照。

「愛衣，那裡……」

庫庫魯用耳朵指著巨大無臉人的腳邊，我凝神一看，披風的縫隙成為一條隧道，拿著刀具的無臉人從那裡湧出。

「那就是……無臉人的源頭？」

「似乎是這樣，那，妳打算怎麼做？」庫庫魯壓低身體，採取警戒姿勢。

「咦？什麼怎麼做？」

「我是問要不要進去那個巨大的無臉人裡面啦。」

「那裡面?!」我拔高了聲音。

「佃三郎的心靈創傷一定和無臉人有密切關係，這樣的話……」

「……佃先生的庫庫魯就在那個巨大無臉人裡面。」

我嚥了口唾沫這麼說，庫庫魯晃了晃耳朵，「就是這樣。」

我喘著氣，望向巨大的無臉人。我的本能對於要鑽進那種毛骨悚然的東西內部感到恐懼，然而，佃先生的庫庫魯一定在那裡面……

腦海裡閃過表情安詳地睡著的美麗女性的側臉。

我輕輕甩了甩頭，抬眼瞟著巨大的無臉人。

「走吧，否則就治不好佃先生了。」

「很有氣勢嘛，越來越有猶他的樣子囉。」

庫庫魯開心地說道，一躍跳到我的肩上。

「那我們就出發到洞窟探險吧。」

就在我點頭準備邁出步伐時，巨大無臉人的腳邊朝這裡射來兩道帶藍的白光，大馬路兩邊成排如廢墟的民宅窗戶，從最遠處依序亮起了燈，不用多久，我身旁的民宅燈也亮了，與此同時，原本萬籟俱寂的鬼城開始充滿了喧囂。

鏡子外面也曾發生過類似的事情，但和那時候不同的是，民宅窗戶透出的光是陰森的藍，耳邊聽見的也不是歡快的談笑聲，而是帶著濃濃怨恨的哀嘆聲。

「事情……不妙了。」

我聽著庫庫魯的喃喃自語，同時視線向民宅二樓的窗戶看去。背後傳來一陣冷顫，那裡站著一個無臉人，拿著刀具的無臉人從破掉的窗戶，用不存在的眼睛直勾勾地盯著這裡。

「愛衣，用盡全力快跑！無臉人們很快就會從民宅裡湧出來了！」

就在我慌忙想邁開步伐奔跑時，庫庫魯大叫：「不是這樣！」

「咦？什麼意思？」

「用人類的雙腳跑會來不及，妳要想像速度更快的動物並變身成牠。」

速度更快的動物，比任何生物都更快速地奔馳在大地的野獸。理解了庫庫魯指令的我，閉上眼拚命發揮想像力，全身出現如波紋般的震盪，金魚雷射槍從手裡掉到了地上。

體內響起骨骼變形的嘎吱聲，我不覺得痛，甚至有類似折響關節時的舒暢感。脊椎彎曲之後我無法再保持直立，我像是往前撲倒一樣兩手貼著地面，不，那已經不是手了，而是前腳，四肢關節漸漸以明顯不同於人類和靈長類的角度彎曲，皮膚下的肌肉柔軟地一邊蠕動同時隆起。

全身皮膚傳來像是雞皮疙瘩的感受，接著長出了金黃色的柔軟毛髮，在咧嘴露出虎牙延伸形成的銳利牙齒後，我朝著天空大聲咆哮。

「喔喔，是獵豹，這樣一定來得及，我們走吧。」

聽著坐在背上的庫庫魯的聲音，化為全身包覆金黃體毛獵豹的我，用充滿彈性的肉球往地面一推，四肢肌肉往地面踢蹬的力量，透過像強力彈簧一樣柔軟又強韌的背骨轉換成了加速的動力。

左右兩旁已成廢墟的民宅一棟接著一棟的景象，以我未曾經歷過的速度流逝，站在遠方的巨大無臉人眼看著越來越近。

無臉人們終究還是從前方民宅院內湧出，逼近了大馬路中心，這幅景象，就像左右兩邊有道牆逐漸迫近，想要壓扁什麼一樣。

沒問題，在他們攻上來之前可以到達巨大的無臉人那裡，就在我這麼想時，從巨大無臉人的披風縫隙、我們即將要飛奔進去的地方，出現了手握日本刀的無臉人，那個無臉人彷彿在等著把我們一刀兩斷般，將日本刀高舉過頭。再繼續這樣跑過去會被砍成兩半，可是一旦稍微減速，又會被從兩側逼近的無臉人們攻擊。

「就這樣衝過去！」庫庫魯對著猶豫不決的我大叫。

「可是……」

「沒關係，相信我就對了！」

強而有力的話語消除了我的迷惘，下定決心之後我更用力地蹬向地面加快速度，這時候頭上有個看慣了的東西進入我的視線範圍，那是庫庫魯的耳朵。

長長地延伸的兩隻耳朵纏繞在一起，同時質地產生變化，不久後便成了一支閃著銀光的長槍，像是中世紀的騎士拿的巨大圓錐狀長槍。

長槍的尖端對準了緊握日本刀的無臉人，明白了其中意圖的我，朝著巨大無臉人的披風縫隙，一個勁兒地往前衝。左右兩旁並排的民宅中斷了，也看不見逼近的無臉人人牆了，巨大的無臉人已近在咫尺。
「衝啊！」
耳邊聽著庫庫魯的聲音，我朝著舉刀擋在前方的無臉人衝過去，在看見無臉人揮刀而下的動作那一剎那，長槍的尖端刺進了他的胸口，我像是要穿過如彩霞消散的無臉人身體一般，朝著隧道狀的披風縫隙飛奔而入。
黑暗中，肉球摩擦著地面緊急煞車，卻沒能完全止住往前衝的慣性動力，身體打橫著滑出數公尺後才終於停下來，我快速回頭，看向剛剛跑進來的入口，無臉人們並沒有追過來。
「看來外面那些傢伙進不來呢。」
庫庫魯從我的背上跳下來，纏繞成巨大長槍的耳朵「咻」地解開變短，恢復成裹著柔軟毛髮的原本形狀。
「太好了……」
鬆了一口氣的我腳邊亮起了淡淡光輝，那道光像繭一樣逐漸包覆我的身體。
我閉上眼睛，品味著重新構築自己身體的感覺，彷彿融化在溫暖液體中似地，很舒服。
光之繭消失時，金黃色的獵豹也消失了，我回到穿著白袍的平日裝扮。
「哎呀，妳不當獵豹啦？明明是個很有機能性的身體。」
不知道是不是對我不再維持同為貓科動物的樣貌而不滿，庫庫魯一臉無趣地說道。

「再怎麼有機能性，用四足走路感覺還是怪怪的，而且現在不能再抱著參加祭典的心情了，所以我才回到這身打扮。」

「這裡的確不像是可以抱持著參加祭典的心情的地方。」

「是啊……」

我感受到黑暗中似乎潛藏著什麼東西的氣息，某種危險的東西。

我屏住呼吸，腳邊的地板亮起了微弱的光芒，像是緊急照明一樣淡綠色的光，隨著燈光往深處延伸，隱隱約約浮現出隱藏在黑暗深處的東西。

眼前充滿震撼的景象，讓我張大了嘴巴呆立當場。

那裡排滿了一間一間的牢房，用鐵柵欄打造而成、單邊大約兩公尺的正立方體牢房。牢房一層一層堆疊在走道的左右兩側，形成了一道牆，我抬頭向上望，卻看不清牢房之牆究竟疊了多高，而每一間牢房裡，都關著一名無臉人。

庫庫魯在驚愕地說不出話的我腳邊，用耳朵搔了搔額頭。

「這裡是無臉人的收容所……或者說是監獄或看守所吧？」

「監……獄……？」

「佃三郎不是律師嗎？所以才會和這種地方有很深的關係吧，我想清楚顯現出這個意象的，就是這面牢房之牆了。好了，那我們走吧。」

「什麼？還要往裡面走嗎？」

「這裡令人這麼不舒服，就代表這個場所應該和給佃三郎的精神造成嚴重傷害的事件有密切關係，也就是說庫庫魯躲在這裡的可能性很高。」

「雖然也許是這樣……」

「好啦，現在沒有時間拖拖拉拉了，夢幻世界會隨著時間流逝而產生變化，不知道外面的無臉人們什麼時候會衝進來，所以我們必須快點。」

庫庫魯以輕鬆的腳步走在散發詭異綠光的走道上。

這是為了拯救佃先生，我握緊拳頭，追在庫庫魯身後。

我們走在牢房之牆包夾的走道上，無臉人們從鐵柵欄的空隙中伸出手來，因為走道有一定的寬度，那些手碰不到我們，但是走道兩側長出無數隻手的景象實在太驚悚，讓我全身立起了雞皮疙瘩。儘管無臉人沒有嘴巴，他們發出的哀嚎聲仍舊演奏出不協調音，加深了恐怖氣氛。

「哎呀，真是讓人不舒服的景象，好像大量的毛毛蟲或是巨大蜈蚣的腳在蠕動一樣。」

「別說了啦！」正當我向愉快地說著的庫庫魯表示抗議時，數個牢房之遙的牢門無預警地打開，從中走出無臉人。

「對不起、對不起。」

庫庫魯一邊道歉，同時將耳朵變成利刃伸長，砍下無臉人的頭。

「不過現在的確不是吊兒郎當的時候，要是這裡的牢房全部一起打開的話，他們就可以同時進攻了。」

恐怖的想像讓我背脊一陣發涼。

「我們必須在這種事發生以前，先找出佃三郎的庫庫魯。愛衣，要快點了。」

我點點頭，強忍著恐懼跑了起來。我們一個勁兒地在兩旁聳立著牢房之牆的走道上跑著，雖然有時候無臉人會從牢房裡出來攻擊，但在我腳邊奔跑的庫庫魯會用耳朵劈開他們。

不知道跑了多久，就在感受因那永無止境的相同景色、腐蝕心靈的可怕景色而開始麻痺時，走道的遙遠前方出現了模糊的紫色光芒。

「庫庫魯，那裡！」

我指著正面加快了速度，不久後，發出詭異光芒的走道和左右連綿不絕的牢房之牆都消失了，我和庫庫魯停下腳步。

黑暗中出現了那個，散發著淡淡湛藍琉璃色的正方體牢籠。

籠子比關著無臉人的牢房還要小很多，每一邊大約只有五十公分左右，柵欄不是鐵製的，而是像塑膠一樣半透明，籠體本身發出微弱的光芒，簡直就像螢光棒打造的牢籠。

我帶著緊張靠近牢籠，從柵欄空隙看進內部，頓時抿緊了雙唇。

裡面是個年幼的小女孩，抱著膝蓋橫倒在地。

年紀大概與幼稚園孩童差不多，手腳從像是開了洞的麻布袋一樣簡樸的衣服中伸出，瘦弱得彷彿枯木，稚嫩的臉龐則是不帶血色的蒼白，四肢都有醒目的擦傷，其中一隻腳的腳踝甚至還套著鐵製的枷鎖，這副令人不忍卒睹的樣子，讓我皺起了眉。

「庫庫魯，這就是……」

「嗯嗯，她應該就是佃三郎的庫庫魯了吧。」

「好慘的模樣……簡直就像被當成奴隸的孩子……」

「這代表佃三郎的瑪布伊也傷得這麼重。那麼，雖然歷盡辛苦，但總算是找到佃三郎的庫庫魯了，不過瑪布伊谷米可是現在才要開始喔，我雖然可以指引妳夢幻世界的方向，但接下來就必須妳自己一個人完成才行。」

「嗯……我知道。」

我深吸一口氣，向牢籠伸出手。

在我雙手碰觸到發出淡淡光芒的柵欄瞬間，記憶的洪流向我湧來。

我閉上眼睛，將意識交給那道洪流。

6

遠方傳來祭典的囃子樂音。

抬著木桶的佃三郎停下腳步，朝著音樂傳來的方向，臉上自然而然地露出微笑。今天是附近的神社舉行一年一度夏日祭典的日子，只要做完傍晚的工作，就可以去參加祭典，爸媽已經這麼答應了。

「喂，三郎，你在發什麼呆啊？你這樣子可沒辦法去祭典喔。」

大三歲的哥哥向他說道。雖然還只有十四歲，但那雙粗壯的手臂卻抱著連大人都覺得吃力的大桶子。「啊，對不起，哥哥。」三郎急忙道歉。

「受不了，做不了幾件事還休什麼息啊。」

哥哥帶著譏諷的一番話讓三郎咬緊了下唇。三郎有兩個哥哥，在同年齡的人之中他們的體格也格外壯碩、力大無比，相較之下，三郎則相當瘦小。

「對了，聽說你考試又得到高分了是吧？是老媽說的。」

三郎走在哥哥後方，他已經可以想像得到之後哥哥會說什麼，心情逐漸變得沉重。

「既然你有空念書，不如多鍛鍊鍛鍊身體吧，畢竟你做不到的事都要叫我們來扛啊。」

「……對不起。」一低下頭，哥哥就不屑地用鼻子哼了哼。

對於在市郊經營畜牧業的佃家來說，孩子們也是重要的勞動力，其中手無縛雞之力的三郎總是被拿來與兄長比較，因此總是留下悲慘的回憶。

「腦袋再好也沒有意義，結果你這傢伙卻……」

三郎沉默地聽著哥哥的抱怨，攥緊了抓著木桶的手。

才沒這回事，接下來是會讀書的人的時代，學校老師是這麼說的。

我要離開這種鄉下地方到東京去，在那裡做更重要的事，做哥哥們都做不到的重要的事，而不是照顧牛。

三郎一邊走進牛舍，一邊像在說給自己聽似地不停在心中重複。

「對了，你好像說過總有一天要去東京嘛。」

哥哥像是看穿自己內心所想的一句話讓三郎的心臟猛地跳了一下，他抬起頭，看見哥哥在牛喝水的細長水槽前停下腳步，向他投以冰冷的眼神。

「像你這種人，到東京去打算做什麼？」

哥哥豪邁地將手上抱著的水桶裡的水倒進水槽中，牛隻們一起喝起水來。

「做一些……重要的事……」三郎在視線的壓力之下瑟縮了起來，聲音越來越小。

「重要的事？有什麼事比幫忙家裡的工作更重要？」

「是……」

「幹嘛？你沒想過嗎？你只是想逃避家裡的工作吧？」

被人說中內心的想法，三郎一語不發地低下頭。

「這種人到了東京怎麼可能做出什麼『重要的事』，你要是懂了就不要再想東想西，去幫牛刷背，每一隻都要。」

「每一隻？那哥哥呢？」

「我要去祭典，我已經和女人約好要去逛逛了。啊，還有要餵飼料給狗和貓。」

「我也要去祭典……」抗議的話語在哥哥的瞪視下漸漸微弱。

「說什麼要去東京，這是對你想些蠢事的懲罰。反正你努力一點應該趕得上祭典吧。」

三郎目送扛著木桶的哥哥離去，撿起掉在身旁的刷子走近牛群。腳步就像被套了枷鎖一樣沉重。

三郎喘著氣跑上石階，隨著響亮的太鼓聲越來越大聲，心跳也越來越快。拚命幫牛群刷背、完成餵貓狗飼料的三郎，向舉辦夏日祭典的神社跑去。總算在祭典結束前把工作做完了，應該還有足夠的時間可以好好享受祭典。

硬幣在褲子口袋裡鏗鏘作響，跑上石階最後一層的三郎肩膀劇烈地上下起伏，同時發出「哇！」的歡呼聲。鳥居的另一端，夢幻的世界在眼前展開。

浴衣色彩繽紛又華麗的參拜遊客、亮晃晃地照著參道的燈籠、左右連綿不絕的攤販，在居住在缺乏刺激的鄉下小鎮的三郎眼中，那是遠離俗世的風景。

像受到誘惑一般，三郎飄飄然地走在參道上。因為他個子不高，被穿著浴衣的人們擋住了視線，無法清楚看見攤販，但是這樣也很好玩，能夠看見這麼多人聚在一起，也只有一年一次的這個夏日祭典而已。

三郎擠開人群，探頭看向攤商，撈金魚、面具、糖果脫模、章魚燒等等，各式各樣的攤販一間接著一間，三郎從口袋裡拿出硬幣數著。他為了這一天特別存下了那少得可憐的零用錢。

必須珍惜著用才行。三郎踏著小跳步確認攤販的種類，計畫著該吃什麼、該玩什麼，光是這樣，就足以忘記家中工作的辛勞了。

首先是這個。三郎轉向位在附近的攤子，買了蘋果糖。

「給你，謝謝光臨！」

三郎從扯著宏亮聲音的攤主手上接過蘋果糖張口一咬，門牙穿過柔軟的糖果層，咬下充滿水分的蘋果果肉，發出清脆的好聽聲響，糖果的甜味與蘋果的酸味在口中漸漸融合。

三郎享受著日常生活裡不曾體驗過的美味，一邊往參道深處走去。零用錢數量有限，必須仔細斟酌要挑哪一些店玩。三郎探向擠滿身穿浴衣的親子檔的撈金魚攤，隔著蹲在地上的客人肩膀，可以看見金魚游來游去的水箱。燈籠的光照著金魚，就像金魚自己發出淡淡光澤一樣美麗。

有那麼一瞬間，三郎想要買支撈網來玩，但就在張口之際，他冷靜了下來。就算把金魚帶回家也沒有辦法養。家裡養了幾隻捉老鼠用的貓，對經常獵麻雀來吃的那些貓而言，金魚怎麼看都只是點心吧。

離開撈金魚攤販的三郎，一邊咬著蘋果糖，一邊逛著攤商。

在參道的大約一半之處，正當三郎看著面具攤上一排排各式各樣的動物面具時，肩膀忽然被猛力撞了一下，吃到一半的蘋果糖從手中掉到了地上。

「喔喔，對不起啦，三郎，是你太矮了我才沒注意到。」

三郎咬緊牙根仰起臉，那裡站著同年級的三名少年，臉上浮現出嘲笑的表情。是平常就喜歡找藉口捉弄三郎的同學，領頭的少年比三郎高出了一顆頭。

「太過分了，這是我好不容易才能買的蘋果糖欸……」

三郎鼓起勇氣抗議，結果領頭的少年忽地瞇起眼睛。

「所以我不是說你太矮了沒看到，才撞到肩膀的嗎？你有什麼不滿嗎？」

少年靠近三郎，由上而下欺壓地瞪著他，三郎在這股威嚇之下移開了視線。少年肥厚的雙脣露出笑意，充滿刻意地吸了吸鼻子。

「好臭啊，是動物的味道，牛大便的味道。」

屈辱與羞恥讓體溫升高，三郎的雙手緊緊握住衣服的下襬。

三郎的生活裡，經常有動物陪伴。平常幫忙家中的工作要照顧牛隻，也各養了幾隻貓狗驅除害獸；家裡後方的山上，常常有狐狸或鹿出沒，有時候還可以看到山豬；而每天早上他總是在外頭傳來的鳥鳴聲中睜開眼睛。

三郎喜歡動物，因為牠們不會像周遭的人類一樣瞧不起他，看牠們努力活在每一天的樣子也很有趣，只是身處在四周總是圍繞著動物的環境裡，皮膚的確會沾上特殊的氣味，尤其是每日工作之一的牛糞處理作業。

想到自己是個再悲慘不過的存在，視線便開始模糊了起來。

「喂，你在哭什麼啊，明明是個男的。」

少年戳了一下三郎的額頭，光只是這樣，瘦小的三郎就往後連退了兩、三步。不知道是不是看見他這副模樣感到滿足了，少年們大聲笑著離去。

在他們的背影消失後，三郎駝著背走了起來，剛才還燦爛奪目的燈籠，現在看起來也黯淡無光。

「砰！」的清脆聲響振動了三郎的鼓膜，三郎反射性地往那個方向看過去停下了腳步。那裡有一間射擊遊戲的攤子，同年紀的少年們舉著空氣槍，用軟木塞做的子彈擊落小小的點心盒。架子最上方的獎品吸引了三郎的視線，那是一台模型車，是絕對不會奔馳在這種鄉下地方的進口車模型。

以前有錢人家的小孩曾經帶過類似的東西到學校炫耀，所有的男孩子都圍在那位同學的桌邊，以羨慕的眼光看著模型。剛剛來找碴的那三人也是。

如果可以得到那個模型，就能給那些傢伙好看。

三郎一邊伸手進放著硬幣的口袋，一邊大步走向攤販。

「噢，小弟弟，你也要玩嗎？」

店主宏亮的聲音向三郎招呼著，三郎縮了縮脖子點頭。

付完錢之後，三郎在店主遞給他的空氣槍裡填入軟木塞子彈，雙手舉起槍。槍身比原先預期的還要重，三郎將因重量而晃動的槍口勉強對準安放在架子最上層的模型盒子，扣下扳機。

隨著「磅！」的爆裂聲傳來的反作用力，讓槍口向上抬起，軟木塞子彈打到天花板的布之後落到了地上。

「不行啦不行啦，要再更用力抓穩一點，你太瘦了啦。」

店主嘲笑似地說道，那副表情和剛才來找碴的少年的嘲笑臉孔重疊了。三郎填入下一顆軟木塞彈並馬上擊發，子彈只是筆直地朝著地板飛去。

三郎臉頰發熱，重複著填裝子彈然後扣下扳機的動作。小盤子裡放著的五顆軟木塞彈全部都打完了，但別說是打下模型了，就連架子邊也搆不著。

「打完了呢。」

三郎轉向想要拿走空氣槍的店主，猛地伸出握著硬幣的手。

「幹嘛，小弟弟，你還要繼續嗎？」

三郎一語不發地伸著手，「知道啦。」店主收下硬幣，將軟木塞彈放在盤子上，三郎馬上往槍口填入軟木塞彈，再次朝著模型擊發。經過多次射擊之後，子彈漸漸往架子的方向，然後是模型盒子的旁邊飛去，感受到自己越來越進步的三郎，每當軟木塞彈用盡，便會再掏錢給店主買新的子彈。

三郎沉浸在射擊遊戲中，不知不覺間為了這一天存下來的零用錢已經見底了，盤子上只剩最後一顆軟木塞彈，三郎拿起那顆子彈，慎重地填入槍口。累積了幾十發子彈的射擊經驗後，大部分的子彈都可以打到模型的盒子旁邊了。

最後一發，如果這次也沒打中的話，就枉費把零用錢全部賭在這裡了。

臉頰貼近舉起的槍身，閉上一隻眼睛，搭在扳機上的食指因緊張而微微顫抖，三郎將槍口筆直地指向模型的盒子，來回幾次深呼吸。

沒問題，這次一定會中，我可以打下那個模型。

屏住呼吸以後，食指的顫抖止住了，三郎扣下扳機。

三郎使盡力氣抑制經由槍身傳來的反作用力，眼睛眨也不眨地死死盯著軟木塞彈被經過壓縮的空氣擠出，直直地往模型的盒子飛去。

看見軟木塞彈撞上畫在盒子中央的進口車圖案，三郎高舉雙手，但是已經湧上喉嚨邊的歡呼卻在口中消散。

打中盒子的軟木塞彈像打在牆壁上一樣反彈，軟軟地往地面落下，三郎舉著雙手僵立，一動也不動地看著模型的盒子。

「太可惜了，小弟弟，獎品沒有掉下來就不算喔。」

店主毫不費力地扳開三郎的手拿走空氣槍，之後遞出一小盒糖果。

「不過你很努力，給你特別獎，不要灰心。」

三郎失魂落魄地接下糖果盒，離開射擊遊戲的攤位，踩著恍惚的腳步往參道後方走去，身體就像背上背了醃漬用的大石頭一樣沉重，視野模糊晃動，有如走在雲端一樣步伐不穩。

為什麼會做出這樣的蠢事，為了今天而存下來的零用錢全部花光了，結果換來的只有幾顆糖果，已經沒有辦法在祭典開心地玩了。

早知道會這樣，不如乾脆在家裡照顧牛，不要來祭典就好了，這樣的話就不會被同學嘲笑，也不會留下這麼難過的回憶了。

垂頭喪氣地拖著腳步走路的三郎，因為振動五臟六腑的太鼓聲而抬起頭，不知不覺間已經走到了神社境內的深處。神殿前的廣場架起了高台，四周有穿著浴衣的人在跳盆舞，看著燈籠映照的人們的笑臉，三郎悲慘的心情益發強烈，在這樣的狀態下，怎麼可能加入開心跳舞的人群之中。

就在三郎想要轉身時，有人叫了他一聲「佃同學」，仔細一看，旁邊站了一位身穿浴衣的少女，是同年級的南方聰子。

「你站在這裡做什麼？」

聰子穿著搭配金魚圖案的桃紅色浴衣，細長的眼睛盯著三郎看，「沒有，那個……」三郎模糊其詞。三郎不知道該如何與人美個性又強悍，想到什麼就直率說出口的聰子相處，而且他們家自己開醫院，是鎮上數一數二的有錢人，從以前開始，只要站在聰子面前，三郎就會湧起自卑感，所以他盡可能地不要和她扯上關係，但是這位同年級的少女卻總是找理由向他搭話。

「你想跳盆舞的話還是快一點比較好喔，馬上就要結束了。」聰子指著高台。

「沒有……我正想著該回家了……」

「咦？你不跳盆舞就要回家了嗎？為什麼？」

像在質問自己的語氣，讓三郎的心情不愉快了起來，他搖搖頭：「別管我啦。」便逃也似地走掉。離開盆舞人群，背靠在參道旁邊樹幹上的三郎一隻手摀著眼眶，只要一放鬆，眼淚就好像會流出來一樣，他雖然想快點離開這裡，卻連踏上歸途的力氣都沒有。

有人拍了拍失神盯著盆舞的三郎肩膀，他慢慢回過頭，剛剛來找碴的少年三人組站在那裡。

「幹、幹嘛？」

三郎反射性地全身警戒，領頭的少年將某個東西推到三郎的胸口上，在看清手裡的東西之後，三郎瞪大了眼睛，那是一盒模型，他在射擊遊戲攤拚命瞄準的進口車模型。

「這給你，因為我弄掉了你的蘋果糖。」

少年拍著三郎的肩膀，露出了像是裝出來的笑容，「咦？可是……」三郎正疑惑著時，少年們已經跑走了。

三郎一頭霧水地茫然呆立，不知道發生了什麼事，不過他夢寐以求的東西現在正抱在手中，這個事實讓他心臟直跳。

就在三郎急忙想打開盒子時，背後傳來重重的腳步聲，下一秒，三郎的身體懸在空中，背後撞在了樹幹上。

「是剛才的小鬼嗎？」

就在三郎疼痛呻吟時，怒吼聲蓋了他滿頭滿臉，因憤怒而表情扭曲的中年男子，抓著三郎的衣領將他壓在樹幹上，男子的臉倏地靠近腦中一片混亂的三郎。三郎對那張臉有印象，是剛剛在那裡花光零用錢的射擊遊戲攤的店主。

「你竟然敢偷店裡的獎品！」

怒氣沖天的店主讓三郎瑟縮起身體，他馬上就理解狀況了，同年級的少年偷了這盒模型，但卻被店主發現了所以追在他們後頭，於是他們就把東西推給三郎。

明白自己背了黑鍋的三郎拚命想要解釋這是個誤會，自己並沒有偷東西，然而店主咬牙切齒、臉頰整個脹紅的模樣，就像出現在傳說中的紅面獠牙鬼怪一樣，他因此嚇得說不出話來。

「你有心理準備了吧。」店主一手將三郎壓在樹幹上，另一手掄起拳頭。

「不、不是我偷的……」

三郎舌頭打結發不出聲音，店主的拳頭高高舉起。

要被揍了，就在三郎絕望地閉上眼睛時，一陣尖銳的聲音響起。

「住手！」

三郎戰戰兢兢地微微睜開眼睛，一名少女站在稍遠的地方，那是身穿畫著豔麗金魚圖案桃紅色浴衣的少女。

「……南方？」

三郎眨著眼，叫出和他同年級的少女的名字，但是南方聰子並沒有看向三郎，而是盯著店主一步一步前進。

「請放開這位少年。」來到近旁的聰子以嚴肅的聲音說道。

「少囉嗦，沒關係的小鬼去旁邊。」

店主雖然輕蔑地丟下這句話，聲音裡卻夾雜著濃濃的不知所措。聰子完全不懼怕這個體重搞不好至少有自己三倍重的男子，反而往前更進一步。不知是否震懾於不像嬌小少女散發出來的氣勢，店主微微地退了一步。加諸在脖子上的力道放鬆了些，三郎劇烈地咳起來。

「你搞錯了。」

鼻尖被人用手指著的店主稍微往後仰，「我搞錯什麼？」臉上已不見憤怒的表情，甚至還有些不安。

「我看到了整個經過。偷走模型的不是他，是偷走模型的那些男生把模型推給他的，站在那裡的才是真正的小偷。」

聰子原本指著店主的食指轉向樹林裡。三郎轉頭去看，將模型拿給自己的少年們正在一棵大樹的後方觀察著這裡。

他們知道自己被發現了，大喊著「慘了！」連忙逃跑。

「你們！給我站住！」

店主從三郎手中搶走那盒模型，追在少年後頭。

「啊，你懷疑了沒有關係的人應該要道歉！」

聽子對著逐漸消失在樹林中的店主背影憤怒大叫，接著只聽見微弱的「抱歉啦，小弟弟」迴盪在樹林間。

得救了……放下心之後，雙腿也失去了力氣，三郎跪倒在地。

「道歉應該要更有誠意一點吧！」

聽子不滿地嘟囔著，三郎跪在地上抬頭看她。

「為什麼，要幫我……？」

三郎拚命動著還沒恢復靈活度的舌頭問道。在學校也是個耀眼存在的聽子，竟然幫助像自己這種悲慘的存在，令人無法置信。

「什麼為什麼，給你帶來困擾了嗎？不要出手幫忙比較好嗎？」

聽子微微蹙起了形狀漂亮的眉毛，三郎用力搖了搖頭。

「沒這回事，只是為什麼要幫我這種人？」

「這和是誰沒有關係，你因為自己沒做過的事被罵而陷入困境，我只是覺得這種情況我必須出手幫忙罷了。幫助有困難的人不是一件正確的事嗎？」

「正確的事……」

三郎重複著這句話，下一秒，原本黯淡無光的周圍景色好像瞬間亮了起來。

「話說回來，你應該有話要對我說吧？」

愣住的三郎連忙道謝：「謝、謝謝妳。」

「不客氣。」

聽子的臉上花朵般綻開的笑靨，讓三郎移不開視線，原本因恐懼而喪失血色的臉頰越來越燙，他從來沒看過這名同年級的少女露出這麼溫柔的笑容，不僅如此，他甚至覺得自己從沒這麼清楚看過她的臉。

「你要坐到什麼時候？站起來啦。」

聰子伸出手，三郎怯怯地抓住那柔軟的手站起身，臉上的紅潮越來越深。聰子沒有放開三郎的手，開始走了起來。

「咦？要去哪裡啊？」

手被拉著的三郎這麼問，聰子用下巴指了指聳立在盆舞中心的高台。

「我們一起跳吧，盆舞。」

「這個，可是我，因為照顧牛所以很臭……」

「很臭？那個味道是因為幫忙家裡的工作才沾上去的吧？這很了不起呢，你不需要在意啦。」

聰子的鼻尖靠近三郎的脖子。

「而且我並不討厭這股味道喔，這是動物的味道，有活著的感覺的味道。」

三郎為聰子害羞的樣子深深吸引，一句話也接不下去。

原本以為他們住在兩個不同的世界，一直覺得自己被瞧不起所以小心不接近她，不過也許只是這麼認定的自己先築起了一道牆。

「正確的事……」

三郎嘴裡再次咀嚼這句話，和聰子一同加入跳著盆舞的人群中。

開心跳舞的聰子在三郎眼中看起來光彩奪目。

之前那麼渴望的模型，現在也從腦海中消失了。在燈籠的照耀下，三郎和聰子一起跳著舞，感覺自己的未來也被照亮了。

7

三郎一邊彎腰坐在鐵椅上，一邊動來動去地調整屁股的位子。單調無趣又狹窄的房間裡暖氣不是很強，帶著一股涼意。坐骨神經痛的老毛病，從屁股到腳掌傳來一陣發麻般的刺痛。

又來了嗎……三郎看向壓克力板隔開的另一側，重重地嘆了口氣。這裡是位於東京都葛飾區的東京看守所，三郎一個人被晾在會客室等待。

要來這裡，必須在小菅車站下車後再往回走繞一大圈，年輕時不覺得有什麼的這段距離，還是會反應在使用了超過七十年，到處都有些毛病的身體上，尤其是像今天這種冷到骨子裡的日子。

「到底要讓我等到什麼時候啊！」三郎忍不住抱怨。

進入這間房間後已經過了將近十分鐘，他覺得有人在找自己麻煩。不過被找麻煩也是無可奈何的吧，畢竟從這裡的職員角度來看，自己就像是他們生意上的競爭對手一樣。三郎揚起一側嘴角，拿出西裝內袋裡的車票夾，打開摺成兩摺的車票夾，臉上的肌肉便和緩了下來。裡面放著一張照片，是和妻子佃聰子並立的照片，數年前夫妻兩人一起請人拍的。

五十多年前，三郎從當地的高中畢業後，進入了東京的大學，一邊賺取自己的學費，一邊努力讀書考上了律師，然後和國中時代就開始交往的南方聰子，那一天，指引自己走上命定之路的女性結婚。

因為以刑事案件，特別是冤案的辯護官司為主要工作，所以收入絕對稱不上豐厚，但是夫妻兩人互相扶持，也是過著簡樸但是幸福的日子。

不過，這樣的妻子三年前因為乳癌到另外一個世界去了。

聰子直到臨終時都還是很堅強，幾乎沒有說過什麼喪氣話，不僅如此，面對哭著懇求「不要留下我一個人離開」的三郎，甚至微笑著說：「我死了之後，你一定要再婚，因為你一個人什麼也做不了。」

聰子過世時，三郎受到彷彿失去容身之處的失落感所苦，覺得自己存在於這個世界上的理由好像消失了，聰子的葬禮結束之後，他好幾次想要了斷自己的性命，但是年輕時從聰子那裡聽見的那句話，讓三郎打消了念頭。

「幫助有困難的人是一件正確的事……對吧？聰子。」

三郎對著照片裡的聰子說道。在妻子的七七法事過後，三郎變得比以往都更活力充沛地投入工作，他從來沒想過要再婚，因為對自己來說，不可能有比聰子更好的女性了。

膝下無子，親哥哥也已亡故的三郎認為自己的生命什麼時候到盡頭都無所謂，只是在那個世界和心愛的妻子聰子再次見面時，他希望可以挺起胸膛告訴她「我可是鞠躬盡瘁地完成了妳所說的『正確的事』喔」。

所以對現在的三郎而言，工作本身就是活著的理由，燃燒自己的生命，拯救受到不當對待的弱者，他只是不顧一切地不斷做著這件事。

腳上傳來像是電流竄過的疼痛，三郎皺起了臉。

「照這個樣子看來，應該很快就可以去妳那裡了喔，妳再等我一下。」

正當三郎苦笑著看著照片時，響起了門打開的聲音。

終於啊！三郎將車票夾收進懷中，看向壓克力板的另一側。一名身材頎長的男子在職員的陪同下走進房間，雖然年紀說是三十五歲，但也許是垂頭喪氣的關係，看起來像四十多歲，頭髮雜亂無章，下巴上有顯眼的鬍碴，臉部肌肉無力。

高個男子在職員的催促下，隔著壓克力板坐在對面的椅子上，盯著三郎瞧的混濁雙眼讓人想起陳列在魚舖裡的魚。

職員離開了房間，嫌犯和律師的會面他們不能在場，接下來交談的對話，會是僅屬於眼前這個男人和自己之間的秘密。三郎微微傾身向前，視線掃過男子全身，絕不放過他的身體傳達出來的訊息，臀部到大腿之間發麻般的刺痛也在不知不覺間消失了。

「你好，久米隆行先生，我是律師佃三郎。」

三郎筆直地看進高個男子久米隆行的眼睛，隔著壓克力板出示身分證明文件，久米瑟縮地點頭：「你好……」

「我想你已經聽說了，你的支持者委託我替你辯護，我想先聽聽你的說法所以才過來見你。」

「哦，辛苦了，那就麻煩你了。」

久米以三流演員死背台詞的語氣說道。這種態度三郎已經見慣了，除非是擁有強韌精神的人，否則在長時間的拘禁下心神都會逐漸耗弱，而像眼前男子一樣失去情感起伏的案例也不在少數。

還沒辦法進行判斷。三郎盯著久米的臉，舔了舔乾燥的嘴唇。

「請不要誤會，我沒有說已經決定接下你的案子了，我想要先直接和你面對面談一談。」

「要談什麼？」

「當然是談你被起訴的案子。」

三郎看著久米原本呆滯的表情緊張了起來，在腦中回想從資料上讀到的案件梗概。事情發生在大約十個月前，被害人是位於杉並區的啟明大學理工學院的研究生佐竹優香，因為連續兩天沒有出現在打工的地方，打電話也沒人接，擔心她狀況的女性友人便到優香距離石神井公園站步行約十分鐘的公寓找她。

按了門鈴之後沒有人回應，於是友人試著轉動門把，結果門沒有鎖，她提心吊膽地往室內看，發現玄關散亂著鞋子，短廊盡頭的房間裡則有書架倒塌，她斷定發生大事了，進屋裡一看，馬上為自己的決定感到後悔。

大約四坪大的房間就像龍捲風掃過一樣滿目瘡痍，床罩破裂、窗簾被扯下、化妝用品及書四散在地上，而且鏡子摔得粉碎。因為房間裡沒看到優香，所以她接著打開了浴室的門，就在那一瞬間，一股像是戳刺著鼻黏膜的刺激臭味，以及令人喘不過氣的腐臭味形成一道牆撞上她，她劇烈咳嗽，眼睛泛淚，接著躍入她模糊視線裡的，是蓄滿紅黑色液體的浴缸，以及漂浮其中的白色半球狀物體。那是人類的頭蓋骨。

因那惡夢般的景象而陷入恐慌的她爬出屋外，在外廊上不停尖叫，引起附近鄰居的注意而報警，警方接獲通知後趕到現場，這起事件才曝光。

根據鑑識人員的調查，浴缸裡裝滿了強酸液體，遺體的軟組織幾乎都已溶解殆盡，骨骼也受到相當嚴重的腐蝕，經過DNA鑑定，被害人確定是住在該房裡的佐竹優香無誤。雖然遺體嚴重受損難以判明確切死因，但頸部骨骼上隱約留有利刃造成的傷痕，因此推斷為喉嚨遭刺後失血過多致死。

從室內的狀況來看，佐竹優香是被某個人殺害的可能性極高，因此警視廳在石神井署成立專案小組展開調查，而馬上被鎖定為犯罪嫌疑人的，就是優香所屬研究室的講師久米隆行。

依據身邊關係人的證詞，久米與優香曾經交往過，但在案件發生的大概半年前就分手了，不過優香最近找了好幾名研究室的關係人商量，表示久米一直纏著她復合讓她很困擾，加上裝設在公寓大樓的監視攝影機，拍到遺體被發現的三天前夜晚，久米曾進入公寓，待了幾個小時後才出來的畫面，而這段時間剛好也是優香的朋友聯絡不上她的時候，另外，犯案現場的房間裡也採集到久米的指紋及毛髮等物。

根據以上證據，專案小組將久米列為最重要的犯罪嫌疑人，多次請至警局協助調查後，最終以殺人罪嫌逮捕。

一開始久米否認殺害優香，但遭到逮捕之後數日，他做出自白。事發當晚，久米為了想辦法復合而到優香的公寓，但一聽到優香說「你再纏著我我就去報警」便情緒激動，在揍了她好幾拳之後，持刀刺向頸部殺了她。

之後他用事先從研究室帶出的多種藥劑，在浴缸裡製作強酸液體，想要將遺體浸入液體中湮滅證據，可是遺體並不如想像中的那麼容易溶解，於是他因為浴室裡的恐怖景象以及殺了人的恐懼而陷入恐慌，在還沒能完全湮滅證據之前就逃出了公寓，這就是久米的自白內容。在調查過久米所屬的研究室後，的確如他證詞所說的，可以製作強酸的化學藥物被人偷走了。

在東京地方法院審理的裁判員審判中，負責久米案件的公設辯護人，辯護策略不僅是展現被告的反省之意以求酌情減刑，還主張這不符合殺人，應屬傷害致死，因為被告不具殺意，是他在盛怒之下毆打被害人時，被害人拿出防身用的小刀，雙方為搶奪小刀扭打在一起，結果刀子刺進了被害人的頸部。

從資料裡讀到該主張的三郎因震驚與憤怒而感到暈眩，不具殺意的人不可能事先帶好處理遺體用的藥劑。這是對刑事案件沒興趣也沒經驗的律師，基於義務被選上公設辯護人時，典型交差了事的做法。

當然適用於傷害致死的主張馬上就被駁回了。結果因為身上帶著藥劑而被認定為具高度計畫性、想要溶解遺體湮滅證據的冷酷程度，還有主張傷害致死絲毫沒有反省的態度，嚴重影響了裁判員的心證，最後被判處無期徒刑的重罪。

不過如果只是這樣的話三郎並不會對這個案件有興趣，問題在於宣告判決之後，久米對著審判長大喊的內容。

「佐竹不是我殺的！只是律師說認罪就可以獲得緩刑，所以我才照他說的做！」

大聲喊叫引起騷動的久米被法警架出庭外，相關報導中他的這番言行受到嚴厲的批判，認為他已經承認殺人，卻又突然主張自己是冤枉的，行為不自然，也不見反省之意，因此理當獲判重刑。不過擁有多年刑事案件經驗的三郎知道，在同樣的狀況下已經發生了多起冤獄案件。

然後在一審判決過了大約一個月的某一天，有一件事牽起了案件與三郎。那天三郎一如往常來到事務所上班，入口處卻站著一名女性，她一看到三郎便跑上前，像是抓住救命稻草般說道：「我想委託佃律師幫久米隆行辯護！」

三郎將她請進事務所，詢問之下，女性自稱她叫加納環，是久米的朋友，在說著「他是無辜的，請您一定要幫幫他」的同時深深地低下頭，低得髮旋清晰可見。

在環的主張中，案件的相關報導全部都是胡亂捏造的，事實上久米並不是被佐竹優香拋棄的那方，相反地是他提出要分手，所以他沒有殺害優香的理由。久米並不擅長社交，因此很容易遭到誤會，但他性格溫和，絕對做不出傷害他人的事情，他自白的那些內容，只不過是因為受不了嚴酷的審訊，所以就按照別人告訴他的那樣，承認了刑警做的筆錄。她真摯地這麼說著。

當然，三郎不可能這樣就相信環所說的話，她的主張和關係人透露的內容有著天壤之別，再說身邊的人認為「溫和善良」的人，犯下慘不忍睹的殘虐罪行，這種例子三郎知道的可多了。

只不過看了整個事件經過的報導後，三郎也感到有些不對勁，他有預感，替久米這個男人辯護也許是件「正確的事」。

所以三郎對環表示：「我先去見見久米先生吧。」

「那個……關於那件事，具體方面，我該說些什麼才好？」

久米一副快哭出來的表情問道。他應該也知道，如果三郎不願意接受辯護委託，他的未來就沒有希望了。收到無期徒刑的判決之後，久米馬上透過代理律師提出上訴，但是卻完全不見對方為出席高等法院進行二審做準備的跡象。

按照代理律師的指示去做卻依然被判重刑，加上久米在最後突然主張自己是無辜的，導致兩人之間的信賴關係出現了裂痕，在這樣的情況下，即使高等法院開庭審理，也無法做到良好的辯護。

「今天我只有一件事情想問你。」

三郎傾身向前，臉往壓克力板靠近，也許是不敵三郎的氣勢，久米微微地縮了縮身體。

「什麼事……？」

「你有沒有殺害佐竹優香小姐？你有沒有殺了她，然後將她的遺體浸在強酸中溶解？」

丟出直球問句的三郎眼睛眨也不眨地凝視著久米的臉，這是為了不放過浮現在他臉上的任何微小變化。

「我……」久米喘著氣，鬆弛的臉部肌肉越來越用力，「我沒有殺害佐竹！我沒有殺任何人！」

三郎從椅子上半站起身，臉部往前頂，隔著壓克力板，三郎和久米在極近的距離下互相對視。

在一觸即發的緊繃沉默中，雙方都沒有移開視線持續對峙著。

三郎的表情忽地放鬆，站起身往出口走去，背後響起悲痛的「律師！」呼喚聲。

三郎的手搭在門把上，轉身看向雙手貼在壓克力板上的久米。

「我打算下次花久一點的時間問你詳細經過。」

久米半張的口中溢出了「什麼？」的聲音。

「我會接下你的辯護委託。」

三郎揚起嘴角，久米「啊啊」地雙手摀著臉肩膀顫抖了起來。三郎看著他的樣子，抿緊了雙唇。

久米是無辜的，他沒有殺害優香，經過觀察之後三郎這麼相信。

近四十年來，他的生命都投注在實行「正確的事」上，在這些年的歷練下，他已經能夠判斷出對方是否說實話了。

無論使用什麼方法，他都要讓久米獲判無罪，救出這個受到不合理的現實逼迫的男人，這是為了妻子留給他的正義。

三郎離開迴盪著嗚咽聲的會客室，在心裡這麼發誓。

8

「可惡！」

嘴裡咒罵著的三郎抓著日漸稀薄的頭髮。設在屋齡超過三十年的住商混合大樓中的窄小事務所裡，三郎坐在資料堆成小山的辦公桌前，拿下老花眼鏡揉著鼻梁，他一整天都在閱讀檢察官提出來的資料，收穫卻是零。

久米的二審開庭以來已經過了三個月以上，成為代理律師的三郎主張無罪，持續和檢察官全面對決，但是形勢卻極度不利，所有的情況證據都指向久米就是殺害佐竹優香的兇手，而且更糟糕的是，一審中已經完全承認殺人事實了，卻在二審中主張無罪，這對法官的心證有著顯著的不良影響。

雖然規定是採法定證據主義，審判必須根據客觀的證據推斷事實，但是法官也是人，三郎明白心證會大幅左右判決結果。

如果像一審那樣，幾乎完全承認基本的起訴事實，只是在爭論適用殺人或是傷害致死的話，辯護人的工作並不多，只需要在同意檢察官提出來的大部分證據之下爭取減刑即可；但是像這次這樣，全面否認起訴事實，且主張無罪的不認罪官司，律師的負擔便格外沉重，必須仔細斟酌檢察官提出的證據，不同意採用可能有些微缺陷的東西當作證據，並詳細陳述其原因，不僅如此，辯護人還必須自己尋找能夠證明被告無罪的證據提供給法官。

這三個月三郎到處尋找能夠證明久米無罪的證據，數次拜訪久米和佐竹優香所屬的大學研究室，聽取關係人的證詞，也好幾次前往案發現場的公寓；檢察官提出的龐大資料也鉅細靡遺地看了個遍，持續尋找突破點，然而，現在仍沒發現決定性的東西。

沒有找到武器之下，審判一點一點地朝著對檢察官有利的方向進行。

是否該為了避免最糟糕的狀況，稍微著力於爭取酌情減刑？無論自己再怎麼相信被告無罪，也不可能在所有的審判中贏得無罪判決，日本是個一旦起訴之後，便極為罕見宣告無罪判決的國家，身為律師，即使不能贏得無罪判決，也有義務努力爭取對委託人盡可能有利的判決。

最基本的方式是請情狀證人陳述被告的為人，但以久米的情況來說這很困難。久米的父母在他國中時因交通意外去世，之後由外婆扶養長大，但是外婆也在他大學考試失敗，成為重考生時過世。情狀證人大部分都是商請家人擔任，但是孑然一身的久米卻沒辦法做到，再加上之前工作的研究室同事，也因為被害人同為研究室的學生，因此拒絕出庭擔任證人，唯一願意做證的只有久米的朋友，也就是直接來委託三郎辯護的加納環而已。不過她大概也只能拚命陳述久米做為朋友是一位非常溫柔的男性，並不足以讓法官們的心證改觀。

「還有就是這個了嗎……」

三郎從辦公桌上堆成小山的資料中抽出一個資料夾，那是久米的精神鑑定報告書，由於這是以強酸溶解遺體的脫離常軌案件，因此檢察官在起訴前，便為久米做了精神鑑定。接受委託的精神科醫師安排久米住進自己工作的醫院大約兩個月，進行徹底的鑑定，然而結果卻是「雖然多少有抑鬱傾向，但未達到疾病程度，無法認為被告犯罪時處於精神疾病導致判斷能力低下的狀態」，完全認可了久米的責任能力。
要不要請求二次鑑定？……不，不行。
三郎搖搖頭，擔任鑑定的醫生是三郎也認識的優秀鑑定醫師，前幾天他也直接去問過醫師，對方有條有理地說明了久米具有完全的責任能力。這是確實且公平的鑑定，加上是由獲得法官們莫大信賴的醫師花時間進行的鑑定，法院不可能允許二次鑑定。
「不要想些有的沒的，而是要找出證明他無辜的證據。」
三郎再次從小山堆的資料中抽出資料夾打開，令人眼睛為之一亮的美女照片和事發現場的照片一起夾在裡面，那是被害人佐竹優香。
雙眼皮大眼睛、挺立於臉部中心的鼻梁、略微豐厚的雙唇，她的容貌美得不現實。根據關係人所說，佐竹在校內也是個亮眼的存在，因此當她和久米交往時，很多人都大吃一驚，對於原因，她表示是「因為他熱烈追求所以才答應」，但是這和三郎從久米口中聽到的完全不一樣。
什麼才是真的？三郎感到劇烈頭痛，同時回想起久米在會面時說的話。
「那麼，我已經正式成為你的代理人了，從今天起，我會花時間詳細詢問你事情的經過。」
和久米第一次見面後的隔週，三郎完成辯護人交接所需的各種手續之後，再次來到東京看守所會見久米。
「拜託您了。」

久米隔著壓克力板低下頭，臉色看起來比第一次見面時好了一些。

「那就先從你和被害人佐竹優香小姐的關係開始問起。你們從案件發生的一年以前就開始交往是事實沒錯吧？我聽說是你熱烈追求她，死纏爛打她才答應的。」

「嗯，算是吧……」久米的臉上出現了陰影。

「算是吧是什麼意思？」

原本低頭看著腿上資料的三郎抬眼這麼問之後，久米一臉欲言又止的樣子。

「這裡的對話內容絕對不會洩漏出去，所以告訴我你知道的所有一切。如果沒有信賴關係，就無法在法庭上戰鬥，尤其是在這次這種不利的官司上。」

「……我沒有對佐竹死纏爛打。她非常漂亮而且又聰明，我當然對她有好感，但是我一直認為她應該不會把我這種無趣的男人看在眼裡，因為有很多男人都想追她。」

「那你們是怎麼開始交往的？」

「是她來接近我的，像是問我實驗的建議，或是找我協助做報告，類似這樣的事情不斷發生，距離就慢慢縮短了。」

「原來如此……」

三郎交叉雙臂。會不會是優香覺得自己主動接近很丟臉，所以才希望當成是久米追她的？這麼一想就合理了。

「那麼，對於優香小姐為什麼會接近你，你有什麼頭緒嗎？」

「一開始我以為是因為我們際遇相似。」

「際遇相似？」三郎歪著頭。

「是的，我在外婆過世後就沒有親人了，而佐竹在高中母親去世後也沒有了家人，她說和親戚幾乎沒有來往。」

三郎回想資料上記載的佐竹優香的資訊。就像久米所說，她出生於福岡縣，小時候父母就離婚了，是在母女相依為命的家庭中長大，而高中時母親也得了癌症病逝，不過因為母親的娘家經濟狀況很好，她繼承了那些資產，所以生活並不愁吃穿，但是似乎沒有稱得上親近的親戚。

「也就是說相似的兩人因同情而縮短了距離。之後，你們是在什麼情況下走到交往那一步的？」

「那是……去年，研究室聚餐的那一天發生的事。」

久米帶著猶豫地開始說了起來。

「聚餐結束後我正在回家的路上，佐竹打電話給我，她說她喝醉了沒辦法動，希望我去找她，就在我急忙趕到她所說的小公園時，她喝得爛醉倒在長椅上，無計可施之下，我只好招了計程車送她回她家。」

「就是案發現場的那棟公寓吧？」

「……對。」久米的表情變得僵硬，「我扶她進房間，讓她躺在床上以後打算離開時，她突然抱住我，然後……」

「你們就發生男女關係了。」

三郎接下去說道，久米畏畏縮縮地點了點頭。

「那成為情侶之後你們的關係怎麼樣？」

三郎繼續提問，久米無力地搖了搖頭。

「那種關係根本不算是情侶，完全就是……主從關係。」

「主從關係？」

「對，沒錯，從那天起，她的態度就整個變了，開始想要完全支配我……就像對待奴隸一樣。」

「具體來說有什麼樣的要求？」奴隸這個強烈的字眼讓三郎挑起了眉。

「我們沒有在一起的時候，她每隔數十分鐘就會打電話過來，強迫我報告人在哪裡做什麼，儲存在手機裡的女性的聯絡電話也全部被刪除，她不在現場時也禁止我和其他女性交談；如果她找我，就算是三更半夜我也必須馬上趕到她身邊，只要稍微違背她的命令，就會被毫不留情地臭罵一頓，有時候甚至會被打。」

「這……還真是激烈呢。你一直對這樣的她百依百順嗎？」

「我沒辦法反抗，到後來我覺得自己如果被她拋棄，就再也沒有絲毫價值，所以不論多麼不合理的命令我都會拚命做到。現在回想起來，她之所以接近我，是因為我可以讓她隨心所欲地使喚吧。」

「這樣啊。」三郎摸著鬍鬚沒刮乾淨的下巴。身為專門處理刑事案件的律師，已經見過好幾次這種扭曲的男女關係了，如同久米所言，具有支配者素質的人，可以迅速找出對自己言聽計從的對象。

只不過之前見過的案例中，絕大多數的加害人都是支配者，這次則是身為支配者的佐竹優香慘遭殺害，溶化在強酸腐海中。

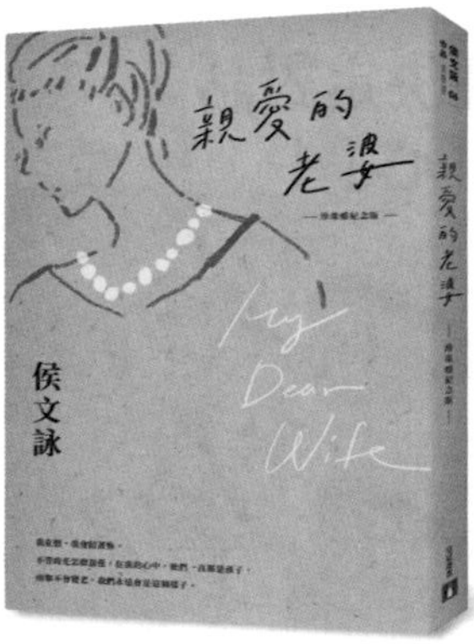

從戀愛走入婚姻，從兩人世界到家庭生活，
侯文詠最雋永的愛情哲學！

親愛的老婆【珍珠婚紀念版】

侯文詠──著

愛情有許多種樣貌，而侯文詠的愛情，是「天長地久」式的喜劇。他用輕快的筆調，寫下和「親愛的老婆」雅麗之間的點點滴滴，從柴米油鹽中的鬥嘴，到「麻醉自己老婆」的荒謬，他們的生活總是充滿著笑聲，而當我們一起重溫這些歷久彌新的「侯式愛情哲學」，也不禁在字裡行間會心微笑，並再次體會歷經時間沉澱後，關於愛情，關於婚姻，關於人生的深邃況味。

愛是股十分強大的「意念」，
能同時讓人改變、歡喜、傷悲、發光。

請代我問候【三毛逝世30週年紀念版】

三毛──著

走過風沙，流浪天涯，不管身在何處，三毛永遠記掛著家裡。她常常寫信給父母，以細水流長的話語，輕聲傳達問候。等她看遍了風景，輾轉回鄉，也經常透過信件，與朋友暢所欲言。一紙紙輕盈的書信，乘載了一份份飽滿的愛。在那些「勿念」與「祝好」之間，寫滿了三毛的情真意切，而在那一聲聲問候裡，也都含藏著三毛對這個世界永不熄滅的熱情。

賭上艾倫菲斯特的未來，斐迪南將面臨最關鍵的抉擇！

小書痴的下剋上

族院的自稱圖書委員VIII

……她除了與新弟弟麥西歐爾見面，到……領主會議留守期間，聆……。國王突如……

皇冠雜誌
808期6月號

特別企畫／古人的現世生存法則

靠鍵盤在網路上打出一片天，或一秒變身熱搜小網紅！你以為這些很摩登的行爲是現代人的專利？錯！其實早在好幾世紀前，古代人早早玩到爛掉啦！

作家書房／朱嘉雯／在世界的每個早晨

我與新生的文章一同吸收到人間新鮮的空氣。是的，每個黎明的時刻，在完成一篇文章之後，我彷彿又回到了人間……

散文小說／范僑芯／劉庭妤／蔣曉薇

范僑芯／美好食光／必須講究的白花椰
劉庭妤／日常片刻／公園裡的老與晴
蔣曉薇／小說嗜讀／炎夏的……

特別推薦／……

就算在法庭上陳述剛才那番話，情勢也不會轉為對我方有利吧，三郎在腦中盤算著，這只會帶來久米再也忍受不了優香的支配，於是在採取反擊殺了她之後，還想要溶解遺體以洩恨的印象罷了。

「但是在事件發生的半年前你就和優香小姐分手了，你是怎麼成功從她的支配中逃離？」

「我每天都被佐竹呼來喚去，自己也很明顯知道整個人耗盡了心神。我明明有自己的研究，卻還接下她研究所全部的報告，而且因為不知道她什麼時候會找我，結果緊張得晚上幾乎睡不著，這時候許久不見的朋友發現我狀況不對，所以聽我說了我的煩惱。」

「那是一位女性嗎？」

「……是。」久米猶豫了一秒後點頭。

三郎的腦海中掠過拚命拜託自己為久米辯護的加納環的影像。

「你不是被禁止和女性交談嗎？」

「是這樣沒錯，但幸虧那個人硬是要我把話說出來，和她談完以後，怎麼說呢……眼前的陰霾一掃而空，就像原本黯淡的世界一下子亮了起來。」

「黯淡的世界一下子……」

夏日祭典的那一天，受到聰子幫助時的畫面在三郎的腦海裡鮮明地活了起來。

「律師，怎麼了嗎……？」

吟味著美好記憶的三郎回過神。

「沒有，沒什麼。你在和那個人談過之後，就下定決心要分手了吧？」
「對，我覺得拖越久會越害怕，所以馬上就去了佐竹的公寓，告訴她我想結束我們的關係。」
「她的反應呢？」
「她很乾脆就答應了，乾脆得讓人鬆了一口氣……我想對她來說，不聽話的我就像壞掉的玩具一樣吧。」
久米的言詞中帶著令人心疼的自虐。
「你知道分手後，她向周圍的人散布說是她甩了你，但是你卻纏著她復合讓她很困擾嗎？」
「我知道。我想是因為佐竹的自尊心不容許別人知道是我提出分手的，既然我都從她那裡逃出來了，也就不在意那一點壞名聲。」
「這樣啊……不過和你分手之後，優香小姐很明顯地變憔悴了吧？」
「對，分手之後我盡可能避免和她接觸，但是我們都在同一間研究室，所以還是見得到面，她的確是一天比一天瘦，臉色也越來越差。」
「會是因為和你分手的關係嗎？」
「我覺得不是。」久米立刻答道，「對她來說，我應該不是那麼重要的人，而且……」
「而且怎麼了？」三郎敏銳地詢問吞吞吐吐的久米。
「那一天我聽她說了，她為什麼感到煩惱。」

「……你說那一天，是佐竹優香小姐被殺的那一天嗎？」
三郎低聲問道，久米緊繃著嘴點頭。
「那麼你差不多該告訴我那一天發生什麼事了吧？分手之後一直避免和優香小姐接觸的你，為什麼會到她的公寓去？」
「……那一天，隔了半年她突然打電話給我，說有事想告訴我。」
久米以沉重的語氣說道。那天晚上佐竹優香的確有打電話找久米過去，這部分警方已經確認過了，根據檢方的劇本，優香是為了和一直跟蹤她的久米做個了斷才找他過去，結果情緒激動的久米卻殺了她。
「為什麼你要去她家？明明好不容易才從她的支配下逃離。」
「我猶豫了很久才接起電話，結果佐竹在電話那頭哭。」
「在哭……」
「對，她斷斷續續抽噎了幾聲，求我幫她，拜託我到公寓去聽她說。」
「然後禁不住哀求的你就去了她的公寓。」
久米表情僵硬地答道：「……對。」
「優香小姐和你說了什麼？」
「她和我商量跟蹤狂的事。」
「跟蹤狂？」
「不過根據其他人的證詞，她似乎對周遭的人說是你在跟蹤她。」
「我沒有跟蹤她，我好不容易才從她身邊逃離，為什麼還要追著她跑啊？跟蹤狂是其他男人。」

三郎凝視著微微搖頭的久米，他的態度還有表情帶著真正的憤怒以及懊悔。三郎搔著太陽穴一邊整理思緒。

「優香小姐遭人跟蹤並為此精神耗弱大概是真的吧，警方獲得的證詞中，也有人表示她最近看起來消瘦不少，不過她卻不知道為了什麼原因而謊稱你在跟蹤她，是這樣沒錯吧。」

「可能她覺得我就算受到那樣對待也不會有半句怨言吧，對她來說，我果然是個徹頭徹尾的工具人。」

「可是她為什麼需要隱瞞跟蹤狂的真面目？」

雙手抱胸苦思的三郎，腦海中出現一個可能性。

「也許跟蹤狂是一個名字不能浮上檯面的人。」

「名字不能浮上檯面？」久米驚訝地反問。

「沒錯，那個人可能是告發之後會引起一陣騷動的人物，所以她沒辦法告訴身邊的人這件事，會不會是無計可施之下，她只好說出你的名字來混淆視聽？」

「引起一陣騷動……您覺得跟蹤她的跟蹤狂會是誰？」

「就我的經驗，大部分是被害人的上司或者是老師。」

久米一臉愕然的表情喃喃自語道：「老師……」

「優香小姐和你所屬的研究室裡，有符合這種條件的人嗎？」

三郎傾身向前這麼問之後，久米顫抖的雙脣慢慢張開。

「副教授，或是……教授。」
「副教授和教授啊……」
三郎接下委任之後，已經去過好幾次大學搜集情報，因此和那兩人都見過面，他回想起兩人的樣貌。
副教授年約四十五歲，教授則是近六十歲，印象中兩人的左手無名指上都戴著戒指。
「事件發生當日，優香小姐有和你說到跟蹤狂的具體狀況嗎？例如誰是跟蹤狂，或是能夠成為線索的事情。」
「沒有，她沒有說太多，只是一邊哭一邊不停重複怪我『都是你的錯事情才會變成這樣』、『你要負起責任』之類的，幾乎沒有提到跟蹤狂是誰，或是她受到什麼樣的騷擾。」
「你的錯？為什麼會是你不對？」
「沒有什麼理由，」久米露出苦笑，「她只要心情不好，就會怪罪於是我的錯，如果我反駁，她就會更加情緒化，所以我每次都是閉嘴忍耐。」
「那你的意思是，事件發生當日，你也被前女友連續責罵了好幾個小時嗎？」
三郎驚訝地問道，久米浮現出令人不忍卒睹的自虐笑容。
「對一般人來說很不可思議吧，不論是警方或是檢方的人都不願意聽我說，但是這是真的，這就是我和佐竹之間的關係。」
「這麼說，你和她長達數小時的談話是怎麼結束的？」

「是她把我趕走的。」久米微微地聳了聳肩，「我一直忍耐著聽她罵我祖宗十八代不還嘴，不過最後她打了我好幾巴掌，大叫『趕快給我滾！』就把我趕走了。」

「她自己找你過去，然後又打你嗎?!」

「她就是這樣的女人，所以我也乖乖地離開她的公寓回家……沒想到在那之後會發生那樣的事。」

久米說完後，會客室陷入凝重的沉默。

三郎輕聲嘆了口氣，一方面是久米和優香的關係讓他覺得反胃，但更多的是想到必須讓法官接受兩人的關係便感到鬱悶。

「你到她房間時，有沒有其他讓你覺得在意的地方？」

三郎疲憊地這麼問，久米在思考了數十秒之後，「啊！」地叫了一聲。

「有一件很奇怪的事，我因為覺得不對勁，就把話題稍微帶到那邊，結果佐竹的表情很明顯地僵住了，所以我那時認為是跟蹤狂做的好事，就沒再繼續問下去了。」

「異常的地方？是什麼事？」

「放在房間角落的那面全身鏡破了，看起來像是被某種堅硬的東西敲過好幾次一樣。」

「鏡子……嗎？」

三郎從桌子上堆積如山的文件裡，抽出一份資料夾打開，裡面夾著遺體被發現之後不久，佐竹優香的公寓照片。就像久米所說的，房間裡的全身鏡碎得很厲害，不僅如此，洗臉檯和浴室的鏡子也嚴重碎裂。

「鏡子帶有什麼意涵嗎？」

他原本以為鏡子是在佐竹優香受到襲擊時，和其他散落一地的家具同時被打破的，但是如果久米所言為真，那就會變成在犯案前只有全身鏡被打破。會不會洗臉檯和浴室的鏡子也是事前就遭到兇手破壞了？也許跟蹤狂在犯案前也曾潛入優香的房間，在那時候先打破鏡子？

如果是這樣的話，跟蹤狂就是優香的熟人，尤其是身分地位比她高的人物可能性較大，所以優香不能阻止跟蹤狂進入房間，也不能去告發對方。

疑問在頭蓋骨內盤旋，頭越來越痛，三郎站起身走向洗手間。

轉開水龍頭，用出水口噴出的水洗臉，冰涼的水多少帶走了一些思考時的混沌，三郎以起了毛球的舊毛巾擦臉後抬起頭，對上了一雙老年男子的眼睛。

「你也老了呢。」

這麼說完，鏡中的自己挖苦般地翹起唇角。

頭髮已經相當稀疏，好像可以一窺頭皮的存在，年輪似地刻下皺紋的臉上有明顯的黑斑，像是在畫著某種地圖一樣。

這麼說來，同年齡的友人不約而同地說過不喜歡照鏡子，因為會被迫清楚看見自己的老態，但是三郎當時完全不明白那種感受。

三郎輕輕伸出手，摸著鏡子上男人臉頰的黑斑，鏡子表面冰冷光滑的觸感傳到了指尖。這些皺紋、這些黑斑，是他度過的歲月的證明，是和心愛的女性一同追求「正確之事」的證明，正因如此，對自己來說年老是一件值得驕傲的事。
兇手會不會是無法忍受看見自己的樣子，所以才破壞了鏡子？這個想法突然浮現在腦海中。即使擁有了地位和家人，還是纏著年輕女性不放，他對自己這種沒出息的樣子感到憤怒，所以才……
如果這就是正確答案，那麼大學的副教授，或是教授就非常符合兇手的形象，要不要徹底調查兩人，找出他們之中某個人跟蹤佐竹優香的證據？
「不，不行。」
思考數秒後，三郎搖了搖頭。那兩人之中的其中一人是跟蹤狂，說到底只不過是個假設，如果這個假設是錯的，那就會白白浪費所剩無幾的時間。
要回到基本面，不需要找出殺害佐竹優香的犯人，只需要提出久米也許不是兇手的「合理懷疑」即可。這次的案件並沒有決定性的物證，只不過是從數個情況證據中做出綜合判斷，來認定久米是兇手罷了。
檢方是費盡心思透過疊加情況證據來舉證，如果可以讓其地基部分產生裂痕，失去支撐的理論就會倒塌，進而贏得勝利。
兩手拍拍臉頰為自己打氣的三郎回到辦公桌前。
佐竹優香居住的公寓安全防護比較鬆散，監視攝影機只有裝在大門口，也就是說，有可能是久米離開案發現場的房間之後，某個人翻過後方的圍牆，利用緊急逃生梯進入優香的房間。
而忽略這種情況，依然定調為久米犯案的原因，正是自白書，因為在警方的訊問中，久米所說的內容與案發現場的狀況完全相符。

警方將詳細記載犯案過程的筆錄推到他面前，執拗地威脅他在上面簽名。一開始他拒絕了，但在承受連日的怒罵，精神開始耗弱之後，他一心只想逃離訊問，於是就簽名了。久米是這麼說的，可是這番說詞裡有一處不尋常的部分。

筆錄上寫著，久米自白「溶解遺體所需的藥劑是從研究室裡拿走的」，幾天後，警方以此為據搜索研究室，查明了危險化學藥劑如證詞所言，是未經許可就被拿走的，也就是說，在訊問當時，知道藥劑被帶出研究室的人應該只有兇手才是。

向久米問過這部分的矛盾之處後，他卻只是無力地說：「不知道，會不會是巧合？」但是筆錄上詳細記載了保管藥劑的地方，實在無法認為只是巧合。

證詞中關於藥劑的部分，被認為是久米「說出了只有兇手知道的事實」，也就是專業術語中所說的「秘密的暴露」，因此判斷自白的可信度極高，再這樣下去，即使主張自白是遭受脅迫而為，大概也會被置之不理吧。所剩時間已經不多了，卻還是找不到能夠推翻這個絕望處境的線索。

有沒有什麼東西、某個能夠將他導向無罪的突破點？

這不該是個沒有獲勝機會的官司才對，這個案件裡還有許多尚未明朗的部分。

首先是兇器，三郎的視線落在夾在資料上的案發現場照片，那個拍了大量血液飛散的浴缸圖片上。頸動脈被利刃劃開而大量出血的優香，應該是在瞬間便失去意識，很快就死亡了。當然兇器上也應該沾附了大量的血液，不過卻沒有清洗或擦拭過兇器的痕跡。

另外玄關外面、緊急逃生梯、後院等公寓所屬範圍內的所有地方都經過徹底調查，也沒有驗出優香的血跡。

因此，可以認為兇器是包在某個東西裡被犯人帶走了，可是經過搜索後，不論是久米的住處或是其他各種地方，目前依然都沒能發現兇器。

究竟是什麼東西割斷了優香的脖子，那樣東西現在又在哪裡？

其他還有一些無法理解的部分。三郎翻開資料，看著貼在上面的照片胃部感到一陣翻騰。那是由上而下拍攝溶解了遺體的浴缸照片，溶化了大量身體組織的強酸腐海中漂浮著白骨的景象實在太過詭異，讓三郎稍微嘔了出來。

白得從紅黑色水面中跳脫出來的半圓球狀，是佐竹優香的後腦骨頭。

三郎一邊平復紊亂的呼吸，一邊凝視著垂在頭蓋骨附近水中的鎖鏈。串著浴缸止水塞的那條鎖鏈就是問題所在之處。

根據資料記載，被強酸腐蝕到一半的那條鎖鏈，複雜地纏在遺體左手腕的骨頭上，或許是為了不讓橡膠製的止水塞溶解後強酸流入下水道中，排水孔以強酸也無法腐蝕的特殊材質塞住。

經過鑑識人員調查，固定浴缸和鎖鏈的部分已經快要脫落了，代表鎖鏈曾被用力拉扯，警方主張是優香逃進浴室後，被兇手強拉著離開時拚命抓住鎖鏈反抗導致，但是三郎卻對這個假設有著異樣的感覺。

為了溶解遺體而準備了強酸，甚至連讓強酸能夠留在浴缸裡的止水塞都想到了的兇手，會想要將被害人帶出浴室嗎？在生活空間處理遺體時，最常使用的就是可以用水洗掉血液等痕跡的浴室了。刻意帶走逃進浴室裡的目標應該沒有什麼好處才是，而且實際上，優香最終還是在浴室內遭到殺害。

三郎繼續翻頁，仔細閱讀司法相驗的結果，由於遺體劣化得厲害，因此上面記載的內容有限，但卻有一點令人在意，遺體的臉部骨骼上有數個骨折處，這大概是被殺害之前遭受兇手殘暴行為所致，尤其是下顎骨到顴骨處嚴重受損，遭到酸液強烈腐蝕，推測這是因為兇手以那附近為主要目標執拗地持續毆打，所以骨頭變得較脆弱的關係。

佐竹優香是一位美麗的女性，兇手的行動裡帶著對那副美貌的強烈憎惡。

這個案件背後果然另有隱情，應該不是久米在癡情的糾纏之下殺了前女友這麼單純的事件，不過該怎麼做才能證明這一點？

就在思考陷入死路裡的三郎胡亂搔著頭髮時，裝設在事務所大門上的郵箱發出蓋子開關的聲響。踩著沉重步伐來到門口的三郎打開郵箱，裡面有一個咖啡色的信封袋，三郎翻到背面查看，上面卻沒有寫寄件人姓名。

這是什麼？回到辦公桌前的三郎打開信封往裡瞧，裡面放著數十張的紙。

有什麼資料是預定今天寄達的嗎？三郎隨意抽出整疊紙張瀏覽，塞滿細小文字的紙張，是以三郎見慣的格式書寫的文件。

一行一行看著文字的三郎眼睛越瞪越大。

丟下信封的三郎雙手緊抓著整疊紙，臉貼了上去。

三郎呼吸紊亂地一頁一頁翻著紙張，十數分鐘後愣愣地仰頭盯著天花板，從張開的嘴裡無意識地吐出一句話。

「是突破點……」

為了贏得無罪判決，為了做出「正確之事」的線索現在正握在手中。

雖然不知道是誰基於什麼目的送來了這種東西，但現在不是考慮這種事情的時候了，在下週開庭的公開審判之前必須先蒐集好情報，能夠翻轉這個絕望境地的重要情報，為此沒有絲毫的猶豫時間。

三郎大動作拿起掛在椅背上的大衣，心臟猛烈地跳動著，熾熱的血液開始流遍全身。

9

「小宮山先生，你在被告被逮捕之後負責他的訊問對吧？」

身穿帶有高級感西裝的檢察官詢問後，站在應訊檯前的男子低聲答道：「對。」

坐在辯護人席上的三郎微低下頭凝視那名肥胖的中年男子。

雖然西裝漿得筆挺，但因為全身都是贅肉，所以看起來很緊繃，從粗壯的眉毛和銳利的眼神，可以看出他是個意志堅定的人。這名叫小宮山浩太的男人，正是讓久米吐出自白的警視廳搜查一課的刑警。

三郎聽著檢察官詢問制式問題，同時看著坐在正前方被告席上的久米，他的背部像老人一樣彎曲，肩膀細微地顫抖著，不知道是因為嚴苛訊問時留下的心靈創傷被喚醒了，又或者是對於自己受到不合理對待而憤怒的關係。

能不能救下這名青年，取決於今天的公開審判，三郎將緊張混雜著呼吸吐出，斜眼看向旁聽席。

美女遭殺害後遺體被強酸溶解的悲慘事件，加上在地方法院宣告判決時被告突然否認犯案，難怪受到社會大眾高度矚目，旁聽席上座無虛席。委託三郎辯護的加納環也在旁聽的人群中，她閉著眼睛，像在祈禱般雙手緊握。

檢察官的制式詰問結束了，審判長對著三郎說：「辯護人進行反詰問。」

好了，該去做「正確的事」了。三郎站起身走向應訊檯。

「小宮山先生，為什麼你會負責被告的訊問呢？」

這麼問之後，小宮山利刃般的尖銳視線射向了三郎。那是充滿敵意的視線，他應該也知道自己接下來會受到猛烈的質問吧。

「是長官指名要我去的。」

「那為什麼長官要指名你去呢？」

「我怎麼會知道長官在想什麼。」

小宮山毫不遲疑地回答，他的態度裡看不出緊張的感覺，三郎在腦海中回想事前調查過的小宮山的資訊。

小宮山浩太，四十六歲，巡查部長。高中畢業進入警視廳，經歷交通警察職務後轉任至新宿署刑事課擔任刑警，在那裡解決了多起案件，功績受到長官青睞，三十五歲就派任到警視廳搜查一課的殺人組，訊問技巧獲得不錯的評價，在多起案件中讓犯人做出自白。

他已經在好幾次的大型法庭中站在應訊檯前，累積不少經驗了吧？做為對手無可挑剔。三郎感受到胸中燃起熊熊的競爭心，開口問道。

「你之前也在各種大型案件中負責訊問，並從犯人嘴裡問出自白，會不會是因為有了這些實績，所以長官也很信任你？」

「嗯，也許是這樣吧。」突然受到吹捧，小宮山的臉上浮現出困惑的表情。

「異議，辯護人的問題和本案無關。」

檢察官馬上提出抗議。一般而言，並不會為了這點小事特地提出抗議，看來檢察官也直覺到這次的公開審判是場重頭戲，因此加強了警戒。

「辯護人請明確表達提問的意圖。」審判長裁示。

「不好意思，那麼我換個問題。檢方提出的被告自白筆錄，真的是被告親口說出來的內容嗎？」

「……這是什麼意思？」小宮山的音調裡參雜了強烈的警戒意味。

「被告主張自白全部都是胡亂編造的，是你寫好對己方有利的筆錄之後，要求被告在上面簽名。」

脹紅了臉的小宮山開口正想反駁時，三郎搶在他之前繼續接下去。

「只要被告拒絕，你就用力敲打桌子或牆壁，或是用腳踢被告坐的椅子並口出惡言，『老子知道是你做的！』『你以為可以騙過條子的眼睛嗎！』『快點認罪，你這個殺人兇手！』『你再不認罪就會被判死刑！』等等。」

三郎像是舞台劇演員一樣，揮舞著誇張的手勢和身體動作大聲說道。

「異議！」檢察官猛地站起來，「辯護人的主張是毫無根據的誹謗與中傷。」

「抗議有理由，辯護人請避免挑釁式的言行舉止。」

審判長以嚴肅的表情警告。「失禮了。」三郎一邊道歉，一邊淺淺地笑了。

這樣就可以拿下審判的主導權了。三郎知道法官並不喜歡剛剛那種戲劇化的行為，但是今天特別有必要誇大演出，因為坐在旁聽席的群眾，尤其是媒體相關人員最喜歡戲劇性的審判劇了，他們透過媒體流出去的訊息會傳遍整個日本，進而漸漸轉變成輿論的波濤。要對付討厭被指責為背離一般社會常識的法院，輿論可是一大武器。

好啦，磅礴大戲已經開幕了，三郎舔舔嘴唇。

「那麼我換個問題。小宮山先生，你是否曾經脅迫被告做出自白？」

「……沒有。」儘管臉是脹紅的，小宮山仍淡定回答。

「你過去從來沒有在訊問時對嫌疑人惡言相向，或是施加暴力嗎？」

「沒有。」

「你是否曾經先在筆錄上寫下了對檢警有利的事發經過，然後強制讓嫌疑人簽名？」

「沒有。」

「被告的筆錄上寫著他事先從研究室偷出藥劑，然後用該藥劑在被害人住處的浴缸裡製作強酸，所以警方根據這份陳述搜索研究室，並發現藥劑的確如證詞所述出現短少，我說得有錯嗎？」

「……沒有錯。」

三郎沒有漏看小宮山臉頰的肌肉產生了些微的痙攣。
「我再確認一次，你在從被告嘴裡聽見之前，並不知道製作強酸的藥劑是從哪裡拿出來的對吧？」
重複問題之後，檢察官第三次大喊，「異議！問題重複。」
「異議有理由。」審判長說，「辯護人請明確表達提問的意圖。」
「我瞭解了，那麼審判長，我方請求准許在螢幕上播放之後會提出為證據的DVD。」
三郎恭敬地低下頭，審判長的臉上浮現疑惑的神色。
「這是必要的內容嗎？」
「是，只要看過這份影像之後，剛才提問的意圖就會變得很明確。」
「……知道了，准許使用螢幕。」
「謝謝。」三郎低頭道謝後，操作放在辯護人席上的筆記型電腦，將DVD的影片播放到螢幕上。
旁聽席傳來竊竊私語，他們的心中想必對即將開始的表演充滿了期待吧。現場氣氛逐漸升溫，三郎感受到了效果，在這個空間裡的每一個人，都一步一步地受到由他撰寫劇本的大戲所吸引。
螢幕畫面上出現一名男子，是名穿著骯髒白袍，畏畏縮縮游移視線的年輕男子。
『請說出你的姓名和所屬單位。』三郎的聲音從喇叭中傳出。
『我是啟明大學理工學院的研究生山田光次。』男子低垂著眼囁嚅著說出名字。

這是前天三郎使用攝影機拍攝的影像，影像訊息遠比文字或語言更能激發出強烈的情感，在這次這種劇場式的法庭上是強而有力的武器。

『因為去年發生的殺人案而被起訴的久米，以及被害人佐竹優香和你屬於同一個研究室對嗎？』

影像中山田微微點頭。

『你所屬的研究室主要從事什麼樣的研究？』

『我們的專長是無機化學，尤其是我的研究，是在組成加入矽元素的新物質，這個只要成功，工業用……』

一改先前緊張不安的語氣，山田開始連珠炮滔滔不絕地說起話來，三郎出聲打斷他：『我明白了。』

『做研究時會使用到各種不同的藥劑吧？其中是不是也有危險藥物？』

『對，當然有。強烈的酸性物質或鹼性物質一旦接觸到人體會很危險，而且我們也有像是氰化物這種具有強烈毒性的物質。』

『這些藥劑可以輕易偷拿走嗎？』

『沒這回事，』山田拔高了聲音，『這些都放在上鎖的櫃子裡保管。』

『櫃子的鑰匙在誰那裡？』

『研究室的成員每個人都有。』山田聳聳肩。

『也就是說，只要是研究室的成員，無論是誰都可以打開櫃子拿走藥劑嗎？』

『沒錯，不過危險藥物每一次使用都要登記，並且會定期確認使用量和剩餘量是否相符。』

『在佐竹小姐的事件發生前後，是由誰進行這項確認？』

三郎詢問的聲音響起之後，螢幕中的山田低下了頭。

『……是我。』

旁聽席的嘈雜聲變得更大聲了。

『這樣子啊，那麼我們換一個話題。正式紀錄中記載，在警方搜索過研究室之後，才發現紀錄和藥劑的剩餘量不符，這點有錯嗎？在警方提出來之前，你都沒有發現藥劑數量比紀錄上寫的還要少嗎？』

三郎的聲音從喇叭裡傳出來，山田只是低著頭沒有回答。

『怎麼樣呢？你在警方搜索研究室之前，都沒有發現藥劑被拿走了嗎？』

『……我有發現。』

山田的音量聲若蚊蚋，旁聽席的騷動則是一口氣爆發。審判長大聲喊著：

「安靜！」

『你是什麼時候發現藥劑數量不足的呢？』三郎的聲音淡淡地繼續提問。

『……在知道佐竹同學被殺之前大約一個星期。我在進行每週一次的確認時，發現有幾項藥劑數量不足。』

『這件事你沒有向師長報告嗎？』

『我那時候想大概是我算錯了，不然就是有人用了藥劑卻忘了登記，所以覺得之後再去確認就好了。』

『但是你卻沒有去確認。』

三郎迅速接在後頭說完，山田無力地點頭。

『論文繳交期限快到了，我手上有很多事要做，不知不覺間就忘了這件事，然後過沒多久知道佐竹同學被殺，研究室陷入一片混亂，所以……』

『之後久米先生遭到逮捕，警方依照他的自白搜索研究室，於是藥劑短少這件事就曝光了。那麼，接下來我要詢問一個重要的問題，請仔細聽好了，在警方搜索之前，除了你以外還有其他人知道藥劑短少嗎？』

山田的視線在游移，『有沒有？』三郎的聲音催促他回答。

『……有。』

旁聽席再次出現一陣騷動，法官又一次叫著「安靜！」讓他們靜下來。

『那個人是誰？』

山田做了幾次深呼吸之後，才像是下定決心一樣開口。

『是警察。案件發生之後來問話的刑警問我「殺人案發生之前有沒有出現什麼奇怪的事情，任何事都可以」，所以我就說了藥劑的事。』

『那時候刑警有什麼反應？』

『感覺像是聽過就算了，那時候我還不知道佐竹同學的遺體……被強酸溶解了，所以根本沒想過藥劑減少和殺人案會有關係，沒想到竟然是我們研究室的藥把佐竹同學……』

山田摀著嘴巴，像是快要吐出來了一樣。

『這是最後一個問題了，你還記得聽你說到藥劑短少的那名刑警的名字嗎？』
山田的手離開嘴邊，壓抑著聲音說道。
『嗯，我記得……他的名字叫做小宮山。』
螢幕轉暗，旁聽席爆出蜂窩遭到搗毀般的大騷動，審判長大聲喊了好幾次「安靜！請安靜！」。過了數十秒旁聽席終於靜下來之後，三郎轉向血氣盡失、臉色蒼白，站著不動的小宮山。
「真是怪了呢，小宮山先生，剛才你的證詞不是說被告自白之後，你才知道藥劑是從研究室拿走的嗎？但是事實上，你卻是在搜查剛開始之際，被告遭到逮捕之前，就聽說了藥劑短少的事。」
小宮山像是想要反駁些什麼似地張開嘴，但在那之前檢察官便已急忙出聲。
「異議，剛才的影片是在什麼樣的情況下拍攝的，這些細節都不清楚，沒有做為證據的價值。」
「不論拍攝情況怎麼樣，他的主張都很明確。另外，出現在影片裡的山田同學已經答應，如果有需要的話可以從下一次的審理開始前來作證，我想，針對他所說的內容向證人提問並無任何不妥。」
犀利地反駁之後，檢察官繃著臉默然不語。
「異議無理由，辯護人請繼續詰問。」
獲得審判長許可的三郎揚起脣角，小宮山的表情越來越僵硬。
「小宮山先生，請你回答，為什麼你早早就知道研究室的藥劑短少，並察覺該藥劑可能被用來溶解被害人的遺體，結果卻一直默不作聲呢？」

「……我忘記曾經向影片裡的人問過話了。」

小宮山以像是從喉嚨深處擠出來的聲音回答。

「忘記了啊！」三郎以誇張的動作大大地張開雙臂，「你說忘記，代表你聽他說過藥劑短少的這些內容是事實囉？」

自覺失言的小宮山冷酷的臉上出現了動搖。

「的確……好像有聽過，只是我的記憶已經模糊……」

「小宮山先生，你是一名刑警對吧？而且還是天下第一的警視廳搜查一課的刑警，你會犯下這麼低級的失誤嗎？經驗豐富的刑警應該都明白，不知道會從哪個微不足道的情報中發現解決案件的線索，因此才會寫下所有偵查的內容，不是這樣嗎？」

「每個人都有自己的做法……」

三郎的臉湊上含糊其辭的小宮山面前，小宮山的身體微微往後縮。

「比起這麼辛苦的辯解，真相應該更單純吧？你從山田同學那裡知道藥劑的事以後，認為這條情報往後派得上用場，所以沒有向專案小組報告。之後你負責訊問遭到逮捕的被告，於是便寫好內容為『從研究室裡偷走藥劑，然後用該藥劑溶解遺體』的筆錄，並強迫被告在上面簽名，這麼一來，就可以創造出『秘密的暴露』，我有說錯嗎？」

語帶挑釁地問完之後，檢察官再次大喊，「異議！辯護人的主張是基於不負責任的推測，沒有任何根據。」

「異議有理由，辯護人請注意不要基於臆測做出主張。」

受到審判長警告的三郎浮現出從容的笑臉低下頭。

「非常抱歉，我一時太興奮了。那麼，小宮山先生，雖然無法斷言你是否記得，不過至少在你訊問被告之前，已經從研究生那裡得知藥劑短少這件事是個事實，這麼一來，關於藥劑的部分就不再是『秘密的暴露』了，也就是說，自白的可信度無可避免地會受到懷疑，你明白吧？」

小宮山緊閉著嘴巴，一動也不動。

「無法回答嗎？那麼我換個問題。你有沒有威脅被告，讓他在你做的己方有利的筆錄上簽名？自白的內容是不是全部都是你胡亂捏造的？你過去是不是每次都這麼做，強迫嫌疑人自白？」

「不是！我沒有這麼做！」

「你沒有這麼做？意思是你從來沒有脅迫嫌疑人要求他們做出自白嗎？從以前到現在一次都沒有過嗎？」

「當然沒有！我從來沒有利用脅迫得到自白過！」

小宮山這麼大叫的瞬間，三郎揚起脣角微笑。小宮山，以及隔著一小段距離的檢察官臉都繃了起來。

「審判長，還請准許下一份證據和剛才一樣播放到螢幕上。」

對於三郎的請求，審判長立刻答道：「准許播放。」三郎再次操作筆記型電腦，螢幕畫面上出現一名坐在沙發上的中年男子，小宮山從喉嚨裡發出呻吟般的聲音。

『請說出你的姓名和年齡。』

喇叭裡傳出三郎的聲音。男子膽怯地將視線轉向正面，用難以聽聞的音量開始說話。

『山本純平……四十二歲……』

『那麼我們馬上進入正題，你還記得刑警小宮山這個人嗎？』

一聽到三郎的問題，自稱為山本的男子身體便劇烈地顫抖。

『……是，我還記得，他是十二年前負責訊問我的刑警。』

『你是因為什麼罪嫌而接受訊問？』

『傷害罪，我在便利商店打了其他男人……然後就被逮捕了。』

『你為什麼要打那個人？』

『因為我覺得他在說我的壞話，可是我拜託他不要再說了，他卻完全不閉嘴，我一直可以聽見說我壞話的聲音……然後我陷入恐慌，等到我回過神……已經打了那個人。』

『被逮捕之後，是接受那時候還在新宿署的刑警小宮山的訊問嗎？』

山本微微點頭。

『訊問時小宮山刑警是什麼樣子？』

『他完全不聽我說話，只是一味地認定我在說謊，好幾次大吼大叫要我在「因為心情不爽所以打人，打誰都沒關係」的筆錄上簽名，我如果說不要，他就會敲桌子，或是踢椅子腳，甚至還甩我巴掌。』

『你因為受不了這些對待，就在筆錄上簽名了，是這樣吧？』

『對，沒錯，那個刑警很過分……真的很過分。』

『謝謝你的協助。』

三郎的聲音從喇叭裡傳出的同時，影像也中斷了。法庭上一片寂靜，彷彿人潮皆已散去，接著嘈雜的巨浪瞬間湧上。

審判長拚命喊著「安靜！」，這陣騷動卻在數十秒之後才平息。

「小宮山先生，你還記得剛才畫面中的山本先生嗎？他說他受到你的強迫而做出自白，這是怎麼回事？」

原本愣愣地盯著轉暗的螢幕的小宮山，像是關節生鏽了一樣，以僵硬的動作轉動脖子看向三郎，嘴裡唸著：「不是……不是這樣的……」

「不是這樣？你說什麼東西不是這樣？」

「山本、那個男人腦袋有問題！他因為這樣才獲得不起訴處分，所以剛才那些也是，全部都是胡言亂語……」

「腦袋有問題?!這句話該不會是指山本先生患有精神疾病吧？你對於受到疾病折磨的人，都是使用這種歧視性的措辭嗎？」

三郎發自內心地感到憤怒出言糾正之後，小宮山支支吾吾說道：「不是，我沒有這個意……」

「異議！辯護人的問題和本案沒有任何關係。」

三郎銳利的眼神射向大喊出聲的檢察官。

「這個問題是為了確認證人的人格，既然嫌疑人的自白有受到脅迫的可能，那麼確認負責訊問者的人格就是件合理的事。」

「異議無理由，辯護人請繼續詰問。」

審判長蘊含著威嚴的聲音說道，檢察官咬著脣坐回椅子上。

「這個……我並沒有瞧不起精神疾病患者的意思……」

小宮山縮起蓄滿大量贅肉的身體，用難以聽清楚的音量囁嚅著。

「只是，那個男人……山本先生的精神不太穩定，會不會是誤會了什麼……」

「他在服藥過後精神狀態很穩定，現在也有工作，還是你想說只要過去曾經罹患精神疾病，即使現在處於這樣穩定的狀態，他的話也不具證據能力？」

「我不是這個意思……只是就算現在很穩定，如果在我訊問時是錯亂的……」

「原來如此，」三郎聳了聳肩，「你的意思是山本先生的證詞是妄想對吧，認為只有他一個人的證詞不夠充分。」

看見小宮山含糊地點頭後，三郎的鼻子哼了聲。

「長崎大樹、家永亮、關順太郎……」

小宮山的笑容隨著三郎唸出的名單漸漸僵在臉上。

「你還記得嗎？這三個人。」

小宮山張開了顫抖的雙脣，但卻沒有任何一句話從脣間溢出。三郎大動作轉身，巡視著旁聽席。

「我剛剛列舉的那三個人，都接受過小宮山刑警的訊問，雖然無法取得他們同意拍攝影片，但是三人都有提供書面文件，內容證明他們受到小宮山刑警威脅式的訊問，被強迫寫下違背本意的自白。」

那麼，該來個最後收尾了。三郎重新集中精神，再次轉向小宮山。

「四個人，不，加上被告是五個人，有五個人都做出了相同內容的證詞，說他們的自白是受你所迫，這樣你還要繼續主張是誤會嗎？」

小宮山垂在身側用力緊握的雙拳開始顫抖了起來。

就差最後一擊了，這麼確信的三郎以手掌拍著應訊檯，小宮山的身體大大地抖了一下。

「你就承認吧！如果你不承認的話，山本先生和其他三人會出庭作證。已經結束了，你要為自己過去所做的卑劣行為道歉！」

三郎口沫橫飛大聲怒吼之後，小宮山抬起低垂著的頭，他的臉上浮現出宛如般若的表情，以充滿血絲的眼睛瞪著三郎，三郎咬緊牙根，承受住眼前巨漢的壓迫。

「卑劣……？」小宮山發出有如從地底響起的聲音，「你說我卑劣？」

「沒錯，你是個為了自己的功勞，而不斷做出身為員警不該有的行為的卑劣之徒。」

眼角餘光瞥見檢察官慌張站起身，不過已經太遲了。

「開什麼玩笑！那些傢伙全部都是罪犯，他們明明都是犯人，卻有可能沒辦法把他們關進牢裡，所以我才會扮黑臉讓他們坦承罪行！我可是挺身而出在保護市民！」

讓人感到鼓膜疼痛的咆哮聲往全身席捲而來的下一秒，三郎揚起滿臉笑容微微地握了握拳。小宮山一臉突然回過神的表情，原本脹紅的臉瞬間血色盡失。

「沒有，不是這樣的……我剛剛是不小心說溜嘴……」

小宮山求救似地看著檢察官，但檢察官只是以一隻手摀住臉。

「沒有其他問題了！」

高聲宣告的三郎走回辯護人席，途中與驚訝地張著嘴的久米對上眼睛，三郎揚起一邊的嘴角之後，久米連忙深深地低下頭，低得幾乎可以看見髮旋。

帶著溫暖的滿足感回到辯護人席的三郎，從西裝內袋裡拿出車票夾。

「總算是完成『正確的事』了呢。」

三郎看著與妻子合照的照片，小聲說道。

——辛苦了。

照片中的妻子似乎微笑著這麼說。

10

「宣告判決，主文，撤銷原判決，被告無罪！」

審判長的聲音迴盪在法庭中，旁聽席一陣譁然，審判長宏亮地宣讀判決理由，其內容強烈批判了警方及檢方草率的偵查。

審判長的長篇宣告聽在位於辯護人席的三郎耳裡，彷彿優雅的古典音樂般悅耳動人，回過神時，聽著判決的久米正看向這裡，從他的眼裡源源不絕地湧出淚水。

三郎用力點頭後，久米雙手摀著臉肩膀開始顫動。

抬起沉重的眼瞼，布滿顯眼汙漬的天花板飛入眼簾，三郎揉著疲憊的眼睛看著掛鐘，指針指向超過十點的位置。

「已經這個時間了啊……」

三郎搖搖沉重的頭，從放倒椅背的皮革座椅上站起身，也許是以奇怪的姿勢躺了三個小時以上，往後伸展僵硬的背部時，脊椎發出了軋吱聲。

眼前辦公桌上堆積如山的資料讓三郎重重嘆了一口氣，從傍晚就開始整理資料，但似乎在不知不覺間睡著了。

雖然希望好歹雇一名行政職來整理文件，但因為專門接不賺錢的刑事案件，所以經濟並不寬裕，只好自己整理這些龐大的資料了。

「不過沒想到又夢到那時候的事了呢。」

三郎抓著手邊的資料露出苦笑。自久米獲得無罪判決以來已經過了近三個月，但是聽到審判長說「被告無罪！」一時的快感，現在仍能像昨天才剛發生的事一樣回想起來。

讓粗暴的刑警和檢察官啞口無言，翻轉一盤敗局，以後大概不會再有這麼稱心如意的辯護了，每次想起那場官司，心中便洋溢著溫暖的滿足感。

檢察官當然立刻就上訴到最高法院，但是在高等法院已經那樣醜態畢露了，於是上訴毫無疑問地被駁回，確定無罪。高等法院判決後，同時在輿論的推波助瀾下，久米很快就獲得釋放，只是難以繼續待在原本的大學研究室，因此決定另覓新職。

雖然得到無罪判決，但久米並沒有因此回到原本的生活，只要沒有逮捕到真正殺害佐竹優香的兇手，「真的是無罪嗎？」的懷疑目光就會持續投向久米。

不過那兩個人一定可以克服吧。三郎想起久米獲釋後，帶著環慎重地前來道謝時的事，嘴角便綻放出笑容。來到事務所的兩人身影就像新婚夫妻一樣，三郎為久米打氣，說到「接下來可能會很辛苦，不過你要加油喔」的時候，久米看著環，很有自信地說：「不會有問題的，因為有她在支持著我。」

和佐竹優香交往時，被當成奴隸般對待而消磨心神的久米，在經過一番迂迴曲折後，終於遇見能夠共度一生的最佳伴侶了吧。

對我來說，就像亡妻那樣的存在……

胸口感到些微的疼痛，三郎再度開始整理資料。讓久米無罪釋放之後，立刻有辯護委託找上門，其中大部分都是主張冤案的案子。

三郎仔細審視了所有的委託案，並與嫌疑人見面，但是能夠確定嫌疑人絕對清白、接下辯護是一件「正確之事」的案件卻極為稀少。

就這樣東忙西忙，每天都過著沒有閒暇的日子之下，資料四處堆成了一座座小山，三郎心想著這樣會妨礙到工作，於是幾個小時前開始清掃事務所，但也許是累積了許多疲勞，本來坐在椅子上想稍微休息一下，結果好像就睡著了。

「看來今晚是整理不完了……」

三郎碎唸著，將已結案的資料塞進紙箱時，突然停下了動作，手上拿著的一疊紙是將小宮山逼到走投無路的公開審判前幾天，有人匿名送來的文件。猶豫了一會兒，三郎再次坐到椅子上，小心地移動放在眼前的資料山以避免崩塌，清出一個空間之後，將手裡的資料放在那裡。

那是檢方的偵查資料，每一份都是時任新宿署刑警的小宮山在完成訊問移送給檢方後，嫌疑人控訴自己遭到威嚇才因而被迫做出自白。當這份絕對不可外流的資料送來時，三郎很確定，這是能夠贏得無罪判決唯一的武器。決定攻下小宮山的三郎，首先和資料上記載的所有嫌疑人會面，取得關於違法訊問的證詞，在三郎用這種方式拿到小宮山以強迫的手段得到自白的證據之後，接著開始徹底調查他為什麼事前就知道研究室的藥劑被偷，最後獲得研究生山田的證詞。

「多虧有了這個才能獲勝……」三郎摸著資料。

不知道是誰送來這份資料，不過可以猜想得到，大概是與偵查有關的關係人之一吧，知道小宮山違法手段的那個人，一定是在明知這麼做有極大風險，也要順從自己的良心送這份資料過來。

胸懷相同「正義」的同伴，三郎對於真面目不明的送件人抱持著這樣的想法。

「謝謝你，因為有你才能完成『正確的事』。」

三郎嘴裡感謝著連名字都不知道的那位人物，同時慎重地將資料放入紙箱深處。

在只有時鐘的指針喀喀作響的事務所裡，三郎安靜地不停整理，當辦公桌上的資料大約有一半都塞進紙箱之後，三郎搓揉著疼痛的腰際吐出一口氣。

是誰殺了佐竹優香？這個疑問突然掠過腦海，原本以為是教授或副教授這兩人其中之一犯案的可能性較高，但這是正確的嗎？不但不知道兇器藏到哪裡去了，也不知道遺體的手腕上為什麼會纏著鎖鏈。

三郎瞪著空中十數秒，輕輕搖搖頭不再思考。不可能想出答案的，找出事件的真相是偵查機關的工作，我要集中精神在我的工作上。

拯救清白者的美好工作上。

還有很多資料，要是再繼續拖拖拉拉可就要熬夜了。正當三郎打算再次動手時，放在辦公桌上的電話突然響了起來。

是誰啊，都這個時間了？三郎轉動脖子拿起了話筒。

「您好，佃法律事務所。」

『……喂。』

低沉模糊的聲音傳來，是曾經聽過的聲音，三郎馬上就察覺到對方是誰。

「久米嗎？」

『……對，是我。很抱歉，佃律師……在這種時間。』

「沒關係不用介意，有什麼事嗎？最高法院那邊什麼都還沒決定喔。」

消沉的聲音讓三郎有不好的預感，於是他努力開朗地說。

『不，不是那件事。其實……有一件事我一定要告訴您。』

「告訴我？究竟是什麼事？」

三郎兩手抓著話筒詢問，久米微弱的聲音像在自言自語般說道。

『……殺人了。』

三郎覺得室溫似乎急遽下降，冰水般的冷汗從全身汗腺滲出來。
「你剛剛……說什麼……？」聲音乾澀沙啞，上下排牙齒發出喀喀喀的聲音。
『我今天，殺人了……對不起。』
「今天?!」三郎懷疑自己的耳朵，「我不懂你的意思，你到底殺了誰?!」
『一名中年男子，我想新聞馬上就會報了，我要去躲起來，只是在那之前，我覺得必須先向您道歉……之前您那麼幫助我，對不起。』
三郎察覺電話即將被掛斷，因而焦躁了起來。
「等一下，先不要掛電話，到底發生什麼事了你說清楚。」
三郎著急地說，但卻得不到回覆。
「拜託你了，久米，你說話啊，算我求你……」
三郎拚命地請求之後，蚊蚋般的聲音振動了鼓膜。
『還有最後一件事……殺害佐竹的人……也是我……』
這句話說完，電話就斷線了。從手中掉落的話筒發出清脆的聲音撞擊地板。
視線在旋轉，三郎趕快伸手抓住椅背，但椅子卻承受不住身體的重量，連椅帶人一起翻倒在地，倒在地上的三郎用失焦的雙眼盯著不停旋轉的天花板。
——殺害佐竹的人……也是我……
久米最後所說的話在耳邊反覆迴盪著。
「我只是……想要做『正確的事』……」
三郎用力閉緊眼睛，和浮現眼簾的妻子說話，但是她卻不像往常一樣溫柔地對三郎微笑。

不久後，心愛妻子的影像融化般消失在黑暗中。

隔天，如久米所說，發現了被殺害的中年男性遺體，數天後久米以重要參考人的身分遭到通緝。被殺的是名叫[redacted]的五十多歲男性。

現場似乎留有久米殺害該名男性的確切物證。

三郎向警方告知了久米曾經和自己聯絡的事，那通電話中他承認他殺害了該名男性和佐竹優香，前來製作筆錄的刑警們始終以不友善的態度聽三郎說話，臨走之際還吐了這麼一句話來。

「就是因為某個人把殺人魔放回社會上，才會有人被殺，他都不覺得自己該負責任嗎？」

不用說，三郎當然覺得自己該負責任，而且已經快被沉重得脊椎幾乎要斷裂的責任給壓垮了。

一直以來他貫徹的應該是「正確的事」才對，可是卻因為這樣而出現了犧牲者。

三郎相信久米的清白，看著他的表情還有眼睛，三郎有絕對的自信他是無辜的，但是，他卻殺了佐竹優香。

會不會以往他相信對方的清白而贏得無罪判決的那些眾多委託者，其實也都是犯罪者？自己會不會都在解放一些為社會帶來危害的存在？

過去穩據人生基本原則的「正確性」，如今已經崩毀，三郎不知道自己該怎麼活下去。以往閉上眼睛，總能夠回想起心愛的妻子，但是自從接到久米電話的那晚之後，她的身影不再映於眼簾。

自己的人生毫無意義，不，不僅如此，還是個「惡」，這樣的想法開始苛責著三郎，夜裡不成眠，做什麼都提不起勁，就算閱讀工作上的資料，也只是眼睛滑過印刷字體，無法讀進腦中，甚至站在車站月台邊時，忽然會出現有一股要被鐵軌吸過去的感覺。

認識的專家看不下去三郎這個樣子，幫他做了診斷，是強烈壓力導致的憂鬱症，幸虧該位專家竭盡所能地治療，三郎總算是勉強放棄了自我了斷。

但是自從聽完久米的告白後，一直有一片黯淡的薄膜隔在現實和自我之間，那片膜緊黏著全身的不愉快感受不曾消失。

隨著案件的偵查進展，三郎更冒出了可怕的疑問。

久米是[redacted]年前[redacted]東京引發[redacted]的可能性[redacted]。

遊樂園[redacted]震驚社會[redacted]少年[redacted]放出來[redacted]。

該怎麼贖罪[redacted]苦惱[redacted]醫生[redacted]找了出[redacted]。

所以三郎[redacted]去見[redacted]那裡有年輕[redacted]她[redacted]，四人[redacted]。

被吸[redacted]這樣就[redacted]可以見面[redacted]。

11

「呀啊啊啊——！」

我發出布匹撕裂般的尖叫，手放開柵欄，像被彈開一樣往後踉蹌著跌落在地，雙手抱著頭身體蜷縮成一團，彷彿不這麼做，身體就會支離破碎進而崩壞。體內的細胞在尖叫，不明所以的恐懼像漣漪般來來回回擴散到全身。

「愛衣，妳沒事吧?!」

庫庫魯跑到我身邊，但我沒有回答的餘力。

喘氣般呼吸的我不經意看向自己的手，再次尖叫出聲。從白袍的袖子裡伸出來的雙手正在慢慢變色，變成像是溶解佐竹優香小姐遺體的那種強酸的，紅黑色。

不，不只是手，我用變了色的手摸摸脖子，指間傳來溼潤的觸感，如同摸著腐敗柑橘的觸感，讓我反射性地收回了手。

全身開始融化，再這樣下去，就會像積在那個浴缸裡的不祥液體一樣腐爛。正當絕望侵蝕著我的心時，有個柔軟的東西包覆住我融化到一半的頭。

「沒事的，」溫柔的聲音搔著我的鼓膜，「不用怕，有我在身邊妳不用擔心任何事，因為我一定會保護妳。」

庫庫魯伸長抱著我的頭的耳朵，圍繞住我全身，從庫庫魯的耳朵碰到的部分開始，像是薄膜下注滿黏質液體的皮膚，漸漸恢復原本的顏色與質感。我閉上眼睛，將自己交給宛如包覆在天鵝絨布料中的舒服感受，侵蝕全身的恐懼漸漸淡去，這時候，強烈的既視感忽然襲來，以前我也有過相同的經驗，但是我卻想不起來那是什麼時候發生的事。

「看來妳平靜下來了呢。」

庫庫魯收回耳朵，我還有些迷戀那柔軟的感覺，戰戰兢兢地摸著自己的臉頰，有彈性的皮膚回彈我的指尖。

「嗯，跟原本一樣，果然女孩子就是要好好保養肌膚。」

庫庫魯一邊以輕快的口吻說著，同時向我眨眼，「謝謝。」我打從心底向牠道謝。

「我可是妳的庫庫魯，幫助妳是理所當然的事。比起這個，剛剛發生什麼事了，讓妳變成那樣？妳在佃三郎的記憶中遇到什麼特別可怕的經歷嗎？」

「的確是很可怕……」

遺體溶解在浴缸裡的景象確實是很可怕，但是在飛鳥小姐的記憶裡看到的，父親突然說著令人摸不著頭緒的話，然後讓飛機墜落的景象應該也是一件震驚程度不相上下的事。

但是這一次，卻有遠比窺看飛鳥小姐的記憶時更加強烈的拒絕反應襲來，那是讓我全身幾乎都要融化了的強烈拒絕反應，究竟是為什麼？

我反覆咀嚼著佃先生的記憶，一邊探索他的記憶。最後的部分，在知道久米是殺人兇手以後，佃先生的記憶突然開始出現雜訊，與此同時，強烈的痛苦襲來，於是我就被彈了出來。沒能看清楚的部分，一定有什麼重要的情報在裡面，想到這裡的我，突然抬起頭，因為混亂差點都忘了，佃先生的記憶裡有一位我知道的人物登場，一位非常重要的人物。

「加納環小姐也在裡面！」

我大聲說道，「什麼？」庫庫魯驚訝地反問。

「我是說佃先生的記憶裡出現了環小姐，佃先生和環小姐彼此認識。」

「什麼？等一下喔，我記得加納環是……」

「沒錯，是ILS的病患。」我興奮地快速說道。

我負責的另一名ILS病患，那個人正是加納環小姐。

「同時發病的四名ILS患者之間果然有關聯，飛鳥小姐和佃先生的記憶裡出現雜訊而看不見的部分，那裡一定有線索。」

「等、等一下啦，妳突然這麼說，我還搞不清楚什麼是什麼……」

在我面前晃著雙耳的庫庫魯說著「總之呢」，便跳上了我的肩膀。

「就讓我來看看佃三郎的記憶長什麼樣子。」

庫庫魯閉上一雙大眼睛，額頭貼著我的太陽穴，十幾秒後，庫庫魯張開眼睛大大地嘆了口氣。

「原來如此，因佃三郎的辯護而獲得無罪判決的男人的友人……應該說是戀人吧，就是加納環啊。」

「對吧，知道一件不得了的事了吧。」

「這麼一來，加納環的瑪布伊衰弱的原因就很清楚了呢。」

『沒有……殺害……優香。』
我倒吸了一口氣，靠近牢籠。
「沒有殺害優香小姐，妳是這麼說的嗎？意思是，殺害優香小姐的人不是久米嗎？」
我拚命地詢問，但是女孩失焦的眼神只是看著這邊，一動也不動。
「拜託妳回答我，妳知道些什麼事嗎?!」
我死命地問著，但卻不再聽見任何聲音。
「就說不能太勉強了，畢竟這個庫庫魯衰弱得簡直隨時會消失，如果已經得到了什麼線索，就必須以此為基礎由妳自己思考。」
被庫庫魯這麼一開導，我便拚命地動著腦筋。久米真的沒有殺害優香小姐嗎？這樣的話，為什麼還要打電話給佃先生，向他自白罪行呢？
不管怎麼樣，我該思考的是佐竹優香小姐的案件，如果在那個案件裡久米不是兇手的話，佃先生的瑪布伊一定可以恢復力量。
我閉上眼睛，死命回想在佃先生的記憶中看到的事發現場。
腦海裡浮現出紅黑色的液體漩渦緩慢旋轉的浴缸。
久米不是兇手，這真的有可能嗎？久米向佃先生說他殺了佐竹優香小姐，且各式各樣的情況證據都顯示了久米就是殺害優香小姐的兇手，然而不知道為什麼，我卻覺得佃先生的庫庫魯告訴我的才是真相。在我聽見佃先生的庫庫魯的聲音時，不只是言語，還有某種像是感情碎片的東西進到我的體內。

不過就算久米真的不是犯人好了，為什倗先生的庫庫魯會知道這件事？庫庫魯應該是映照出瑪布伊，有如鏡子一般的存在，那麼，倗先生的庫庫魯知道他不知道的事情實在是很奇怪……疑問一個一個湧上，神經迴路都快短路了。

感到頭部一陣鈍痛的我壓著額頭。大腦的處理速度明顯變慢了，自從被倗先生的記憶彈出後，我的頭就像頭蓋骨裡面被灌滿了鉛液一樣沉重。

「妳還好嗎，愛衣？」

我的視線落在腳邊一臉擔心地問我的庫庫魯。

「我問你，你說過庫庫魯是映照出瑪布伊，像是鏡子一樣的存在對吧？」

「……嗯，是啊。」庫庫魯點頭，但牠的語氣裡卻有著莫名的含糊。

「但是飛鳥小姐的庫庫魯卻告訴我她自己應該不知道的事，所以我才能順利拯救她。吶，庫庫魯真的只是瑪布伊的分身這麼簡單嗎？」

我彎下身臉湊向庫庫魯，結果庫庫魯微微地飄移了視線，看到牠那個樣子我就確定了，庫庫魯隱瞞了某些事情。

「你要是知道一些什麼就告訴我啊，為什麼庫庫魯們會知道連當事人都不知道的事？你有什麼事瞞著我嗎？」

我緊張地等待答案。夢幻世界裡我唯一的同伴庫庫魯，一直以來都是我的依靠，如今牠的真面目越來越模糊，這讓我感到強烈的不安。庫庫魯以長耳朵搔了搔臉頰。

「如果倗三郎的庫庫魯告訴妳久米不是兇手的話，那一定就是真相。」

「為什麼你可以說得這麼篤定？回答我的問題，你在隱瞞什麼？」

「……現在還太早了。」

庫庫魯像在自言自語般地說道，「太早？」我反問牠。

「沒錯，還太早了，等到那個時候真的來臨我會全部告訴妳，所以妳再稍等一下吧。」

「這根本算不上什麼解釋！『那個時候』是什麼時候？你究竟是誰?!」

庫庫魯揚起單側嘴角，露出像是苦笑的表情。第一次對眼前的兔耳貓感到恐懼的我往後退了一步。

自從潛入夢幻世界之後，我一直都是依賴庫庫魯，完全相信牠，但是仔細一想，我對庫庫魯的事一無所知，只不過是囫圇吞下牠自己說出來的解釋，並且深信牠是自己的夥伴。

這隻兔耳貓，會不會在可愛的面具下有著邪惡的真實面貌呢？內心發芽的懷疑，在吸收了名為恐懼的養分之後，逐漸成長為一棵大樹。

庫庫魯大大地嘆了一口氣，像翅膀一樣拍動雙耳往上浮升到我臉部的高度，那雙圓滾滾的眼睛裡，映照出我僵硬的臉。

「愛衣，」庫庫魯以極盡溫柔的聲音對我說道，「我的確是有些事還沒和妳說，但是請妳至少相信這一點，我是妳的夥伴，為了妳我可以做任何事，只要是為了保護妳，我很樂意獻上自己的生命，因為對我來說，妳是勝過世上一切的寶物。」

不知道為什麼，恐怖、不安、疑惑……黑色的情感一口氣消失了，胸口深處越來越溫暖。

「再等一下，等妳做好接受的準備以後，我就會說出我所知的一切，在那之前，妳願意繼續等待嗎？」

庫庫魯瞇起眼睛，我無意識地「嗯」地點頭。

「好了，那我們回到原來的話題吧。」

庫庫魯合起雙耳，因為不再拍動耳朵，所以身體便往下掉落。

「久米沒有殺害優香，佃三郎的庫庫魯是這麼說的吧。」

庫庫魯的身體著地，吸收了衝擊的肉球發出「砰！」的聲音。

「雖然那道聲音只是隱隱約約地在腦中響起……不過也許是我多心了……」

「不，不是妳多心了，那毫無疑問是佃三郎的庫庫魯傳來的訊息。不過連那麼微弱的聲音都聽得見，愛衣妳做為猶他成長了非常多呢，畢竟比起片桐飛鳥那時候，佃三郎的庫庫魯裡含有的那個成分可是相當稀少啊。」

「那個成分？」

我歪著頭，庫庫魯揮著雙耳：「啊，我在自言自語。」便含糊帶過去了。

「那，聽見那道聲音以後，妳有什麼感覺？」

「什麼感覺……總覺得久米……久米先生不是兇手。」

「那麼久米果然不是兇手。」

面前的庫庫魯豪爽地說，我皺起眉：「不要隨便亂說。」

「我才不是隨便亂說，」庫庫魯不滿地動了動鼻子，「身為猶他的愛衣，接收到來自佃三郎的庫庫魯的訊息，然後本能地感覺到那是真的，這就代表那是千真萬確的真相，妳要相信自己。」

「就算你這麼說……」

「那妳不要相信自己，相信我說的話吧，總之久米沒有殺害優香，妳要讓佃三郎的瑪布伊接受這件事，這樣這個詭異的夢幻世界才會崩毀，讓佃三郎的瑪布伊獲得解放。」

「那真正殺了優香小姐的兇手是誰？為什麼久米先生要打電話和佃先生說他殺了人？不只是優香小姐，中年男性的被害人也不是久米先生殺害的嗎？」

在我提出一連串的疑問後，震撼內臟的低沉聲音迴盪在空間中，關在無數牢房裡的無臉人，朝著我們扯開喉嚨發出嘶吼聲。

無臉人們開始配合節奏搖動柵欄，金屬互相碰撞，撞擊聲交織成了一首陰森森的交響曲凌遲著精神。

庫庫魯一臉警戒，壓低身體，棉花般的尾巴膨了起來。

「沒有時間想這想那了。久米沒有殺害優香，只要證明這件事就夠了，不，不需要完整證明，只要讓佃三郎的瑪布伊接受自己沒有做錯就可以了，這麼一來，這個夢幻世界一定會崩塌。」

「那該怎麼讓他接受？」

「所以說思考該怎麼做是猶他的工作啊，回想一下妳剛才在佃三郎的記憶中看見的畫面，還有佃三郎的庫庫魯告訴妳的事，那裡面一定有線索才是。」

庫庫魯維持戰鬥姿勢飛快地說道。「我、我知道了。」我閉上眼睛，雙手貼在太陽穴上拚命地轉動腦筋。

布滿血汙的浴室中，注滿強酸的浴缸裡漂浮著化為白骨的遺體，令人毛骨悚然的景象閃過腦海，我強忍著翻騰上湧的作嘔感不停思考。

割開優香小姐脖子的兇器消失到哪裡去了？

為什麼遺體要用強酸溶解？

為什麼遺體的手腕上會纏著鎖鏈？

為什麼鏡子是碎裂的？

假如久米先生不是兇手的話，到底是誰、為了什麼原因而殺害優香小姐呢？

兇手究竟是誰？

疑問在腦海裡緩緩地、黏稠地形成漩渦，就像來到這個夢幻世界時，在浴缸裡旋轉的紅黑色液體一樣。這時候，我感覺到腦內迸出了火花，我愣愣地張開口，全身僵硬。

「兇手……」

嘴裡流洩而出的喃喃自語被無臉人們的嘶吼以及柵欄的碰撞聲掩蓋。噪音環繞下，在佃先生的記憶中看見的各種事實，在我的腦海裡有生命地拼湊起來，浮現出一個假設。這種事真的有可能嗎？我問著自己，然而越去思考，越是確信這個假設就是真相。

「妳知道什麼了嗎？」

我向隱含著緊張提問的庫庫魯點點頭，朝著黑暗盤踞的上方大聲喊道。

「佃先生，請聽我說！你並沒有做錯，久米先生真的沒有殺害優香小姐！」

聲音迴盪的黑暗中，我細細地吐氣等待回應，下一秒，眼前出現半圓形的木框，下方裝置了細長的棒狀木柱。

「應訊檯……？」

在外國的法庭戲中經常可見、作證時站立的地方，不知何時起，我站在了那個地方。摸著位於腰際的木框，我忽地抬起頭，關著無臉人的牢房前方，出現了一排稍微高起的座位，那是法官們坐的法官席，而正中間，審判長的位置上，一名老人正低頭坐著。

「佃先生！」

我大聲叫道。穿著法袍坐在那裡的正是佃三郎，他緩緩地抬起頭，凹陷的雙眼看向這邊，比起記憶中看到的樣貌，他看起來更老了，肌膚乾燥皸裂，腰部向前彎曲，不知道是不是錯覺，總覺得頭髮也變少了。他的表情呆滯，不見喜怒，但是看向這裡的眼神銳利，目光炯炯有神。

佃先生拿起放在席位上、外國法庭中也經常看見的木槌，氣勢恢宏地往下一敲，沉重的巨響震盪著空氣。

「現在開始開庭！」

聽見佃先生威武的宣告之後，我終於理解整個狀況了。

這是一場審判，夢幻世界裡的審判，如果可以在這裡說服佃先生，就能夠拯救他的瑪布伊。我舔了舔嘴溼潤乾燥的口腔之後開口說道。

「請聽我說，久米先生沒有殺害優香小姐，您並不是將殺人魔放回社會上。」

「這不可能！久米自己說了，他說他是殺人兇手，他說他殺了佐竹優香。」

佃先生再次敲響木槌，像是在呼應他似地，法官席後方聳立的無數牢房裡關押的無臉人們，哐啷哐啷地搖響柵欄。在那樣的壓迫下出現瞬間膽怯的我，握緊拳頭大叫。

「異議！只靠自白並不能成為證據！」

「什麼？」佃先生皺起了眉頭。

「光靠被告的自白應該不足以判定他有罪，更何況透過電話說出的自白，並不能得知久米先生是在什麼樣的情況下說出那些話，這不能成為久米先生就是殺人兇手的確切證據。」

佃先生握著木槌，沉默地瞪著我，不久後，佃先生將木槌放回桌上。

「異議有理由。只靠自白確實無法斷定被告就是兇手，不過……」

佃先生微低下頭。

「警方已經找出幾項久米就是殺人兇手的確切證據了，我也確認過，那些都是毫無疑問的證據，這該怎麼解釋？」

「是關於優香小姐的案件嗎？」

我反問之後，佃先生低聲問道：「這是什麼意思？」

「我是指，您所說的證據，是久米先生殺害優香小姐的證據嗎？」

「……不，不是。」一陣沉默之後，佃先生搖了搖頭，「是他在獲釋後，殺害中年男性的證據。」

「那就和本案無關了。」

「無關？」佃先生驚訝地反問。

「是的，無關。我在這裡想證明的，只有久米先生沒有殺害優香小姐這件事，獲釋之後發生的事和現在沒有關係。」

說完這句話我緊張地等待佃先生的反應。關於中年男性遭到殺害一事，就算看過佃先生的記憶也幾乎沒有獲得什麼資訊，因此要在這件事上證明久米先生不是兇手實在是不可能。

再次拿起木槌的佃先生猛力揮下木槌，巨大的聲響震撼了五臟六腑。

「久米是否殺害了中年男性，是與他的人格息息相關的重要因素，沒有辦法抛開這點進行議論！」

面對憤怒大吼的佃先生，我從腹部深處大聲喊回去：「異議！就算久米是殺人犯，為了他沒做過的罪行受罰也是不對的！」

「……這是什麼意思？」佃先生微微地傾身向前。

「久米先生明明殺了優香小姐，卻因為自己的辯護而獲判無罪，因為自己做了『錯誤的事』讓他被釋放，結果出現了新的犧牲者，您是這麼想的對吧？」

「唔嗯，沒錯……」佃先生帶著遲疑地點頭。

「那麼，我再問一個問題。是否就算殺害優香小姐的人不是久米先生，您也認為法庭應該判他有罪呢？因為即使他是冤枉的，只要久米受到有罪判決的話，之後的中年男性就不會被殺了。」

佃先生再次一臉厲色沉默不語，他背後聳立的牢房中關押的無臉人們像在催討答案一般搖響柵欄。

「……不，我不這麼認為。」佃先生的嘴裡溢出融入了濃濃苦惱的聲音，「無論被告是多麼罪大惡極的人，都不應該因為他沒有犯下的罪行而受到制裁。」

「即使那是為了防止他未來犯罪也不可以……對吧？」

我再次確認，佃先生僵硬地點頭。

「那麼，既然久米先生沒有殺害優香小姐，您替他辯護並贏得無罪判決的行為，就是『正確的事』了吧。」

在我說出「正確的事」瞬間，佃先生的表情出現了強烈的動搖。

「怎麼樣呢？佃先生，請回答我！」

我再次詢問之後，佃先生慢慢地張開他乾裂的雙唇。

「唔嗯，那是『正確的事』……」

在關押於牢房的無數無臉人同時發出抗議般的怪叫聲中，我小聲說道：「很好！」這樣就看得到勝算了。

「佃先生，在這裡接受審判的人是誰？」

「接受審判的人？」佃先生露出困惑的神色。

「是的，這裡是法庭，那麼就應該有接受審判的人，也就是被告。」

「那是……」

佃先生的視線游移，彷彿在求助一般，我筆直地指向佃先生。

「那就是您，佃三郎先生。」

「我……？」

「沒錯，您沒有辦法原諒讓久米先生獲判無罪的自己，所以才會責怪自己進而心神耗弱。」

結果就是瑪布伊衰弱到會被他人吸走的程度。

「佃先生，這個法庭是您自己創造出來的。」

由衰弱的瑪布伊創造出來的夢幻法庭。

「在這裡，您身為法官，身為檢察官，同時也是被告。」

在我這麼宣言的同時，坐在審判長席位的佃先生忽然消失了蹤影，我急忙環顧四周，不知道什麼時候開始，正面左側的空間出現了一張桌子，是無人的檢察官席。

我繼續轉動脖子，在看見正面右側之後，我抿緊了嘴唇。那裡放了一張簡單的椅子，佃先生駝著背坐在被告席上，並且身穿早期的外國電影中，囚犯穿著的條紋犯人服，仔細一看，他的手腳上還掛著鋼鐵製的手鐐腳銬。

佃先生緩慢地抬起頭，虛無的眼神看著我。

「那麼，律師是誰……？誰會為我進行辯護……？」

「是我！」我挺起胸膛回答，「我會證明你做的是『正確之事』。」

「妳嗎……？」

就在佃先生愣愣地說著時，身體傳來一陣緊繃的感覺，我驚訝地低頭一看，不知不覺間白袍消失了，我的身體正包覆在緊身的褲裝西裝中，這是律師的正式服裝吧。

「很適合妳喔，很帥氣嘛。」

正當我輕輕瞪了一眼在腳邊調侃我的庫庫魯時，響起了敲擊木槌的聲音，我回過神抬起頭，穿著法袍手拿木槌的佃先生回到了審判長席上，仔細一看，身穿黑色西裝的佃先生一臉嚴肅地坐在檢察官席上。

「現在開始重新開庭！」法官的佃先生高聲宣告。

法官、檢察官，以及被告，由三位佃先生以及身為律師的我組成的法庭開始了。

「被告請往前！」

收到法官指令的被告站起身，掛上鐐銬的雙腳拖著走上前，我稍微移開讓出地方之後，被告站在應訊檯前抬頭看著法官。

「被告佃三郎，你替身為殺人兇手的久米進行辯護，藉由詭辯讓他得到無罪判決，這個結果造成獲釋的久米犯下另一起殺人案，這件事有說錯的地方嗎？」

面對法官的責問，被告縮起了身體。

「不知道……我不知道……」

「你怎麼會不知道！」

原本坐在檢察官席上的檢察官佃先生激動地喊著，同時走向前來。

「你自己不就親耳聽見久米說了嗎？他就是兇手的自白。你認為久米是清白的判斷是錯的，你做出了『錯誤的事』。」

檢察官粗暴地敲著應訊檯的木框，看來這個夢幻世界裡的審判並不是依照現實世界的規則在進行，對於不具審判詳細知識的我來說真是謝天謝地。

「異議！」

我大聲喊完，檢察官皺起眉頭：「幹嘛？」

「還不確定久米先生就是殺人兇手。」

「久米打電話給我，說人是他殺的，他當然就是兇手。」

「只靠自白應該不能當成證據。」

我將剛才說過的話重複一次。

「您並不知道他是在什麼樣的情況下打電話的，也許在電話的另一頭，有人威脅他做出自白也說不定。」

「不，那個語氣不是受人逼迫的語氣，那是自發性的犯罪告白不會錯。」

「那是您的主觀，無法成為客觀證據。」

我和檢察官隔著應訊檯視線互相碰撞。

「異議有理由，請檢察官基於證據發言。」

法官敲響木槌，檢察官輕輕地嘖了一聲。

「至少關於獲釋後的殺人案有確切的證據，因為這個男人將久米放回社會，才害得有人被殺這點沒有錯。」

「確切的證據是什麼？」

我這麼問，但檢察官只是反覆說著：「確切的證據就是確切的證據。」

「異議，檢方不說明那是什麼樣的證據我方無法判斷。」

我提出抗議後，法官卻大聲說出「異議無理由」，意料之外的答案讓我懷疑起自己的耳朵。

「那是一項確切的證據，請律師以此為前提進行辯護。」

「看來佃三郎心中似乎非常相信那項證據是正確的證據，針對這點提出異議應該沒有用，我們必須從其他地方進攻。」

對於庫庫魯的建議，我點點頭：「知道了。」便抬頭看著法官。

「那項證據是久米獲釋後的殺人案的證據對吧，關於優香小姐的案件，應該沒有久米先生就是兇手的確切證據。」

「……久米也自白了佐竹優香是他殺的，可以推測兩起殺人案都是久米犯下的罪行。」

「僅憑推測無法判定有罪，而且本庭是在爭論在優香小姐的案件中，讓久米先生獲判無罪這件事是否正確，也就是說，我們該關注的是優香小姐遭到殺害的案件，和獲釋後的案件沒有關係。」

「有關係！展現出久米的人格是很重要的事！」

檢察官口沫橫飛地大叫，法官敲了好幾下木槌。

「請雙方冷靜。檢察官請將議論重點擺在佐竹優香被害案上。」

「……是。」臉色難看地點頭的檢察官再次轉向應訊檯的被告，「你證明了久米的自白是以違法的訊問手段取得，而讓那個男人無罪獲釋，但是情況證據全部指向久米就是殺害佐竹優香的兇手，這點你承認嗎？」

「……情況證據的確是如此，不過……沒有確切證據證明他就是兇手。」

被告回答的聲音小聲得難以聽清楚。

「有了那麼多的情況證據，一般不是都會認為久米就是兇手嗎？難道你不是在明知那個男人就是兇手的情況下，還裝作沒有發現而替他進行辯護嗎？」

「不是！那時候我相信他是清白的。和他談過之後，我的經驗讓我確定他是無辜的。」

「經驗？確定？」檢察官哼了哼，「你的經驗可靠嗎？會不會你以前也將犯罪者放回了社會上？你現在還相信久米是無辜的嗎？」

「這個……」被告為之語塞，垂下了頭。

「久米先生是無辜的！」

我插話之後，檢察官誇張地聳了聳肩。

「為什麼妳這麼篤定？所有的情況證據可都顯示那個男人就是兇手喔。」

「您說的情況，證據是什麼？具體來說，為什麼您可以推斷久米先生就是兇手呢？」

「案件發生的那天晚上，久米去了佐竹優香的屋裡，並且停留了幾個小時；女方曾經向周圍的人說久米跟蹤她；久米所屬的研究室裡，用來製作強酸的藥劑被拿走了。」

「就這樣嗎？」

「什麼就這樣……」檢察官的眉間刻下了皺摺。

「那麼問題來了，如果久米先生是兇手的話，為什麼不等到最後將遺體全部溶解？為什麼在遺體完全消失之前就離開犯案現場了呢？」
「……因為他忍受不了遺體逐漸溶解的恐怖景象吧。」
「他都準備周到地事先帶了藥劑過去，為什麼還會粗心大意被大門口的監視攝影機拍到呢？」
「……因為犯罪者有時候會採取不合理的舉動。」
「所有的鏡子都碎裂了又是為什麼？不僅是浴室，洗臉檯的鏡子和房間的全身鏡也都碎得很徹底，難道您想說久米先生和優香小姐在那些地方都發生過肢體衝突嗎？」
檢察官眉間的皺摺越來越深。
「為什麼遺體的手腕上會纏著鎖鏈呢？兇器消失到哪裡去了？為什麼優香小姐的臉部骨骼有好幾處骨折？為什麼有需要這樣痛毆臉部？」
「啊～少囉嗦！」檢察官大手一揮，手指直指我的鼻尖。
「妳也該夠了吧，說了一堆那麼瑣碎的事！難道妳想說妳知道兇手是誰了嗎?!還有誰比久米更可疑妳倒是說說看啊！」
「檢察官請冷靜！」
法官的斥責飛來，檢察官不滿地嘟囔了句：「失禮了。」
「辯護人請回答問題，妳有確切的證據證明，久米以外的人物是這起案件的兇手嗎？」
法官凹陷的眼睛牢牢地盯著我，我在反覆幾次深呼吸之後回答。
「我沒有確切證據，只有一個假設，如果是這項假設，這起事件裡所有無法理解的地方全部都可以獲得解釋。」

三位佃先生眼睛瞪得老大，關押在法官席後方牢房裡的無臉人們怪叫聲變得更大聲了。

「那是久米不是兇手的假設嗎？」法官以探詢的口吻問道。

「是的，沒錯。引發這起事件的人不是久米先生。」

「那是誰?!」被告抓著應訊檯的木框探出身體，「究竟是誰殺了佐竹優香？是研究室的教授嗎？還是副教授？」

「不，都不是。」

「那兇手到底是誰?!」

三名佃先生異口同聲道。

法官、檢察官，還有被告。我依序迎向三名佃先生的視線之後開口。

「根本沒有兇手，優香小姐是自殺的。」

12

「自殺?!」

三名佃先生瞠目結舌，再次異口同聲，而無臉人們像是要呼應他們一般，用力地搖晃柵欄。

「妳錯了！從現場的狀況來看不可能是自殺！」

我朝著面露青筋大叫的檢察官聳聳肩：「沒有這回事。」

「事發當晚，優香小姐打電話叫久米先生去她家，這件事警方也確認過了吧？」

「……電話的確是打了，但是不是叫他去她家就不知道了。」

「她的確有找他過去，就像久米先生和您說的一樣，而且和他商量了幾個小時不存在的跟蹤狂遭遇之後，就將他趕出去了。」

「為什麼需要這麼做？」

「很簡單呀，因為想要讓久米先生看起來像是兇手一樣。優香小姐先向周圍的人提到被久米先生跟蹤，然後事先從研究室裡偷走製作強酸的藥劑，這一切也都是為了創造出久米先生就是兇手的情況證據。」

我站在說不出話來的佃先生們身邊，看著法官席後方聳立的牢房之牆，無臉人們不停搖晃的柵欄看起來已經有些鬆脫了，我必須快一點。

「為什麼……要讓久米看起來像是兇手……？她有什麼恨意……？」

被告的佃先生呻吟似地說著。

「這還用說嗎？當然是因為久米先生拋棄她。」

「可是根據久米的說法，她很快就同意分手了……」

「優香小姐是一位自尊心極高的女性，這樣的她拉不下臉請求原本像奴隸一樣使喚的久米先生不要分手，對優香小姐來說，除了以毫不留戀的態度分手之外，她別無選擇。」

「妳的意思是她其實餘情未了嗎？」

「我想餘情未了這個詞並不正確。」我搖搖頭，「我認為她的內心對久米先生已經幾乎沒有任何留戀了，只是完全無法原諒由久米先生提出分手，因為能夠和自己交往，能夠服侍自己，對久米先生來說應該要是至高無上的喜悅才對。」

「就算是這樣，犧牲自己的生命來陷害久米成為殺人犯，這也太不像話了，正常人的想法怎麼可能想得出這種事！」

檢察官脹紅著臉發出怒吼，我斜眼視線瞥向他。

「如果不是正常人的想法呢？」

「什麼？」檢察官皺起眉。

「周圍的人不是說過這樣的證詞嗎？和久米先生分手之後她越來越憔悴，那不是演出來的，也不是因為被跟蹤，而是因為被久米先生拋棄了，她的內心也跟著失衡。」

「妳是指和久米分手是足以讓內心崩壞的衝擊嗎？」

法官低聲問道，我微微點頭。

「我想優香小姐的精神原本就不穩定，是透過治療勉強保持內心的安定，只是和久米先生分手這件事，讓這個平衡一口氣傾斜了。」

「治療？」檢察官皺起眉頭，「沒有資料顯示她接受過治療啊，周圍也沒有人提過這件事。」

「這是當然的，因為對她來說，絕對不希望讓別人知道她接受過治療以及疾病的事，所以周圍的人不可能知道。」

「疾病?!這不可能。」檢察官搖著頭，「佐竹優香的健康狀況沒有問題，去大學進行偵查時，也問過了關於健康檢查的結果，但對方回覆沒有異常。」

「那是健康檢查沒有辦法發現的疾病，極難發現，難以治療，但卻會持續折磨病患，是個性質惡劣的疾病，她就是罹患了這種病。」

「為什麼妳會知道這種事？妳又沒有見過優香小姐。」

我筆直地看著檢察官流露出不信任感的眼睛。

「因為我是醫生。徹底碎裂的鏡子、遭到強酸溶解的遺體、手腕上纏繞的鎖鏈、消失的兇器，以及……美麗的被害人，在身為醫師的我的眼裡，這一切全都在昭告優香小姐罹患了某種疾病。」

就在檢察官面露滿是敵意的表情打算反駁時，法官用力地敲響木槌：「安靜！」就連牢房中躁動吵嚷的無臉人們，也在瞬間停止動作靜了下來。

「妳認為她生的是什麼病？」

寂靜籠罩的空間裡，審判長沉穩地詢問，我一字一句說出那個疾病的名稱。

「身體臆形症，這就是折磨優香小姐的疾病。」

「身體……臆形……？」

我向生硬地唸著的被告點頭。

「是的，身體臆形症，又稱為身體畸形恐懼症的精神疾病，被認為是強迫症的一種，病患相信自己的外貌醜陋且困在這個想法中，因而對日常生活產生障礙。」

「醜陋？妳在說什麼啊，佐竹優香的外表在任何人看來都是漂亮的啊！」

甚至被逼到打破住家裡所有的鏡子。」
「妳說鏡子是她自己打破的?!」法官驚呼一聲。
「是的，沒錯，在案件發生之前，房間裡的鏡子早就被全部打破了，被無法忍受鏡子裡映照出自己身影的優香小姐本人。」
趁著佃先生們說不出話來，我一步一步逼近案件的核心。
「不斷掙扎的優香小姐，內心湧現了對某個人的憤怒，那個造成身體臆形症再次發作的人物，久米先生。隨著時間過去，那股憤怒越來越濃烈且成熟，最後她下定決心，要向他復仇，並且從痛苦中解脫。」
「自殺之後，再把罪名嫁禍給久米……」
「沒錯。」我向啞著聲說道的被告點頭。
「為了布置成看起來是遭到久米先生殺害，優香小姐很仔細地做了準備，她向周遭的人透露久米先生跟蹤她，然後從研究室裡偷出製作強酸的藥劑，這對和久米先生屬於同一個研究室的她來說很簡單。最後她終於開始實施計畫，她在電話裡將久米先生叫到家中，先留他數個小時再趕走他，之後將房間徹底翻過一遍弄得好像受到襲擊，完成以後，來到浴室的優香小姐刺向自己的脖子了斷性命。」
一口氣解釋完的我，一面調整呼吸，同時打量著佃先生們的反應。
只要佃先生能夠接受這起悲劇的真相，替久米先生辯護就是一件「正確的事」，如此一來，佃先生的瑪布伊便能獲得救贖，這個夢幻世界也會崩解。
「異議！」檢察官逼上前來，「就算妳想用玩笑話蒙混過關，我也不會讓妳得逞！妳忘記犯案現場的樣子了嗎？遺體被強酸溶解，至今仍未找到兇器，這不可能是自殺，而是久米殺了佐竹優香之後，為了湮滅證據所以將遺體浸在強酸中，並將兇器藏在某個地方！」

「不，不是這樣。」

「那兇器在哪裡？如果是自殺，刺完自己的脖子之後兇器應該還在浴室裡才對啊！」

「是啊，還在那裡。」

「什麼？」

「所以說，兇器一直都在現場，在裝滿強酸的浴缸裡。」

「開什麼玩笑！鑑識人員已經徹底調查過現場了，當然浴缸裡也是，但卻沒發現刀子之類的東西！」

「難不成，」法官插話道，「兇器被強酸溶解了？為了讓兇器消失並偽裝成他殺，所以才必須製作強酸？」

「不，不是的，兇器並沒有被溶解，只不過它在那裡實在是太自然，沒有人想到那就是兇器罷了。」

「所以我才問妳那到底是什麼啊？」檢察官粗聲道。

「是鏡子。」

「……鏡、鏡子？」檢察官張大了嘴巴。

「是的，優香小姐是以大片的鏡子碎片刺向自己的脖子。破碎的鏡子成為了銳利的刀子。因為浴室裡的鏡子被打破了，所以就算在浴缸裡發現碎片，也只會被認為是受到打破鏡子時的力道衝擊才掉進浴缸裡的碎片，再加上強酸讓劃在骨頭上的傷痕消失得差不多了，因此即使進行司法解剖，也不會發現那是鏡子碎片造成的痕跡。」

「鏡子……為什麼要用那種東西……？」

「優香小姐長年害怕自己倒映在鏡子裡的樣貌，並且為此所苦，對她來說，鏡子是個不祥之物，甚至到了將家中所有鏡子都打破的地步，但是另一方面，整形手術後得到壓倒性美貌，身體臆形症穩定下來的那段期間，她對自己映照在鏡子裡的樣貌應該是感到幸福的。鏡子在優香小姐的人生裡扮演了重要角色，我不知道她在想到這個計畫時，對鏡子懷有什麼樣的感情，但是她下定了決心，認為鏡子正是最適合做為替自己人生畫上句點的兇器。」

話一說完，腳邊傳來庫庫魯僵硬的聲音：「愛衣……」

「很抱歉正精采的時候打擾妳，不過看起來不太妙了，快點做個了結吧。」

庫庫魯以耳朵指著法官席後方，看向那裡的瞬間，我的後背打起了冷顫。關押無臉人的那些牢房，不斷遭到搖晃的那些柵欄已經出現了細微的裂痕。

「牢房就快壞了，會有數不清的無臉人衝出來攻擊，當然我會保護妳，只是數量那麼多不知道會發生什麼事，所以快點進行瑪布伊谷米吧。」

我滾動喉嚨嚥了口口水，回答：「知道了。」之後，檢察官大聲喊道。

「就算破掉的鏡子真的是兇器好了，強酸又怎麼說？一般來說，即使要自殺也不會用強酸溶解自己的身體不是嗎？」

「是的，的確是這樣沒錯。不過……優香小姐並不是處於『一般』狀態。」

檢察官的喉嚨發出了東西哽住的聲音。

「深受精神疾病所苦的她，沒辦法再做出『一般』的判斷，也因此，才會出現那麼悲慘又可怕的案發現場。」

「那妳解釋給我聽！為什麼佐竹優香要用強酸溶解自己的身體？」

「……不是身體，」我靜靜地答道，「是臉。」

「臉……？」

檢察官像是第一次聽到這個詞一樣生硬地唸著。

「沒錯，對於和久米先生分手，身體臆形症發作的優香小姐來說，自己的臉比任何東西都來得更醜陋和令人厭惡，所以不希望死後還留下那張臉，她想要大肆破壞後抹去它的存在。」

「難道臉部骨折的痕跡是……」法官發出驚愕的聲音。

「沒錯，是優香小姐在自殺之前自己弄的，我想她大概是不停用臉去撞洗臉檯或是浴缸，她已經被逼到這種地步，陷入了恐慌狀態。」

「那之後她……」

「毀容之後，因為撞擊而意識不清的她，右手拿著大片的鏡子碎片，站在裝滿強酸的浴缸中，我想她已經連碎片劃破手掌，強酸腐蝕雙腳的痛楚都感受不到了吧，然後她左手抓著鎖鏈纏在手腕上，最後將碎片用力刺進自己的脖子裡，在切斷頸動脈的同時，左手奮力拉住鎖鏈。」

「鎖鏈?為什麼要這麼做?」法官的手覆在額頭上。

「為了在倒下時讓臉部朝下。」

我壓抑著聲音回答,佃先生們的臉上浮現驚駭的神情。

「對優香小姐來說,溶解自己的臉是絕對必要的事,但如果只是刺穿脖子,有可能會面朝上倒下,這麼一來也許只會溶解後方而留下臉部,為了避免這種事發生,她才會在氣絕之前用盡最後的力氣拉住鎖鏈,這股力量讓她的身體從臉部開始浸到強酸海裡,之後她就氣力用盡了……這就是事件的真相。」

結束說明的我,等待著佃先生們的反應,三位佃先生沒有任何一個人開口。

剛才的說明是否讓他們接受了呢?瑪布伊谷米成功了嗎?

一陣屏息之後,法官沉默地拿著木槌起身,離開座位走向我。被告、檢察官、法官的佃先生三人的位置剛好包圍住我,法官席彷彿融化般逐漸消失,仔細一看,檢察官席、辯護人席以及被告席也在不知不覺間不見了。

「妳沒有確切證據證明剛才的假設對吧?」

檢察官問道,他的聲音裡不再有攻擊性。

「是的,沒有,但是如果是剛才的假設,原本案件裡無法理解的一切就都說得通了,因此那就是真相的可能性極高。」

「可是……久米在電話裡告訴我,說是他殺了佐竹優香。」

「我不知道為什麼久米先生要這麼說,只不過就像稍早前說明的,他的那番自白應該沒有證據能力,是這樣沒錯吧?」

檢察官在瞬間的猶豫之後點頭：「沒錯。」

「既然現在出現了優香小姐是自殺的可能性，那麼久米先生是兇手的這件事就有了『合理的懷疑』，我記得審判有『無罪推定』的原則，在出現合理懷疑的情況下，應該不能認定久米先生就是殺害優香小姐的兇手而判有罪。」

我焦急地連珠炮說完，牢房柵欄的裂痕越來越多了。

「……愛衣，要來了。」

庫庫魯在我腳邊說完的下一秒，其中一個牢房的柵欄終究還是發出鈍響碎裂了。從牢裡爬出來的無臉人高舉著菜刀向我們跑來，不過早在他攻過來之前，庫庫魯一隻耳朵化為長槍，刺穿了無臉人的胸口。

「無臉人們就交給我，愛衣妳去完成瑪布伊谷米！」

庫庫魯的聲音透出焦躁，牠在說話的同時站到前方。我點頭之後重新轉向檢察官的佃先生。

「佃先生，你之所以起訴自己，是因為讓殺人犯無罪釋放的關係，但是聽完我的解釋之後你應該明白，很難說久米先生是否為殺害優香小姐的兇手。」

牢房一個一個遭到破壞，庫庫魯以化為利刃的雙耳劈開朝著我們逼近的無臉人們。

「但是，如果沒有釋放那傢伙，之後的殺人案也許就不會發生……」

我向無力地說著的檢察官靠近一步。

「釋放後的事和本案沒有關係！現在這場審判是針對讓久米先生獲得無罪判決究

竟是不是『正確的事』進行議論。您的意思是，就算有了『合理的懷疑』，優香小姐有很大的可能性是自殺，還是應該要以殺人罪判久米先生有罪嗎？」

檢察官低下頭，小聲地嘟囔著什麼。

「我聽不見！請您說清楚！」

我的雙手從左右兩側包夾，強行抬起了檢察官的臉。從牢裡湧向我們的無臉人大軍，已經數不清有多少人了，雖然庫庫魯拚命揮動雙耳，但是高舉著利刃的無臉人人牆與我們之間的距離正一點一點地縮短。

「請回答我！」

我的臉靠近檢察官，看進他的眼睛裡，他無力地張開乾燥粗糙的雙唇。

「……就像妳說的，既然有合理的懷疑，就適用無罪推定原則。」

「那麼，讓久米先生獲判無罪就是一件『正確的事』對吧？佃先生，你做了『正確的事』對吧？」

我大聲確認。無臉人的人牆已經逼近到數公尺之外了，揮動雙耳的庫庫魯出現忍著疼痛的表情。

其中一名無臉人將手裡拿著的野外求生刀往我們的方向丟，筆直射來的刀尖朝著僵立在當場的我飛來。

眼前出現了一個小小身影，庫庫魯往上跳到我臉部高度，使出柔軟的貓掌拍掉了野外求生刀，以肉球吸收衝擊落地的庫庫魯再次超高速地揮動雙耳，不斷斬殺無臉人們。

庫庫魯淡黃色的前腳毛髮染成了紅色。

「庫庫魯?!你受傷了……」

「刀子好像稍微劃過去了，不過我沒事。」

「你說沒事……」

「這一點傷沒什麼，妳不用擔心，緊要關頭時我還有特殊絕招，所以妳是安全的。」

庫庫魯帶著焦躁的臉上浮現出笑容。

「特殊……絕招？」不好的預感讓我聲音顫抖。

「別說這個了，快點進行瑪布伊谷米！」

就在我咬著唇點頭時，「……沒錯。」一陣細微的聲音振動了鼓膜，我一看，檢察官無力地微笑。

「就像妳說的那樣，佃三郎……我是正確的，久米不應該因為優香小姐的殺人案而被判有罪。」

「那麼……」

我轉頭看著檢察官，無臉人的人牆已經來到庫庫魯面前了。

「宣告判決。」

法官將手上拿著的木槌高舉過頭，猛力往應訊檯揮下，木頭撞擊木頭的聲音大大地撼動了空氣。

「被告無罪！」

在法官高聲宣判的同時，三名佃先生消失了，然後，出現一名男性，是穿著老舊西裝，看起來很和善的老人，身為律師的佃先生。

「謝謝妳替我辯護。」佃先生向我伸出一隻手。

「不會，這沒什麼……」我反射性地握住那青筋浮起的瘦小的手。

「這樣瑪布伊谷米不是成功了嗎?!這些無臉人還不消失？」

庫庫魯以走投無路的聲音說道，我回過神一看，無臉人已經逼到了眼前，雖然庫庫魯拚命地揮刀，但無臉人的數量實在是太多了，牠正一步一步後退。

「……看樣子只能下定決心了吧？」

就在庫庫魯喃喃自語著什麼不祥的話語時，背後傳來像是玻璃碎裂的聲音，我轉頭一看，不由得屏住氣息。散發淡淡光輝的半透明牢籠四碎，關在裡面的女孩、佃先生的庫庫魯正站在那裡。

箝制著細瘦雙腳的枷鎖已經解開，臉部及四肢上的傷也逐漸消失，蒼白的肌膚漸漸恢復血色，原本乏力而呆滯的臉浮現出令人安心的微笑。

忽然，女孩的背後發出強烈光芒，無臉人們發出高亢的尖叫聲，用手摀住沒有眼睛鼻子嘴巴的臉。

因強光而瞇起眼的我，察覺到浮現在光芒中的人影手腳正在伸長。

光芒斂去，纏著碎布的嬌小女孩消失了，一名女騎士身穿散發出銀白色光輝的盔甲，凜然地站在那裡。

騎士優雅地揮舞手中的佩劍，劍尖畫出的半圓形光芒向外擴散，朝著我們飛來，我下意識地縮起身體，但那道光芒不帶一點痛楚或衝擊地穿過我的身體，抵達無臉人人牆，下一秒，發出痛苦叫聲的無臉人們被消滅了，像肥皂泡泡破裂一樣，一個一個爆裂後消失。

原本數不清的無臉人們在呆立當場的我眼前全部消失了，剩下細微的光芒飛舞，柔和地照亮黑暗的空間。

閃爍著銀白色的光之粉紛飛落下之際，因放心而雙腳失去力氣的我跪坐在地。

「辛苦妳了，愛衣，這樣瑪布伊谷米就成功了呢！」

庫庫魯跳上我的肩膀，舔著我的臉頰，貓咪舌頭粗糙的觸感舔得我發癢。

「謝謝你，都是因為有你保護我。對了，你的傷口還好嗎？」

「傷口？啊啊，妳說這個嗎？」

庫庫魯舔著滲血的前腳，開始幫自己理毛，原本被血染紅的毛隨著一次次的舔舐，漸漸恢復成原本的淡黃色。

「妳看！」就在庫庫魯得意地現出牠的前腳時，身穿盔甲的女騎士緩緩走近，她噙著滿是慈愛的笑容，在佃先生的面前停下腳步。

「辛苦你了，三郎。」

佃先生聽到溫柔慰勞自己的話語，一臉幸福地瞇起了眼。我看著這幅景象輕輕甩著頭，幸福地凝視彼此的兩人，不知為何看起來一片模糊，不，說是模糊並不正確，有小小的人影像是疊在佃先生和女騎士的身影上一樣逐漸顯現。

就在我不停眨著眼時，女騎士與身著西裝的老年男性漸漸淡化後消失，相反地，兩個嬌小的人影越來越清晰。

不知不覺間，那裡站著光頭少年與身穿淡紅色浴衣的少女，我對這兩人有印象，是少年時代的佃先生與之後成為他妻子的少女，南方聰子小姐。

「我們走吧，三郎。」

「嗯嗯。」佃先生用力握住聰子小姐伸出來的手。這時候，從某個遠方傳來祭典的囃子樂音，我抬起頭，紅色燈籠飄在空中排成兩列，照得周邊一片通紅，腳邊鋪滿了石板，遠方立著一座跳盆舞用的高台。

佃先生與聰子小姐手牽著手，走在鋪著石板的參道上往裡去，我目送著他們的身影，一邊向肩上的庫庫魯搭話。

「我問你，那是怎麼回事？庫庫魯是映照出自己本質的鏡子吧？那為什麼會變成聰子小姐，你不覺得奇怪嗎？」

「這個嘛……哎呀，人家不是說夫妻當久了就會越來越像嗎？會不會就是這樣啊？總之，有很多種情況啦。」

「很多是什麼意思……？」

敷衍的說法讓我皺起眉，庫庫魯的耳朵摸著我的額頭。

「真是的，不要皺眉頭，可惜了這麼可愛的一張臉。」

「你不要轉移話題，好好解釋清楚！」

「雖然妳這麼說，不過已經沒時間了。」

「沒時間？」我反問之後，庫庫魯仰起頭。

「妳看，這個夢幻世界就要消失了，因為瑪布伊谷米成功了嘛！」

我一看，並排的燈籠光芒越來越亮，亮到幾乎無法保持視野，走在參道上的佃先生與聰子小姐的身影也被光芒掩蓋而看不見了。

「等一下，我還有很多事想問……」

我迅速地說著，庫庫魯以雙耳抱住我的頭。

「放心吧，那個時候來臨時我會全部告訴妳的，所以妳不要擔心，好好休息吧，畢竟瑪布伊谷米應該耗費了妳許多心神。」

「那個時候是什麼時候？」

我感覺夢幻世界即將消失，因此急忙問道，可是庫庫魯只是露出似乎帶著哀傷的微笑並沒有回答。

眼前逐漸染成一片鮮豔的深紅色。

「那麼愛衣，下次的夢幻世界見。」

庫庫魯的聲音從遠方傳來。

我顫抖著身體張開眼睛，沒有情調的病室映入我的視網膜，右掌一陣粗糙的觸感，我從躺在病床上的佃先生臉上輕輕收回了手。

啊啊，回到現實世界了嗎？我動動四肢確認身體的感覺，同時視線看向掛鐘，從開始瑪布伊谷米時算起，指針果然只前進了大約五分鐘。

瑪布伊谷米又成功了，我救了佃先生的瑪布伊，但是這次卻沒有像飛鳥小姐的瑪布伊谷米成功時一樣的滿足感。

全是一些我不明白的謎團。我的手指壓著太陽穴。

優香小姐是自我了斷的大概不會有錯，只是為什麼久米先生要和佃先生聯絡說是他殺的？還有久米先生坦承的中年男性殺人案，那真的是久米先生犯下的案子嗎？

我也不知道為什麼優香小姐要做出那種事，就算和久米先生分手造成身體臆形症惡化，這樣就能想出那麼可怕的計畫並且付諸實行嗎？難道她在因症狀惡化而受苦時，沒有找誰傾訴過嗎？明明只要接受專業的治療，應該就不會引發那樣的悲劇了。

另外還有佃先生的庫庫魯最後化身成他太太的樣子，只要問到這件事，庫庫魯就會含糊其辭等等，很多令人在意的事，不過最重要的，還是加納環小姐的事。

環小姐是理解並支持久米先生的人，而且大概也是他的戀人，這樣的她說巧不巧正是我負責的第三位ＩＬＳ病患。久米先生的律師佃先生，以及戀人環小姐，果然ＩＬＳ的患者們一定有某些關聯。

究竟是什麼連結著四位ＩＬＳ患者？還有，他們為什麼非得被吸走瑪布伊不可？

就在要思考的事情太多了導致我頭痛時，佃先生發出「唔！」的呻吟聲。

我暫時將疑問擱在一旁，凝視著佃先生。

看見緊閉了好幾個星期的眼瞼逐漸抬起，我的內心終於湧上了溫暖的滿足感。

幕間2

「這是第二個人了……嗎？」

神研醫院的十三樓病房，在正午過後沒什麼人的護理站裡，杉野移動電子病歷的游標，螢幕上顯示著名為佃三郎的患者的病歷。

原本是ＩＬＳ病患的佃，幾天前從昏睡中甦醒，目前正在接受復健以回到社會。

片桐飛鳥，然後是佃三郎，後輩擔任主治醫師的ＩＬＳ患者一個接一個醒來，相對於此，華負責的病患現在卻還是處於昏睡狀態。

「為什麼我的病患還不醒來呀。」

華捲動畫面，看過病歷上記載的治療內容，但是上面並沒有註記特別的治療方式。在聽說佃三郎醒來時，華興奮地問了主治醫師：「妳是怎麼治好的?!」但是和片桐飛鳥那時候一樣，對方只是遲疑地回道：「我也不知道。」

「啊——真是的！」

華抓亂了燙著微鬈的頭髮。同時發病的四名ＩＬＳ患者中有一半都睜開了眼睛，自己的病患卻連改善的跡象都沒有，這件事讓華這幾天焦躁不已。

雖然知道一定要冷靜，但還是忍不住煩躁起來。

因為陷入昏睡狀態的人不只是單純的病患，還是自己重要的人。

會好起來的！我絕對會讓對方睜開眼睛！心中下定了堅強的決心之後，傳來一陣金屬的咿軋聲，華回頭一看，嘴角忍不住一歪。一名中年男子，這間醫院的院長靈巧地操作著輪椅進到了護理站內。

「唷，杉野醫師。」

漸漸靠近的院長出聲打招呼，華點點頭：「你好。」華從以前就很不擅長應付他，身為精神科醫師的這個男人，有時候會以像是要看穿內心深處的目光觀察她。

「他的狀況怎麼樣了？」院長以輕鬆的口吻問道。

「他是指誰呢？」

華雖然知道他在問誰，卻不禁這麼回答。

「這還用問嗎？當然是妳的病人，一直在特別病室裡昏睡的他啊。」

院長指著走廊盡頭擋住去路的金屬自動門，在這十三樓病房的深處，有著特別樓層的存在，位在那裡的三間房間，是訂定了高價病床費差額的ＶＩＰ用病室。房間就像高級飯店的豪華套房一樣寬敞奢華，安全防護也下足了功夫，進入樓層時必須在讀卡機上刷員工識別證才能打開自動門。

「還是一樣處於昏睡狀態，你不是知道嗎？」

「我不是指這個。」院長壓低了聲音，「前陣子不是有刑警來問他的事嗎？」

「……為什麼你會知道？」

華沒有向院長報告刑警的事。

「我從護理師那裡聽來的，這間醫院裡的所有消息都會上報到我這裡。那妳有沒有問那些刑警他們來調查什麼？」
瞬間的猶豫之後，華搖搖頭。
「沒有，我什麼都不知道，因為刑警們只是問話，完全不告訴我任何資訊。」
「這樣啊……妳要是知道了什麼就馬上告訴我，畢竟他可是重要人物。」
對你來說重要的是這間醫院的評價和自己的地位吧，華的內心嘀咕著，向在原地靈活地回轉輪椅的院長答道：「我知道了。」
「還有，」院長背對著華說，「就算他捲入了什麼麻煩，也絕對不能透露給外面的人，要是傳出奇怪的流言就糟糕了，可以的話，希望他住在這裡的事也不要讓其他人知道，妳明白吧？」
「……是，我明白。」
「那就拜託妳囉。」
院長一離開護理站，華就摘下眼鏡揉揉眼睛。
院長說的，前幾天刑警們的來訪，那也是她壓力這麼大的原因。
刑警們說他也許和連續殺人案有關，這究竟是怎麼一回事？
那時候腦袋一片空白，結果就照著刑警們的指示帶他們到他的病室去了，刑警們按壓了昏睡中的他的指紋，也用棉花棒輕刮他的口腔採取DNA，之後一句說明也沒有便離開了。
華回想在新聞網站上看到的那起連續殺人案的內容，那是不分男女老幼都以相同手法殘忍殺害的恐怖案件，他怎麼可能和那樣的案件有關係。

沒錯……絕對不可能。華咬著嘴脣。

他是個非常溫柔的人，認識他之後，華就一直對他抱持著敬意，這樣的人不可能和那麼恐怖的案件扯上關係。華站起身，離開護理站沿著走廊前進，來到目標的個人病室前，幾次深呼吸之後打開了門。

放在窗邊的病床上躺著她負責的ＩＬＳ病患。走近病床的華看向患者的臉，安詳的睡臉讓她不禁綻開笑容。

「竟敢睡得那麼舒服，放我一個人這麼辛苦。」

華半開玩笑地說著，指尖點在患者的眼瞼上，眼球的急速運動透過薄薄的皮膚傳來。究竟在做著什麼樣的夢呢？是美好的夢嗎？還是被困在惡夢當中？

「真是的，後輩負責的ＩＬＳ患者有兩個人都醒來了，可是為什麼這張床上的人還在繼續沉睡呢？」

輕微的鼾聲取代了回答，搔刮著鼓膜。

「我有說過嗎？之前刑警來找我，他說『妳的病患也許是連續殺人事件的關係人』，真是的，到底在說什麼啊，真要說的話……」

華繼續說道。成為主治醫師後，華依然定期來到這間病室，和持續沉睡的病患說著當天發生的事，她覺得這麼做，或許有一天對方會醒來回應她。

花了幾分鐘報告近況的華，在嘆了一口氣後摸著病患的臉。

「我一定會找出治療方式，再等我一下喔。」

腰際傳來流行樂的鈴聲，華從白袍口袋裡拿出ＰＨＳ。

「喂，我是杉野。」

『這裡是綜合櫃台，有客人說想要和您見面。』

「想和我見面？是病患家屬嗎？」

『不是……』

櫃台小姐像是說悄悄話一般壓低了聲音道。

『是警視廳搜查一課的刑警。』

「抱歉啦醫生，多次前來打擾。」

走進房間裡的中年刑警，不等華的招呼便重重坐上她對面的位子，鐵椅子彷彿在抗議肥壯體型的重量似地發出嘎吱聲。是前幾天來問話、名叫園崎的刑警，另一名叫三宅的年輕刑警也在微微點頭後坐在園崎旁邊。

「不過這真是個沒情調的房間啊，又很小，上面還寫著病情說明室。」

園崎饒富興味地環顧位在病房區角落，只擺了桌子和椅子的兩坪多房間。

「就像名稱上寫的那樣，這是在向病患或家屬說明病情時使用的房間。」

「原來如此，不過我們既不是患者，也不是他們的家屬喔，是櫃台小姐叫我們到這裡來的，為什麼呢？」

「你們不是想問我的病患的病情嗎？那麼，我想在病情說明室談話最適合了，在這裡就可以好好聊聊……而且不會被別人聽到。」

華低聲說完，園崎露出苦笑，搔著長出鬍碴的臉。

「我並不打算和您說什麼，只是來這裡再看一次那名患者的狀態，所以要請您讓我和那男人見一面。」

「他謝絕會客。」

華厲聲說道。半站起身的園崎臉上閃過驚訝的神色。

「謝絕會客？那個男人的狀況這麼糟糕嗎？」

「無可奉告，這屬於個人資料。」

園崎的眼神銳利了起來，華咬緊牙根忍住那道視線的壓迫。

「這是在故意找碴嗎？醫生，就像我之前說過的那樣，那個男人有極大的可能性和連續殺人案有關，您打算干擾這部分的偵查嗎？」

「我沒有這個意思，只是身為主治醫師，我有義務保護病患。」

「……醫生，我也可以找法院開拘票強行查下去，那個男人和案件之間就是有這麼密切的關係。」

「那您不妨就這麼做吧，不過只要主治醫師判斷謝絕會客，我想要說服法院應該還滿麻煩的。」

園崎一臉不爽快的表情大大地嘖了一聲。

「醫生，我們都不是很閒，就不要花時間刺探彼此了，妳的目的是什麼？怎麼樣妳才願意讓我見那個人？」

華舔了舔嘴溼潤乾燥的口腔。

「請告訴我發生什麼事了？之前你說他是連續殺人案的關係人之後，我就一直處於混亂中。請你詳細解釋他和那起案件有什麼樣的關係，你們又有什麼根據這麼說？」

「……您的意思是要我洩漏偵查情報給非相關人員的您嗎？」

園崎收著下巴，壓低音調。

「我不是非相關人員，我是他的主治醫師，也是他的熟人，他對我來說……是非常重要的人。」

「重要的人……啊。」園崎摸著下巴，投來打量的視線。

在數十秒的沉默之後，園崎小聲說道。

「醫生，妳的口風緊嗎？妳可以發誓不會洩漏我們在這裡說過的話給其他人知道嗎？」

「等一下，園崎先生。」三宅出聲喊道，園崎不耐煩地揮揮手。

「反正媒體馬上就會聞風而來了，只是稍微透露一些給醫生不會有問題啦，而且只要我們提供情報，醫生一定不光是答應會客，還會說出很多關於那個男人的事，對吧，醫生？」

園崎揚起了唇角，華猶豫了一下之後點頭道：「只要在不違反保密義務的範圍內。」

「很好，成交。原來如此，妳一開始就想套出情報，所以才把我們叫來這間說明室的吧，妳也很有兩下子嘛！」

「好了，快點告訴我，你說他可能和連續殺人案有關，這是什麼意思？」

華傾身向前，園崎像是在吊胃口般，以悠哉的語調開始說了起來。

「請不要那麼激動，就是字面上的意思，那起震驚社會的恐怖案件，許多人被以同樣手法殘殺的那起案件，連結被害者之間的關鍵，就是妳的病患那個男人。」

「連結被害者之間的關鍵？被害者不是彼此互不認識，找不出相關交集嗎……」

「沒錯，我們可是耗費苦心才找出來的，因為每一個被害者都向身邊的人隱瞞了和那個男人之間的關係，不過在專案小組徹底偵查之後，發現多數被害人，我想是所有人，都曾和那個男人，怎麼說……深談過吧。」

「深談？」不明白這是什麼意思的華反問。

「對，沒錯，所有被害者都是遭遇過痛苦經驗而導致精神不穩定的人，那個男人似乎是以傾聽被害者們的煩惱來取得他們的信任。」

「這是指諮商行為嗎？」

「我不知道能不能稱做諮商，根據曾經實際和他深談過的人所說，比起諮商，感覺更接近洗腦。」

「洗腦……」這個用詞的強烈程度讓華感到不解。

「沒錯，昏暗的室內兩個人獨處，一邊看著蠟燭的火苗一邊訴苦，等到所有的苦惱都說完之後，那個男人會反覆說著『沒關係』、『不需要擔心』，然後內心就會變得非常輕鬆。」

「……雖然和基本做法有相當大的差異，不過聽起來和透過催眠療法進行諮商滿像的。」

華這麼說完，園崎「哦？」地身體向前傾。

「醫生們平常就會做這種類似黑魔法的事啊？」

「不，透過催眠進行治療的方式有是有，但並不會頻繁使用，因為受催眠的難易度個體差異很大，只是對於可能產生效果的人，會加入療程中做為輔助治療。」

「可能產生效果的人啊～」園崎交叉粗壯的雙臂，「也許那個男人是挑選容易被催眠的人下手。總之比起這個，重要的是連續殺人案的被害者們和那個男人都有交集。那個男人免費進行那種『諮商』，並禁止他們和其他人透露這件事，不僅如此，他還嚴格要求使用網路首頁的匿名留言板聯絡。」

「為什麼要這麼做……」華越聽越感到不安，呼吸漸漸變得紊亂。

「不知道，究竟是為了什麼呢？也許是想要能夠按自己意思控制的木偶吧。看來那個男人從相當久以前就一直持續在做這種事了，然後到了最近，曾經接受那個男人『諮商』的人們突然開始慘遭殺害。」

華將手壓在胸前調整呼吸。

「警方認為他和這起犯罪有關嗎？」

「這個嘛，還不知道，只是那個男人是解決這次連續殺人案的線索不會有錯，不，不只是這次的案子……」

華很在意園崎後來像是補充般說出的那句話，傾身向前問道：「這是什麼意思？」園崎的視線在空中游移了數秒後，再次開口。

「哎呀，既然都說到這個分上了，我就乾脆說了吧，只不過絕對不能將情報洩漏給任何人，妳可以保證吧？」

華用力點頭。

「您知道去年發生的那起年輕女子在自己家中遭到殺害，遺體被強酸溶解的案子嗎？」

「知、知道，我有在新聞上看過……」

那是一起獵奇的犯罪，因此所有媒體都特別報導過，印象中因殺人罪嫌遭到逮捕的前男友在法院獲得無罪判決。

「那名被害者也有接受過那個男人『諮商』的跡象喔。」

「咦？咦?!這是怎麼回事？」華拉高了聲音。

「我們也不是很清楚，那起案件和這次的連續殺人案，原本應該毫無關聯的兩起案子之間有什麼樣的連結，老實說我們也摸不著頭緒。」

在愁眉苦臉的園崎面前，華一句話也說不出來。

「說到不清楚，那種病的病患和案子之間有什麼樣的關係也讓人搞不清楚。」

園崎像在自言自語般地說道，「那種病？」華反問。

「叫什麼名字啊？那個會持續昏睡的病。老實說，今天最主要的目的不是來見那個男人，而是向名叫佃三郎的男人問話。」

「那個人是上星期剛從ＩＬＳ的昏睡中醒來的病患吧？為什麼要向那個人問話?!」

「沒錯沒錯，就是罹患ＩＬＳ的佃三郎，還有之前恢復的片桐飛鳥，這兩個人都曾經接受過那個男人的『諮商』，而且在陷入昏睡的前一晚，附近的監視攝影機拍到他們去過那個男人進行『諮商』的地方，不僅如此，還有同時罹患ＩＬＳ的其他人也在。」

華半張著嘴，一次又一次衝擊而來的資訊，讓她覺得好像有人直接以手翻攪著她的大腦。

「我問了他們兩人為什麼要到那裡去，但他們的記憶似乎已經模糊了，沒有給出一個明確的答案，不過，大概是被那個男人叫過去的……」

「等、等一下！」

無法繼續承受資訊洪水湧入的華大喊之後，園崎歪著頭：「什麼事？」

「難道您想說ＩＬＳ的發作和那個男人有關嗎？」

「被那個男人找去而來到同一個地方的所有人都陷入昏睡狀態了，就連那個男人自己也是，一般來說自然會認為有關吧？」

華被這番合理推斷堵得說不出話來，園崎淡淡地繼續說道。

「我們認為被找去的那些人都遭到下毒了，不過卻在某個環節出了差錯，導致那個男人也攝取了那款毒物，意識變得朦朧，最後陷入昏睡狀態。」

「ＩＬＳ不會因為中毒而發病！」

園崎的臉靠近提出反駁的華。

「那麼ＩＬＳ會因為什麼原因而發病？希望您教教我們這些醫學外行人。」

「會因為……」

華再次無言以對，園崎聳了聳壯碩的肩膀。

「不管怎麼樣，好幾起的恐怖事件和令人費解的案件核心中，都有那個男人存在，所以我們希望盡快和那個男人談談，也是因為這樣，想請教身為主治醫師的您，那個男人什麼時候才會醒來？」

「這個……我也不知道，不知道他什麼時候會醒來，甚至連他會不會醒來都……」

華感受到深深的無力感，擠出這句話後，園崎從椅子上站起來。

「總之，關於那個男人，我們掌握到的情報就是這些，既然提供了這麼多情報，就請妳答應會客吧。還有，那個男人的病情一旦出現變化，請立刻和我們聯絡。」

華的手微微顫抖著，接過園崎遞來的名片。

「我想妳應該明白，我們在這裡說的話都是非公開資訊，不要說媒體了，也請妳注意千萬不能洩漏給其他人知道。」

怎麼可能說得出口，他竟然和這麼可怕的案件牽扯上關係，就算撕爛了嘴也……

華無力地點頭之後，刑警們便往出口移動，就在手握上門把時，園崎突然道：

「啊，對了。我乾脆好人做到底，再告訴您另一項有關那個男人的情報吧，不過這個還只是在有點懷疑的階段而已。」

「……是什麼？」

忍不住就這麼回答了。明明已經不想再繼續聽下去，明明已經想把耳朵摀起來了。

「那個男人啊，以前搞不好是少年X喔！」

「少年……X……那是……」

從唇間溢出的聲音，顫抖得連自己都覺得可笑。

「對，沒錯，就是二十三年前，在殺害了自己的父母之後，又到附近的遊樂園隨機殺人，一個接一個刺殺了十幾個人的那名少年。」

園崎的聲音迴盪在狹窄室內的牆壁間，不祥地翻攪著空氣。

（下集待續）

國家圖書館出版品預行編目資料

無限的 i【上】/ 知念實希人著；林佩玟譯. -- 初版. -- 臺北市：皇冠, 2021.6 面；公分. -- (皇冠叢書；第4943種)(大賞；126)

譯自：ムゲンのｉ(上)
ISBN 978-957-33-3732-4 (平裝)

861.57 110006677

皇冠叢書第4943種
大賞｜126

無限的i【上】

ムゲンのｉ（上）

作　者—知念實希人
譯　者—林佩玟
發 行 人—平雲
出版發行—皇冠文化出版有限公司
台北市敦化北路120巷50號
電話◎02-27168888
郵撥帳號◎15261516號
皇冠出版社(香港)有限公司
香港上環文咸東街50號寶恒商業中心
19字樓1903室
電話◎2529-1778　傳真◎2527-0904
總 編 輯—許婷婷
責任編輯—蔡維鋼
美術設計—嚴昱琳
著作完成日期—2019年
初版一刷日期—2021年6月

法律顧問—王惠光律師

讀者服務傳真專線◎02-27150507
電腦編號◎506126
ISBN◎978-957-33-3732-4
Printed in Taiwan
本書定價◎新台幣380元/港幣127元